不適切にもほどがある！

宮藤官九郎
KANKURO KUDO

不適切にもほどがある！

目次

まえがき

宮藤官九郎

宮藤です。

連続ドラマを書き始めて24年。プロデューサーの磯山さんとの付き合いは25年になります。演出の金子さんとも25年。阿部くんとは32年。一度も絶交されることなく今日に至ります。

「池袋ウエストゲートパーク」の第1話、長瀬智也くん扮するマコトに、幼馴染みの風俗嬢（矢沢心さん）が「おいでよ、マコっちゃん、安くしとくよ」と声をかける。そのやりとりを聞いていたマコトの母ちゃん（森下愛子さん）の一言。

「抜いてもらいなさい」

「うるせえババア！」

これが２０００年当時のガイドラインだと思う。

そして24年後のガイドラインが、

「純子、てめえチョメチョメしてねえだろうな」

「まだだよ、クソじじい！」

僕は変わってない。けど、世の中は変わったんだな、としみじみ感じます。

過激な表現を誰も求めなくなりました。ＢＰＯに怒られる前に視聴者が離れて行く。過激さよりも緻密さが好まれる。伏線回収とか、刺さるセリフとか、涙腺崩壊とかが好まれる。

日常も変わりました。オフィシャルな場で下ネタや毒舌などを聞く機会が滅多になくなった。誰も失言しない。みんな気をつけている。だからせめて自分だけは、か弱き大人の代弁者でいよう。せめて僕のドラマくらいは解放区にしよう……なんて考えたことは一度もなく、面白いかどうかだけで判断しています。今も24年前も〝面白い〟が〝不適切〟を上回った表現だけを台本に書き起こし、書いた以上はそれなりに闘おうと思います。

僕の作品を今だに「中２男子のわちゃわちゃ感」「女性を排除している」

「ホモソーシャル的」と評する人がいるらしい。いやいや。男子校に通っていたのなんてもう36年前だし、磯山さんはじめプロデューサー陣は全員女性、事務所の社長もマネージャーも女性、家に帰れば奥さんと娘、実家に帰れば母と姉。俺の周りは女性ばかり。僕のヤバい部分が辛うじて世間にバレずに済んでいるのは、女性陣が踏ん張って防波堤となってくれているおかげかもしれない。

この本を手に取って下さった方ならわかると思いますが、僕自身は決して「昭和は良かった」と遠い目をする懐古主義者でもなければ「なに言ってんだ、多様な価値観が認められる令和が良いに決まってるだろう！」というアップデート至上主義者でもありません。奇しくもＣｒｅｅｐｙ Ｎｕｔｓさんが主題歌「二度寝」の歌詞で仰ってるように、どこにいても「こんな時代」と思ってしまうのが人間で、今じゃない時代への憧れ、郷愁があるから進化、成長するんじゃないかな、というようなことを、この人は面白おかしく伝えたいんだなと、改めて読み返して考えました。

最後に、最高のパフォーマンスを見せてくれたキャスト陣、それを最大限に引き出すためのセッティングをしてくれたスタッフ陣、特に今回は新作ミュージカル×10話という離れ技を見事成し遂げて頂き、感謝に堪えません。

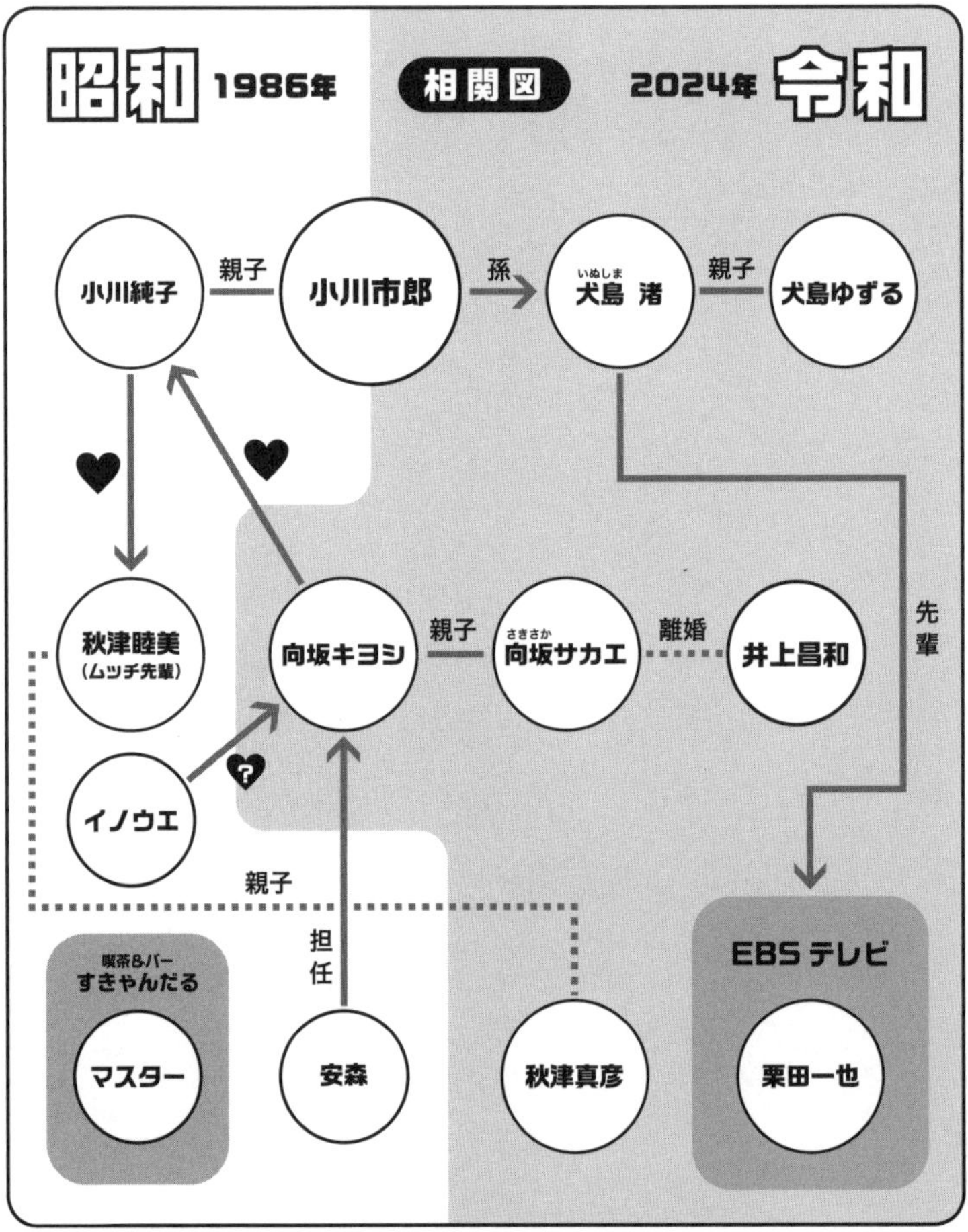
昭和 1986年
相関図
2024年 令和
小川純子
親子
小川市郎
孫
犬島《いぬしま》 渚
親子
犬島ゆずる
秋津睦美
（ムッチ先輩）
向坂キヨシ
親子
向坂《さきさか》サカエ
離婚
井上昌和
先輩
イノウエ
親子
担任
喫茶&バー
すきゃんだる
マスター
安森
秋津真彦
EBSテレビ
栗田一也

#1 頑張れって言っちゃダメですか?

1　テロップ

「この作品には、不適切な台詞や喫煙シーンが含まれていますが、時代による言語表現や文化・風俗の変遷を描く本ドラマの特性に鑑み、1986年当時の表現をあえて使用して放送します」

目覚まし時計の音。小川市郎の怒号。

市郎の声「おい！　起きろブス！　さかりのついたメスゴリラ！」

純子の声「わかってるよ」

市郎の声「ブスのくせにいつまで寝てんだ！」

純子の声「うっせえなあ！　クソじじい！」

2　小川家・純子の部屋

市　郎「なんだと！　もういっぺん言ってみろ！」

市郎、純子の掛け布団をはぎ取る。

純　子「うるせえよ、くそチビ！　朝からぎゃんぎゃん騒ぐな！　こちとら低血圧なんだよ！」

カシャ！　カシャ！と『写ルンです』で撮りまくる市郎。

『1986冬』

壁にマッチ（近藤真彦）のポスター。

市　郎「ふん！　わが娘ながら、寝顔ブスだな（カシャカシャ）」

純　子「やめろよ！　もったいねえだろ！」

市　郎「プッツンか、プッツン純子、てめぇまたタバコ吸ったな！」

純　子「ちゃんと水かけて消したよ！（と起き上がる）」

3　同・ダイニングキッチン

TV、ワイドショーが流れている。

(例) 泉重千代が肺炎で死去。120歳。

市　郎「すげえな、120歳って『大還暦』って言うんだってよ」

洗面所で純子、くるくるドライヤーで髪の毛巻きながら、

純　子「おっさん今日なん時に帰ってくんの？」

市　郎「おっさんて誰だ」

純子「おめえだよハゲ」
市郎「もういっぺん言ってみろ！」
純子「そこで納豆かきまぜてるチビで薄毛のおっさんだよハゲ！」
市郎「……もういっぺん言ってみろって言われたら、もういっぺん言えばいいんだよ同じことを！ ちょっと足すんじゃねえよ毎回、傷つくわ……薄毛？ どこだ！（手鏡で頭頂部を見ようと）」
食卓につき、トーストにマーガリンを塗る純子。
市郎「……男だろ」
純子「はあ？」
市郎「はあ？ じゃねえ見え見えなんだよ、髪の毛くるくる巻きやがって、積木くずしか、男連れ込んでニャンニャンすんのか」
純子「しねえよ」
市郎「16、7の男つーのは猿、ほぼ猿なんだよ、1回覚えたら最後、一生メスのケツ追いかける習性なんだよ……」
純子「言えよ、なん時に帰ってくんだよ！ 5時？ 6時？」
市郎「板東英二」
純子「つまんね（と出て行こうと）」
市郎「純子！ ママに行って来ますは？」
純子、母ゆりの遺影に「行って来ます」と手を合わせ、
純子「金くれ」
市郎、しぶしぶ夏目漱石の千円札を渡す。
TVから、ミヤコ蝶々のお墓のCMが流れる。
ミヤコ蝶々「……ちゃっかりしてるけど、ええ子やな」

4 葛飾区立第六中学校・外観

荒川そばにある区立中学。

5 同・体育教官室

体育教師、全員タバコを吸っている。
体育教師♂「あの可愛かった純子ちゃんがねえ」
市郎「ったく、ほとんどビョーキだよ」
体育教師♂「マセてますからな、近ごろのガキは、持ち物検査したらこんなん出ました」
没収したエロ本やエロビデオの山。

市郎　「けしからん！」と言いつつ、ビデオを1本、自分のカバンに隠す。

高杉　「心配ですね、小川先生」

体育教師♂　「デカ過ぎパイ先生は初体験いつ？」

高杉　「高杉舞ですぅ」

市郎　「うまいね、うまいこと言うね」

屈託なく笑う教師たち（言われた本人も）。

6　昭和っぽい商店街

放課後、長いスカート、潰したカバンを提げた純子、級友2人（明美、友美）と街をぶらつく。

友美　「ねえねえ、サーティーワン行こうよぉ」

新車のバイクが目の前で止まる。

歌声　「♪名～～前さえ～、知らないの～に～、お前に、恋したの～さあ～～～～」

ヘルメットを取るムッチ先輩こと秋津睦実(19)。

純子　「ムッチ先輩！」

ムッチ　「ムッチでぇ――す！　どこのマブいスケかと思ったら、純子じゃん」

明美　「バイク買ったんですか？　ムッチ先輩」

ムッチ　「CBX、ハイティーンブギでマッチさんが乗ってたヤツ」

純子　「ってことは？　海辺に止めて、一瞬マジにお前を抱くヤツ？」

純子、写ルンですを明美に託し、ツーショットを撮る。

友美　「カッチョイイ！　ねえねえ、乗せてよ、ムッチ先輩ぃ」

ムッチ　「バッキャロー、バージンは乗せねえ主義なんだよっ。

♪あばよブルージーン」

純子　「んもう、失礼しちゃう！」

7　葛飾区立第六中学校・野球部グラウンド

ノックを打ちながら部員に喝を入れている市郎。

市郎　「体で止めろバカ！　当たっても集中してれば怪我しねえよ！」

部員　「はい！」

市　郎　「腰が高い！　ウサギ跳び一周！　そこのメガネ！　練習中に水飲むんじゃねえよ！　バテるんだよ水飲むと、並べ！　ケツバットだ！　連帯責任！」

部員を並ばせバットで尻を叩く市郎。

叩かれた部員「あざしたっ！」と頭を下げグラウンドへ。

8　バス車内

アンダーシャツ姿のまま到着したバスに乗り込む市郎。

いちばん後ろの席に座る。

市　郎　「ふう」

走り出すバス。乗客はいない。タバコに火を点ける。

座席の背もたれに固定された灰皿。

×　　×　　×

荒川にかかる橋を渡るバス。

×　　×　　×

市郎、心地よい眠気でウトウト。

停車するバス、タバコの灰が落ちる。

やけに短いスカートを穿いた女子高生が乗り込んで来る。

市　郎　「⁇」

斜め前の席に座る女子高生。走り出すバス。

市　郎　「お姉ちゃん、お姉ちゃん」

女子高生　「⁇」

市　郎　「うどん、うどん、耳からうどんが垂れてますよ」

女子高生の耳にAirPods。

あからさまな愛想笑いでやりすごし、カバンから薄っぺらい、ツルっとした機器（スマホ）を出し触る女子高生。

市郎、違和感を覚えるも、タバコに火を点ける。

女子高生　「!?（信じられない、という目で睨む）」

再び停車するバス。

サラリーマン、母親と男児、老夫婦らが次々乗って来る。

みな一様に、タバコを吸う市郎に驚きつつ、離れて座りスマホを取り出す。

市　郎　「……なに？……なんですか？……窓開けた方がいいかい？」

カバンから少年ジャンプの最新号を出し読み始める市郎。
乗客、口々に「ありえない」「ヤバい」と囁く。
スマホのレンズを向けるサラリーマン、女子高生。

市　郎「なんなんすか?!　おたくらの方が変だよ、耳からうどん垂れてますよ、おっさん、耳からひじきが垂れてますよ、おい、聞こえてんだろ!」
老人男性が勇気を振り絞って、

老男性「じゅ、受動喫煙!」
市　郎「あ?　なに?」
老男性「受動喫煙!」
市　郎「じゅどーきつえん?」
女　性「ちょっとお爺ちゃん」
サラリーマン「危ない、刃物持ってたらどうするんですか!」
老男性「副流煙で、健康を害したら、あんたのせいだぞ」
市　郎「ふくりゅうえん?」
サラリーマン「ダメ、刺されますって!（と必死で止める）」
市　郎「文句あんの?　灰皿あるし、どこにも『禁煙』て書いてないじゃん」
乗客は怯え、前方に固まり、市郎だけが後部座席で大股開いてタバコ吸ってる。

市　郎「……いやいや、おかしいだろ、この状況。姉ちゃんの方がよっぽど危ねーよ、耳からうどん垂らして、そんな、パンツ見えそうなスカート穿いてさあ、痴漢してくださいって言ってるようなもんだよ」
女子高生「はあ!?」
市　郎「触られても文句言えないよ」
サラリーマン「なんてこと言うんだ!」
母　親「セクハラ!　信じられない!」
市　郎「え、なにが?　そんなマズいこと言った?」
バス停車し、我先にとワラワラ降りる乗客。

市　郎「いやいや、俺も降りるよ、降ります!」

9　商店街（キヨシの主観）

サーティーワンからキャッキャと歩いて来る純子、友美、明美。スローモーションの世界、純子にフォーカス。

10　バス通り沿いの歩道

歩く市郎の目に、行き交う人々の姿が異様に映る。
喫煙所、電子タバコで大量の煙を吐く女、スマホを水平に持ち、通話しながら歩く人、ＬＵＵＰに乗る人。

市郎「……」

11　商店街

弾ける笑顔の純子、どんどんカメラに近づく……。

純子「⁇」
ようやく視線（カメラ）に気づく純子。
その瞬間、ドン！とカメラにぶつかる。

純子「危ねえな、どこ見て歩いてんだよ！」
向坂キヨシ（14）の上着の胸のあたりにアイスクリームがべっとり付いている。

純子「取れよ、耳栓！」
キヨシ「……あ、ごめんなさい」

明美　我に返り、耳栓＝ＡｉｒＰｏｄｓを外すキヨシ。
「ごめんなさいじゃねえよ！　弁償しろよ！チョコミント！」
キヨシ「……すいません、今、現金持ってなくて」
明美「は？　現金じゃなくて何なら持ってんだよ」
キヨシ「……えっとー」
純子、ハンカチを出し、キヨシの胸のアイスを軽く拭き、

純子「もういいから、行きな」
無事だったアイスをペロリと舐め、歩き出す純子。
呆然と見送るキヨシ。ＡｉｒＰｏｄｓを耳に差し込む。
恋の始まりを示唆する楽曲が流れる。

キヨシ「……」

12　歩道橋の上

市郎、東京方面を振り返り、

市郎「……なにあれ」
遠くにそびえるスカイツリー。

13　商店街

キヨシ「……」
　恋の曲がピークを迎え、感極まり走り出すキヨシ。

14　歩道橋の上

市　郎「……あ、いかん！　純子がニャンニャンしてしまう！」
　我に返り走り出す市郎。

☆　タイトル『不適切にもほどがある！』

～#1　頑張れって言っちゃダメですか?～

15　喫茶「すきゃんだる」内

　マスターが読んでいる写真集に、ムツゴロウが猛獣と添い寝してはしゃいでる写真。

　純子、週刊誌をパラパラめくりながら、
純　子「やっぱ、付き合うなら年上だよねえ」
明　美「PLの清原くんは?」
友　美「昭和42年生まれだから、2コ上、桑田くんは早生まれだから1コ上」
明　美「桑田きら～い、清原くん可愛いよね、八重歯が」
純　子「あの子は?　ほら、くせっ毛のさ、翔んだカップルに出てた、くせっ毛の」
明　美「鶴見辰吾」
純　子「……も、くせっ毛だけど、もう一人いるじゃんくせっ毛の、ねらわれた学園とか時をかける少女にも出てた、くせっ毛の」
友　美「篠山紀信」
純　子「も、くせっ毛だけど」
明　美「和田勉」
純　子「もう、くせっ毛しか」
キヨシ「尾美としのり」
純　子「そう！」
　いつの間にか隣に座っているキヨシ、
キヨシ「尾美としのりさん、昭和40年生まれ、二十歳です」

純子「……」
キヨシ「僕と、付き合ってください」
明美・友美「はあ!?」
マスター「待って待って、キミ……中学生だよね」
キヨシ「はい、中2です、ダメですか?」
純子「……いいよ」
明美「ちょっと純子……」
純子「マスター、書くもの貸して」
マスター「知らないの? この娘の父親、六中の、地獄のオガワ」

16 コンビニ(2024)

市郎、カウンターごしに店員に向かって、
市郎「(鬼の形相)姉ちゃんハイライト!」
店員「はい?」
市郎「ハイライトだよ急げよ、娘がニャンニャンしちゃうから!」
店員「……すいません、あのー、番号で……」
市郎「ハイライト! あるだろ(と棚を見て)……多いなタバコが! つーかいつからタバコ屋? ここ、朝通った時はクリーニング屋だったよ……あ、すきゃんだる! 知らない? 喫茶店、娘が入り浸ってんの、俺と同い年のリーゼントのマスターがやってる」
店員「(ようやくハイライト見つけ)こちらでしょうか」
市郎「そちらですね」
ここでも居合わせた客が遠巻きにスマホで撮影。
店員「年齢確認ボタンを……」
市郎「は? 未成年に見えるか! くそ! 責任取れよ、純子がニャンニャンしたらテメェのせいだからな!」
店員「にゃんにゃん?」
市郎「チョメチョメのことだよ!(と、百円玉2枚叩きつける)」
店員「520円です」
市郎「ナメてんのか!」
店員「ひいっ!」

17 喫茶「すきゃんだる」内(1986)

０３で始まる番号をコースターに書いて渡す純子。

キヨシ「ぜろさん……」

純子「今からウチ来てもいいけど」

明美「よしなよ、純子」

純子「すぐ近くだし、親いないから、ニャンニャンしたい？」

18　喫茶「SCANDAL」前（２０２４）

市郎「チョメチョメしちゃう、純子がチョメチョメ……あった！」

19　喫茶「SCANDAL」内

ドアを開け飛び込む市郎。

市郎「……はぁ……はぁ……純子！」

純子のいた席でよぼよぼの爺さんが居眠りしている。

市郎、話の通じそうな者を探すが、高齢者ばかり。

市郎「ん⁉」

ブックスタンドに最新号の少年ジャンプ。

自分が持っている最新号と何もかも違う。

市郎「北斗の拳は？　シェイプアップ乱は……２０２４ねん⁉」

背表紙に『２０２４』の文字。

カウンターで小瓶のビールをコップに注いでいる女。

市郎、そのビールを勝手に飲み干す。

女「なんなんです⁉」

女は渚（34）。ベビーカーで幼児が寝ている。

市郎「……え？　ああ、ごめん、喉渇いちゃって」

渚「この一杯のために、私、今日一日頑張ったんです、なのに……はあ？　乳幼児の母親はビールの一杯も飲んじゃいけないんですか⁉　区役所でボロカス言われて弁護士にボロカス言われて」

市郎「だから謝ってんじゃん」

赤ん坊が目を覚まし泣き出す。

渚「（見る見る涙目）やっと寝たの、この子、今！

COFFEE VARIATION
ブレンドコーヒー ¥230.
アメリカンコーヒー ¥230.
アイスコーヒー ¥250.
おかわり一杯までサービス
サービスメニュー
Aセット・・・ブレンドコーヒーとトーストで ¥250
Bセット・・・ブレンドコーヒーとピザトーストで ¥360.
ランチタイムサービス
11:00~14:00まで

市郎　やっと寝て、やっと静かになって、やっと一息つけると思ったのに……なんなんです⁉」

市郎　「泣くことねえだろ、たかがビール一杯で、まあ姉ちゃん、まあまあ一杯（と残りを注ごうと）」

渚　「結構です、お会計！（とスマホ出す）」

市郎　「それ！　なんなの？　ツルっとしたの、みんな持ってるけど、流行ってんの？」

渚　「触らないで！」

市郎　「……ちょっとションベン、帰るなよ一杯奢るから、マスター、こちらのご婦人にビール、マスターは？」

よぼよぼのマスター（88）が目を覚まし、

マスター　「はぁ～い？」

市郎　「アンタがマスター？　ウソつけ！」

20　同・トイレ

「どうなってんだ」とブツブツ言いながら用を足す市郎。

正面を見ると便器（和式）の上に『小泉今日子40周年全国ツアー』のポスターが……

市郎　「40周年？……キョンキョンが⁉」

手を伸ばす市郎。のり付けが甘く、ポスターの端が剥がれ落ちる。

市郎　「んん？」

壁に大きな穴が空いていて、その奥に、別のポスターの裏面。軽く押してみる。向こう側にベロ～ンと剥がれる。

市郎　「……」

恐る恐る頭を突っ込んで、穴の向こう側を見る市郎。

市郎　「……なんだよ」

そこは全く同じ、喫茶店の便所。

便器（和式）に落ちないように注意しながら、穴をくぐって向こう側へ行き、剥がれたポスターを元に戻す市郎。

市郎　「……ん？」

小泉今日子『渚のはいから人魚』（1984）のポスター。

21　喫茶「すきゃんだる」内（1986）

トイレから出て来た市郎、店内を見渡す。

マスター「噂をすれば、地獄のオガワ」

市　郎「……」

警戒しながらカウンターへ。スポーツ新聞の日付を確かめる。1986年（昭和61年）1月18日とある。

市　郎「……女は？　ここでビール飲んでた」

マスター「女？　ビール？」

市　郎「いたでしょう、乳幼児の母親、訳ありな感じの」

マスター「……なに言ってんスか？」

市　郎「……いない。あそう。……マスター、ひとつ聞いていい？　ハイライトっていくら？」

マスター「170円でしょ」

市　郎「だよねえ！……ん？（鋭く睨む）」

明　美「やべ」

慌ててタバコを消す明美と友美。

市　郎「……あ、チョメチョメ！（走って出て行く）」

22　小川家・玄関～リビング～純子の部屋

市　郎「じゅんこおおおっ！」

玄関をバンっ！と開け、靴を脱ぐのももどかしく、リビングを通り純子の部屋のドアを開けると、純子がキヨシに覆い被さっている。

純　子「……（舌打ち）」

市　郎「なんでテメエが上なんだよ！」

純　子「じじい！　ノックぐらいしろよ！」

市郎、純子の髪の毛を掴んで引きずり下ろす。

市　郎「うるせえ！　メス豚！　パンツ穿け！」

純　子「まだ脱いでねえよ！」

市　郎「脱ぐ気まんまんじゃねえかよ、てめえ、上になりやがって、上になりやがって！」

キヨシ「さっきまでは僕が上だったんです！」

市　郎「聞いてねえわ、誰だてめえ！　中学生じゃねえか？」

キヨシ「はい、キヨシです！」

市　郎「どこのキヨシだ！　いつから付き合ってんだ！」

キヨシ「今日、純子先輩に、一目惚れして、ついて来ました、4丁目のキヨシです」

市　郎「お前、言ってることメチャクチャだぞ、わかってんのか！」

キヨシ「はい、わかってないと思います」

市　郎「すげえな、親の顔が見てえわ（怒りを鎮めようとタバコに火を点け）……ふん、純子のどこが好きなんだ」

キヨシ「顔と体」

市　郎「なーにい!?？　もういっぺん言ってみろ！」

キヨシ「顔と体！」

市　郎「もういっぺん言いやがったな！」

キヨシ「だって、一目惚れだから」

純　子「キヨシ君、逃げて！」

窓からキヨシの衣服やカバンを放り投げる純子。

23　テロップ

「この作品には不適切な台詞や喫煙シーンが含まれていますが、時代による言語表現や文化・風俗の変遷を描く本ドラマの特性に鑑み、1986年当時の表現をあえて使用して放送します」

市郎の声「待てこらメスゴリラ！　お前みたいなアバズレ女の末路はな、ビニ本かノーパン喫茶だ」

純子の声「黙れくそチビそれでも親かよ！」

市郎の声「いいからパンツ！」

純子の声「穿いてるよ！」

24　葛飾区立第六中学校・教室（日替わり・翌日）

仏頂面の市郎、教室のいちばん後ろでタバコふかす。

市郎Na「（モノローグ）……くそ、まだムカムカする。やりたい盛りとはいえ、油断も隙もねえな」

黒板に『将来の夢』。

真面目な生徒は作文を書き、そうでない者は騒いでる。

市　郎「……しかし、何だったんだ、こないだのアレは……夢かな」

25　回想・垣間見た2024年の断片

主観が交じり、さらに異様な光景として記憶されている。

耳から（本物の）うどんを垂らして歩く女学生。

口から大量の煙を、エクトプラズムのように吐く女。
トーストを水平に持ち、喋りながら食べ歩く人々。

26 葛飾区立第六中学校・教室

市郎Na 「夢だな……やだもん、あんな未来はイヤだ」
と、タバコに火を点けようとしてパッケージを見る。
『あなたの健康を損なう危険性が…』の警告文。
市郎Na 「いや、夢じゃない、行った気がする、未来に、路線バスに乗って……」
後ろの扉が開き、担任の安森が入って来て、
安森 「小川先生、すいません見て頂いて……(生徒に向かって)はーい、筆記用具置いて注目~、転校生、紹介するぞー」
前の扉から入って来るキヨシ、ざわつく生徒たち。
市郎 「!?」
安森 「(教壇に立ち)静かに、親御さんの仕事の都合で、しばらくの間、このクラスで勉強することになった、自己紹介して」
キヨシ 「向坂キヨシです、よろしくお願いします」
安森 「あちら、学年主任で副担任の小川市郎先生、体育や生活指導でお世話になるから……」
市郎 「(ギラついた笑顔で)よろしくねぇキヨシくん」
キヨシ 「……」
市郎 「ここ、キミの席、温めておいたから」
座ろうとするキヨシ。市郎の方が先に座り、キヨシを膝に乗せる。
キヨシ 「ひっ!」
市郎 「ひっ!て、可愛い声出しちゃってコノコノ(キヨシにだけ聞こえる声量で)終わったなキヨシ、終わりだよ、お前の青春、地獄でオガワに会っちゃったもんなシシシ」
男子A 「向坂くん、部活決まってる?」
市郎 「(すかさず)野球部だよ、野球部だろ、野球部って言えよ」
キヨシ 「野球部です」

27 同・グラウンド

私怨のこもった千本ノック。

市郎「よけるな！　猿！（カキーン！）男のくせに（カキーン！）たような（カキーン！）野郎めキンタマ（カキーン！）ほら立て！　猿！　チョメチョメしてえか！　チョメチョメしてえのか！」

キヨシ「はぁ……はぁ……ハイッ！」

市郎「何がハイだ！　髪切れ！　明日まで坊主にして来い！」

28　同・正面玄関（日替わり・翌日）

向坂サカエ、キヨシの手を引いて来る。

29　同・校長室

ソファに向坂親子、校長、安森が待ち構えている。

市郎、悪びれもせず堂々と登場し、

市郎「これはこれは、こんなに早く親の顔が見れるとはねえ」

サカエ「あなたね、小川とか言うパワハラ教師は」

市郎「パッパラ教師だと⁉」

サカエ「パワハラ知らないか、教師による虐待、いじめって言えばわかります？」

校長「まあまあお母さん、小川先生も座って、聞きましょ、話を」

キヨシの髪を上げると、不自然な剃り込み、

サカエ「……頭をね、刈り始めたんですバリカンで。驚いちゃって、訳を聞いたら……タバコ吸うの⁉」

タバコをくわえる市郎。

校長と安森も吸おうとしていたが、戻す。

サカエ「『男のくせに』と仰ったそうね」

市郎「仰いましたね、正確には『男のくせに女の腐ったようなもやし野郎めキンタマついてんのか』と……」

サカエ「信じらんない！」

市郎「信じる信じないはともかく、言いました」

安森「愛の鞭ですよね？」

市郎「もちろんです、根性叩き直してやろうと思いまして」

安森・校長「（頷く）」

サカエ「……は？　なに？　うんうんって、愛の鞭なら

何言ってもいいと思ってるんですか？」

市郎　「わかったよいちいちうるせえな今度から黙って殴るよ」

サカエ　「殴ったんですか⁉」

市郎　「急所は外したよ、わきまえてるよちゃんと、こちとら教育のプロなんだから」

安森　「愛の鞭ですよね？」

サカエ　「ちょっと黙ってて！」

市郎　「なにピリピリしてんの、更年期？　欲求不満？　旦那が構ってくれない族ですか（笑）」

サカエ　「（頭抱え）ここまでか……昭和の教育現場、まさかここまでとは……怒り通り越して逆に興味深い」

校長　「向坂さんは、社会学者なんですよね」

市郎　「あーインテリだからカサついてんのか」

サカエ　「……面白くなってきたので録音させて頂きますねー」

スマホを出し、録音ボタンを押すサカエ。

市郎　「⁉」

校長と安森も⁇　となるが口には出さず。

サカエ　「小川先生の発言、どこが不適切かおわかりですか？」

校長　「はい、ええと、女の腐ったような……」

サカエ　「男のくせにもダメですよ！　男はこう、女はこうという既成概念で青少年を不当に傷つける差別発言です、他には？」

校長　「あとは〜……もやし野郎もよくないね」

安森　「もやし農家の方を不当に傷つけます……」

市郎　「それなに！（スマホを指し）」

サカエ　「はい？」

市郎　「それ！　そのツルっとしたの、なんなのそれ、どこで売ってんの？（手を伸ばす）」

サカエ　「やめてください！（慌ててカバンにしまい）……とにかく、うちの子、メンタルが繊細なんです、帰るよ。もともと短期間のつもりでしたけど、こんな暴力教師のいる学校に、一日たりとも大事な息子を預けられません……早く！　他の中学に……」

キヨシ　「（拒んで）先、帰ってて、僕、部活あるし、遅くなる」

一礼して去って行くキヨシ。

サカエ　「……キヨシ……待ちなさいキヨシ！（追う）」

市郎Na　「何なんだアレは。知りたい、あの薄くてツルっ

「としたのの正体……」

30　小川家・ダイニング

TV『11PM』オープニングが流れている。

市郎Na　「新商品なら11PMかトゥナイトで紹介するはずだ」

風呂上がりの純子が通りかかり、

純子　「おっさん何時に寝るの？」

市郎　「お前は……何時に帰って来て何時に寝るかしか俺に興味ないのか？　なんだと思ってんだ俺を」

純子　「薄汚ねえ貯金箱」

市郎　「……そんな子じゃなかったぞ、純子、母さんが生きてた頃は。見るかビデオ、10歳の頃、風呂上がりにピンクレディー歌ってるヤツ、これ見て初心にかえれ（とテープを入れる）」

純子　「見ねえよ、それよりカセット買って来てくれた？」

市郎　「……ああ、そこ」

仏壇のそばに無造作に置いてある、カセットテープと紙袋。

純子　「？　なにこれ」

市郎　「（得意げに）欲しがってただろ、なんだっけ……おニャン子の連中が着てる、水兵の」

純子　「セーラーズ!?　うそ！」

市郎　「セーラーズのトレーナー？　見つけたから買って来た」

純子　「マジかよ、いいとこあんじゃん」

市郎　「奮発しちゃったよ、今月、掃除とかゴミ出しとか代わってもらったからよ」

純子　「（カセットテープを手に）ノーマルじゃねえかよ！」

市郎　「なに？」

純子　「AXIAのクロームかメタルテープって言ったよねえ！　先輩に渡すヤツだから、いい音で録りたいの、ノーマルはやなの、取っかえて来て」

市郎　「音なんか関係ねえよ、どうせシブがき隊とかだろ、いいから着てみろ、セーラーズ」

純子、カラフルなトレーナー。

純子　「これ、どこで買ったの？」

市郎　「錦糸町」

純子　「は!?　セーラーズは渋谷でしか売ってないの、錦糸町までは来てないの、よく見ろ、ジジイ！」

市郎　ロゴの文字『SAYERS』。
イラストも、水兵ではなく空手の道着姿。
「せいやーず……あ、セイヤーズだクソ！　ニセ物、やられた！」
純子「いらない、返して来て」
市郎「カッコイイだろ、むしろ、せいや！　つって、こんなの誰も着てねえぞ」
電話が鳴る。純子、出ようとするが、タッチの差で市郎が出て、
市郎「小川です……もしもし？……どちら様ですか？
純子ならクソして寝ました！（と切る）」
純子「おい！」
市郎「うるせえ！　ガキはもう寝る時間だ！　バカ！」
純子「ジジイもとっととクソして寝ろ！（と部屋へ）」
市郎「ん？」
テーブルに写真屋の紙袋。開けると、現像した紙焼きの写真。市郎が撮った寝起きの写真などに交じって、ムッチ先輩との2ショット。
純子、戻って来て写真を引ったくり部屋へ。
市郎「誰だ？　そのカマキリのメスみてえな貧相なチンピラは！」
バタン！と鼻先でドアを閉められ、
市郎「4丁目のキヨシと全然違うじゃねえか！　チョメチョメできれば誰でもいいのか！　おい！」

31　同・純子の部屋

市郎ドアを開け、打って変わって優しい声で、
市郎「純子ぉ？……さっきはごめんねぇ、セーラーズ、ちゃんと買ってあげるからね、純子ちゃん？
……寝たぁ？」
反応がないので、そっとドアを閉める。

32　同・ダイニング

市郎「……寝た寝た（ニヤニヤ）」
ビデオデッキから吐き出されるテープ。
『じゅんこ　1978～ピンクレディー』
市郎、取り出し、生徒から没収したエロビデオを入れる。
意を決して、再生ボタンに触れた瞬間、電話が鳴る。
市郎「おいっ！」

声　受話器を取り、耳に当てると、男の甲高い声。
　「夜分にすみません～私ぃ～ミスマガジン選考委員の者ですが、このたび、純子さんがミスマガジンに……」
市郎　「4丁目のキヨシだろ」

33　ビジネス旅館

キヨシ　「……」
　受話器を持って固まっているキヨシ。
市郎の声　「……見え透いてんだよ、昼間あんだけウサギ跳びして、まだ体力余ってんのか、明日は倍にしてやっかんな……」
サカエ　「まだ起きてるの?」
キヨシ　「(慌てて切り)ごめん」
　TVで『11PM』。
サカエ　「あーもう信じらんない!　地上波なのにおっぱい出ちゃってる(消す)早く寝なさい、明日帰るんだから」
　スマホでアラームをセットするサカエ。
キヨシ　「明日?」
サカエ　「早いに越したことないでしょ、キヨシにはこの時代、ハード過ぎました、ほら電気消して」
キヨシ　「……」

34　六中・教室(日替わり・翌日)

　キヨシの席が空いている。
市郎Na　「あのツルっとした薄いヤツ、11PMでもトゥナイトでも紹介しなかった、てことは……やっぱり、夢だったのか?」
　野球部のイノウエが作文を読んでいるが、誰も聞いてない。
市郎Na　「あの日……部活帰りにバスを降りたら、そこは……」

×　×　×

　2024年の奇妙な光景。
市郎Na　「そこで……彼女に出会った」
　喫茶SCANDALで出会ったシングルマザー、渚。
　やはりスマホを触っている。

×　×　×

市郎Na　「いい女だったな……でも、なぜか幸せそうじゃなかった」

涙目で訴える渚。

渚　「乳幼児の母親はビールの一杯も飲んじゃいけないんですか!?　区役所でボロカス言われて弁護士にボロカス言われて」

×　　×　　×

市郎Na　「区役所、弁護士、いったい何があった、気になる、けど、もう会えない」

イノウエ　「皆さんはバックトゥーザフューチャーという映画をご存知ですか？　僕は18回観ました。監督はロバート・ゼメキス」

市郎Na　「会いたい、彼女に、俺としたことが、電話番号ぐらい聞けばよかった……」

イノウエ　「主人公はタイムマシンで30年前の世界へ行きます」

市　郎　「ん？」

イノウエ　「ドクの作ったタイムマシンは、デロリアンDMC-12という車に、次元転移装置を……」

不良生徒　「なに言ってっか分かんねーぞ、ガリ勉！」

市　郎　「うるせえ！……おいメガネ、タイムマシンって、作れるの？」

イノウエ　「イノウエです。理論上、不可能ではないと言われています。アインシュタインは三次元空間は時間とつながり、時間が四次元として機能し」

市　郎　「いい、いい、うるせえ黙れ、どうせ分かんない。出来るか出来ないかだけ言え」

イノウエ　「……出来ると思います……頑張れば」

市　郎　「頑張れよイノウエ、お前なら出来る」

イノウエ　「はい！（瞳を輝かせ）僕の夢は、科学者になって、タイムマシンを発明し、30年後の未来から、この六中2年B組にタイムスリップして来ることです」

市　郎　「……」

35　バス停

市郎Na　「あの時乗ったバスも……タイムマシンだったのか……あの時と同じバスに乗れば、未来に行ける……のか？」

時刻表を見る市郎。

市郎Na　「1時間に2本……どっちに乗ったっけ……3

時、3時半……」
3時台の欄『00』『30』の後ろに白いシールが張られている。剥がすとマジックで書かれた『55』の文字。

市　郎「……」

36　住宅街の道

トランクを引きずって歩くサカエ、キヨシ。

37　横断歩道

信号待ちのキヨシの前をムッチ先輩のバイクが通過する。
タンデムシートに純子、腰に抱きついて楽しそう。

キヨシ「……」
サカエ「ほら、行くよ」

38　バス停

バスがやって来る。時計を見ると3時55分。

市郎Na「……これか？」
意を決して乗り込む市郎。

39　同・車内

席に座った瞬間「乗ります！」という声と共に閉まりかけたドアが再び開く。

市　郎「……あ」
キヨシ「あ」
キヨシに続いて乗って来るサカエ、市郎を見て、
サカエ「……どうして？」
突然、踵を返しバスを降りるキヨシ。その時、サカエとぶつかり、スマホが床に落ちる。
サカエ「待ちなさい！　キヨシ！（と、追う）」
市郎、床に落ちたスマホを拾って、
市　郎「お母さん！　これ……」
と、差し出したその時、ドアが閉まりバスが動き出す。
サカエ「待って」と叫んでバスを追いかけ、走る。
市　郎「おい、止めろよ、まだ乗る人いるから……!?」
運転席に運転手の姿はない。なのに加速するバ

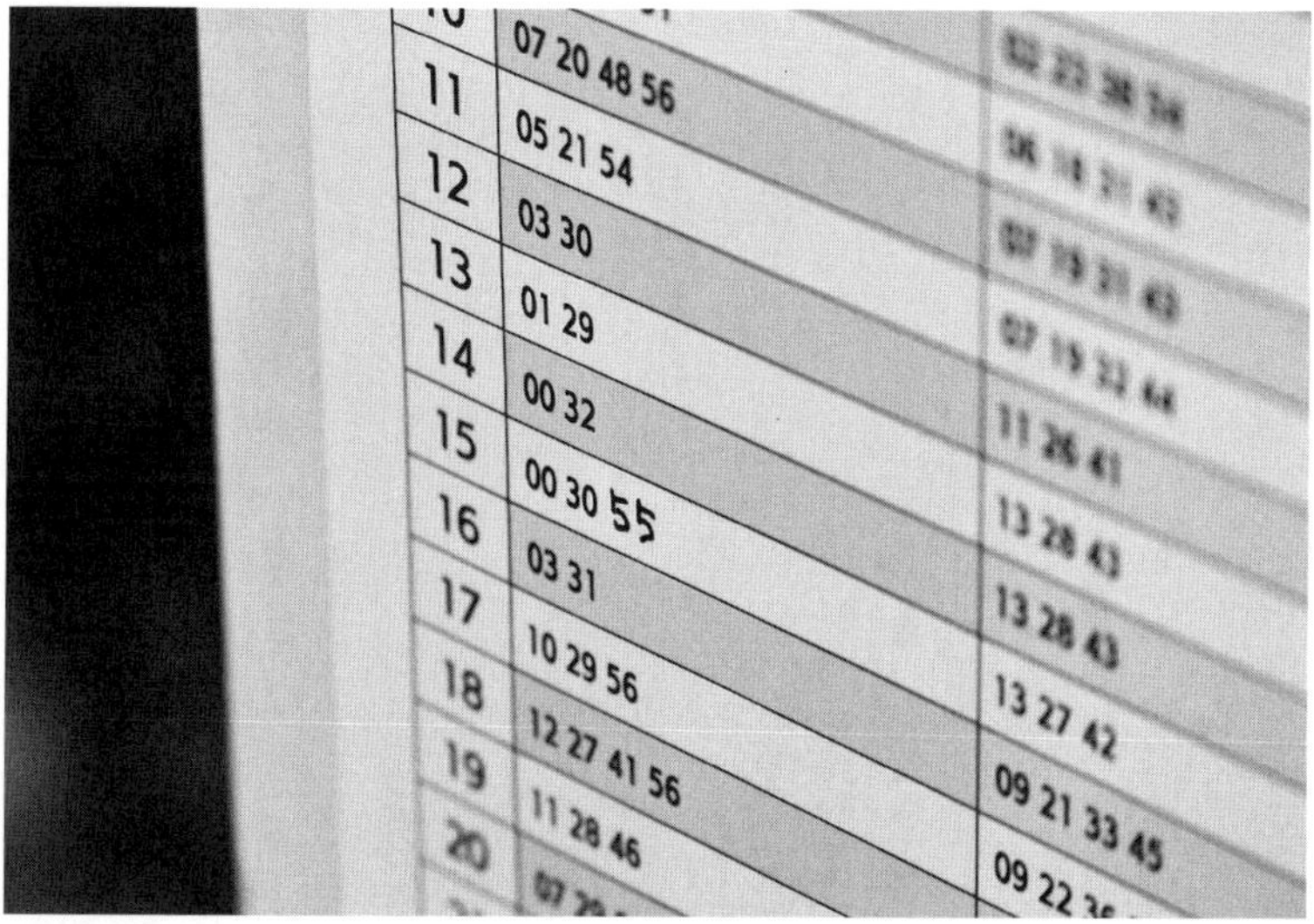
11 07 20 48 56
12 05 21 54
13 03 30
14 01 29
15 00 32
16 00 30 55
17 03 31
18 10 29 56
19 12 27 41 56
20 11 28 46

ス。」

市郎「……」

40　バス通り

最後部の窓にはり付き、叫んでいる市郎。
バスを追いかけるサカエ、だが引き離され、

サカエ「待ってえっ!」

バスは忽然と姿を消す……。
サカエの背後にキヨシが近づき、

キヨシ「好きなコができた」
サカエ「(振り返り)……はあ!?」
キヨシ「だから……もうちょっといたい、ごめん!」
サカエ「……待ちなさいキヨシ!(腕を掴む)」
キヨシ「離して……離せよばばあ!(振り払う)」
サカエ「……(絶句)」
キヨシ「令和になんか帰りたくない!　昭和がいいんだ!」
サカエ「……どうして?　こんな時代のどこがいいのよ、粗暴で、差別的で、センスのない大人ばっかりの……」
キヨシ「テレビで、おっぱいが、見れるじゃないか!」
サカエ「……どうしちゃったの?(困惑)」
キヨシ「テレビでおっぱいが見たいんだ!　地上波でおっぱいが見たいんだ!　見たいんだ!」
サカエ「……(通りかかった人々に)どうもすみません」
キヨシ「わかってる、どうかしてる、だから放っといて(去りかけ、戻り)ばばあは言い過ぎました、ごめんなさい」

取り残されるサカエ。

41　居酒屋(2024)

配膳ロボットが往来する大型店。
会社員の秋津真彦(29)がタッチパネルを手に、

秋津「飲み物、同じのでよろしいですか?」
上司・鹿島「自分でやるから、それより本当に、心あたりない?」
配膳ロボ「アブリシメサバ(炙りしめ鯖)オモチシマシタ」
秋津「ないですよ、加賀ちゃんには僕、一目置いてたんですから」
上司・田代「向こうはパワハラ認定に向けて動いてるの」

秋津　「本当に言ったんですか？　彼女……その、メンタルが……」
田代　「メンタルが限界です、それは疑いようがない」
鹿島　「1ヶ月休職するらしいよ」
秋津　「……（ため息）」
配膳ロボ　「アブリシメサバ、オモチシマシタ」
田代　「人事部の聞き取りに備えてシミュレーションしとこうか」
鹿島　「(スマホ出し)『プレゼン直前にプレッシャーをかけられた』……心当たりある？」

×　　×　　×

インサート（回想）
近代的なオフィスでPCに向かう女子社員、加賀。
秋津　「いよいよだね、加賀ちゃん、期待してるから、頑張ってね」
加賀　「……はい」

×　　×　　×

秋津　「え、応援するのもダメですか？」
田代　「それで心折れちゃう子もいるからね」
鹿島　「パワハラ認定。軽率でしたと。次は……」

×　　×　　×

（同じく回想）
打ち合わせのメモを高速でスマホにメモする加賀。
秋津　「速いねえ！　さすがZ世代」

×　　×　　×

秋津　「言いました、実際速いんですよフリック入力……え、ダメ？」
田代　「世代で括るのはエイジハラスメントに該当します」
配膳ロボ　「アブリシメサバ、オモチシマシタ〜」
田代　「人気だね、炙りしめ鯖（笑）注文しようか、次は？」
鹿島　「セクハラもいっちゃってるみたいよ、秋津くん」
秋津　「いやいや、それはないです、絶対にない……」
田代　「営業部の若手でバーベキューしたんだって？」

×　　×　　×

（回想）バーベキュー会場
サラダを取り分ける加賀に秋津が、
秋津　「ありがと、加賀ちゃんをお嫁さんにする男は、幸せだね」

周囲の女子社員、作り笑いで目配せ。

鹿島（OFF）「動かない、他の女子社員がまるで気がきかないみたいな空気になり、気まずかった、と」

×　×　×

秋津「そんなつもりで言ったんじゃ……」

鹿島「君がどんなつもりでも、相手が不快になったら、それはもう〝ハラ〟なんだよ」

田代「こういう時代だから、褒める時も言葉選ばないとね」

市郎「どういう時代？」

通路を挟んだテーブル席、大量の炙りしめ鯖を前に途方に暮れている市郎。

田代「……はい？」

市郎「『こういう時代』って聞くの、あんたで4人目なんだ、オープンからここで飲んでんだけどね」

配膳ロボ「アブリシメサバ、オモチシマシタ〜」

市郎「うそ、まだ一杯しか飲んでない（タブレットで）さっきからレモンサワーお代わり頼んでるのに、炙りしめ鯖ばっか来るんだよ、なんかしたか？俺」

秋津「……やりましょうか」

市郎「助かる（タブレットを渡す）景気良くないのは何となく分かるよ、バイトの時給上がってないし（求人の張り紙指す）」

秋津「（タブレット見て）炙りしめ鯖200コ入ってますね」

市郎「ハハハいっそ殺してくれ（涙目）で？　どういう時代？」

田代「……多様性の時代です、結婚だけが幸せじゃないっていう」

市郎「で、頑張れって言われたら1ヶ月会社休んでいい時代？」

鹿島「すいません、こっちの話なんで、お構いなく……」

市郎「（唐突に秋津を指差し）どっかで会ったね」

秋津「……はい？」

42　荒川沿いの土手（夕方・1986）

ムッチ先輩、ウォークマン聴きながら、缶コーヒーとミルクティーを差し出す。純子、ミルクティーを選ぶ。

ムッチ　「やっぱ音が違う、メタルテープ最高」
純　子　「ねえムッチ先輩、なんか気づかない？」
ムッチ　「（コーヒー飲んで苦い顔）なんだよ」
純　子　「んもお、ちゃんと見てぇ」
ムッチ　「わっかんねえよ（飲んで苦い顔）」
純　子　「前髪、DESIRE-情熱-の明菜イメージしたんだけど」
ムッチ　「明菜より（苦い顔）普通に（苦い顔）……井森美幸が好き」
純　子　「ミルクティーがよかった？」
ムッチ　「苦くねえよ（苦い顔）……純子、お前、子供欲しいか？」
純　子　「え？　え、わかんないよ、まだ、そんなの（赤面）」
ムッチ　「男の子が生まれたら、喧嘩なら負けない、怖いもの知らずに育てるんだ」
純　子　「それって……最高じゃん」
ムッチ　「お前が望むなら、ツッパリもやめる、だから純子、未来を、俺にくれないか？」
いいムード、顔を寄せ合う二人。その時、何者かがバイクを蹴る。
純　子　「……キヨシ」
思い詰めた表情のキヨシ、血走った眼で立っている。
キヨシ　「お、お、俺の女に手ぇ出すな！」
ムッチ　「なんだテメエは」
キヨシ　「じゅ、純子……と、いいお付き合い、させて頂いてます」
ムッチ、純子を見る。激しく首を振る純子。
ムッチ　「（タバコを捨て）上等じゃねえかよ」
ファイティングポーズのキヨシ、決死の覚悟でムッチにぶつかって行く。

43　居酒屋（2024）

外国人店員が炙りしめ鯖にバーナーで焦げ目をつける。
市　郎　「……運ぶのはロボットだけど、炙るのは人間なんだね」
秋　津　「しめ鯖、キャンセルしました。で、レモンサワーですよね」
市　郎　「頑張れって言われて会社休んじゃう部下が同情されてさ、頑張れって言った彼が責められるっ

て、なんか間違ってないかい？　だったら彼は
なんて言えばよかったの？」

田代　「何も言わなきゃよかったんです」

秋津　「……」

田代　「何も言わずに見守って、うまくできたらプレッシャーを感じない程度に褒めてあげる、ミスしても決して責めない、寄り添って一緒に原因を考えてあげれば、彼女の心は折れなかった」

市郎　「きもちわり」

田代　「はい？」

市郎　「なんだ寄り添うってムツゴロウかよ、そんなんだから時給上がんねーし、景気悪いんじゃねーの？　挙げ句の果てにロボットに仕事取られてさ」

配膳ロボ　「炙りベーコン、オモチシマシタ〜」

市郎　「ロボットはミスしても心折れねえもんな」

秋津　「あ、すいません……あれえ？」

市郎　「冗談じゃねえ！　こんな未来のために、こんな時代にするために俺たち頑張って働いてるわけじゃねえよ。期待して、期待に応えて、叱られて励まされて頑張って、そうやって関わり合って強くなるのが人間じゃねえの？」

鹿島　「……今どき根性論（嘲笑）」

市郎　「メンタムだか何だか知らないけど、頑張れって言われたくらいで挫けちゃうようじゃ、どっちみち続かねえよ」

田代　「そういう発言が今いちばんマズいの！」

市郎　「そういう発言が今、いちばんマズいの！ってヒステリックに叫んで話終わらすのはいいの？　なにハラだかになんないの？」

秋津　「アナタならどうします？」

鹿島　「相手すんなって秋津」

市郎　「俺なら？　そうね、ミスしたらケツバット」

秋津　「うまくできたら？」

市郎　「胴上げよ」

秋津　「……いいですね」

田代　「出よ（立つ）」

秋津　「もっと話し合いませんか？」

鹿島　「話しても埒あかないよ、こんなおっさんと」

突然、歌い出す秋津。

秋津　♪話し合いましょう〜　たとえわかり合えなくても

市郎　「……おい、どうした？」

【話し合いまSHOW】※ミュージカル

秋津　♪話し合いましょう　こんなおっさんだからこそ
　　　♪ロボットじゃない　僕たちだから出来ること
　　　♪それは　話し合い

市郎　「どうした？　どうしました？」

秋津　「パワハラに気をつけて、目をかけていた後輩が、去年会社を辞めました。コンビニ行くって出ていってユーチューバーになりました……ふざけやがってふざけやがって、ふざけやがってバカ野郎！」

市郎　「……植木等？　違う？　なんなの」
　　　秋津、客のテーブルをまわり、語りかけるように歌う。

秋津　♪上から何も教わってないのに
　　　♪下は腫れ物　気をつけろ
　　　♪今年で入社7年目　メンタルとっくに限界です
　　　♪だから　話し合いまSHOWTIME！
　　　店内の配膳ロボが一斉に光り、動き出す。

　　　♪だから話し合いましょう（アブリシメサバ）
　　　♪話し合いましょう（フ・フ・フ・フ）
　　　♪今日は話し合いましょう（アブリシメサバ）
　　　♪話し合いましょう（フ・フ・フ・フ）

田代　♪そうね　いつだって君は正しい

市郎　「え、あんたも⁉」

田代　♪だけど正しいことが正しいとは限らないわ

鹿島　♪それが組織

田代　♪どんな正義も　振りかざしたら圧になる

鹿島　♪それが組織

田代　♪だから主張しない　期待もしない
　　　♪今年で入社13年目　メンタルとっくに死んでます

秋津　♪話し合いましょう（アブリシメサバ）

田代　♪話し合わないわ（フ・フ・フ・フ）

秋津　♪話し合いましょう（アブリシメサバ）

田代　♪話し合わないわ（フ・フ・フ・フ）

鹿島　♪それが組織
　　　テーブルに立ち上がり雄々しく歌う市郎。
　　　曲調ガラっと昭和風に変わる。

市郎　♪話し合わないのなら　殴り合えばいい！

♪拳と拳で　語り合えばいい！

44　荒川沿いの土手（夜・1986）

キヨシの奇襲、頭突きがムッチの顔面にヒット。

純　子「ムッチ先輩！」
ムッチ「ハハハ（鼻血）やるじゃねえかよ」
キヨシ「……はぁ……はぁ……うおおおおお！」

45　居酒屋（2024）

市　郎「結婚だけが幸せじゃないってアンタ言ったけど、じゃあ『結婚しました幸せです』って言っちゃいけないってこと？　俺は幸せだったよ。カミさんと結婚した時、娘が生まれた時、叫びたいほど幸せだったよ」
市　郎♪我慢しなくていいだろう
♪幸せだって言いづらい社会　なんかおかしくないかい？
田　代「♪それが多様性　多様な価値観が認められる社会」
市　郎「だったら『幸せだ！』って叫ぶ俺の価値観も認めてくれよ
♪それが本当の多様性」
秋　津♪話し合いましょう
市　郎♪拳と拳で
秋　津♪話し合いましょう
市　郎♪拳と拳で
秋津・市郎♪たとえ分かり合えなくても
♪話し合ったという履歴は残る……
秋　津「って……話しても埒あかないんだから歌ってもダメですよね」
市　郎「今さら、それ言う？」
田　代「気が済んだ？　じゃあ、明日の聞き取り、よろしくね」
女性の歌声♪話し合いましょう　話し合いましょう
顔を上げる秋津。配膳ロボが左右に動いて道を開ける。
秋　津「加賀ちゃん」
女子社員、加賀が入口に立っている。
加　賀「ごめんなさい、秋津先輩、私……」
秋　津「どうした？」

加賀　♪叱って欲しかったんです

秋津　「……」

加賀　「他の社員に対しては厳しい指導で有名な先輩が、私にだけは『頑張って』とか『期待してる』とか曖昧なことしか言ってくれないから……私、はなから数に入ってないんだって」

秋津　「それは違うよ」

加賀　♪私が女だから　先輩　諦めてるんだって

秋津　♪違う違う

加賀　♪違わない

秋津　♪君はとても優秀だから

加賀　♪叱られたことがないんです　一度も　親にも
　　誰にも

鹿島　「叱ったらそれはパワハラになるじゃないか、どんな理由であれ、だから、怖くて叱れない
♪それが組織〜」

加賀　「それでも叱って欲しかったんです」

鹿島　「ほんとに？　ほんとに叱っていいの？」

加賀　「秋津さんに」

鹿島　「ああ……だよね、どうぞ」

秋津　「ないよ、叱るところなんか、君は今のままでいい」

加賀　「ごめんなさい、かまって欲しかった、だけかもしれません」

秋津　「それは……言ってくれないと分からない」

加賀　♪話し合えて良かった

秋津　♪話し合って良かった

秋津・加賀　♪話し合えて良かった
　喝采。市郎、どさくさに紛れて帰ろうとしている。

秋津　「あの！」

市郎　「ごめん、お金持ってない」

秋津　「払っときます」

市郎　「……助かる、急がないと娘が、チョメチョメしちゃうから」
　そう言い残し立ち去る市郎。

秋津　「……あ、ちょっと、これ！」
　テーブルの上にスマホの忘れ物（キヨシの）。

46　喫茶「すきゃんだる」内（1986）

　テーブルゲーム『熱血硬派くにおくん』の画面。くにおがパンチとキックを猛スピードで連打し敵を倒す。

純子　「……やるじゃん」
キヨシ　「まあね」
キヨシ快心の笑顔、喧嘩の痕跡、ボコボコに腫れている。

47　喫茶「SCANDAL」内（2024）

入店する市郎。カウンターに渚がいる。
渚　「あ」
市郎　「……どうも」
渚　「……来た(笑)ここで待ってたら会えると思って」
市郎　「え？（思わず顔がほころぶ）」
渚　「飲み物は？」
市郎　「じゃあビール」
ビールとグラスをカウンターに置く。
市郎　「ここで働いてんだ」
渚　「夜だけ、スナック営業なんです」
ソファの上で寝ている赤ん坊と高齢のマスター。
渚　「ところでお兄さん」
市郎　「小川です」
渚　「小川さん、炎上してますよ」
市郎　「えんじょう？」
渚、スマホで動画を開いて見せる。
渚　「これ、そうでしょ？」
動画『傍若無人！　路線バスで喫煙&逆ギレ』
『閲覧注意、キレる老害中年の実態』
モザイクかけられ、音声も変えているが、明らかに市郎。
音声　「姉ちゃんの方がよっぽど危ねーよ、耳からうどん垂らして、そんな、パンツ見えそうなスカート穿いてさあ、痴漢してくださいって言ってるようなもんだよ」
渚　「気をつけた方がいいですよ、こういうの、一度ネットで晒されたら、削除出来ませんから、デジタルタトゥーって言って……」
市郎　「これ……テレビなんだ」
興味津々、動画に見入る市郎。
渚　「テレビ……っていうか電話？　あとカメラ、ラジオ、財布も……」
市郎　「……あ、俺も持ってる、同じの……あれ？　あれ？」
ポケットを探すが見当たらず、カバンに手を突っ込むとビデオテープが出て来る。

市郎「……」

秋津「これですか?」

入口に立っている秋津、スマホを差し出す。

市郎「あーそうそう、ありがとね、わざわざ」

と、受け取るがスマホの操作方法が分からず。

渚「……どうしました?」

市郎「信じないと思うけど、俺、昭和61年から来たんだよ」

渚「……なに言ってんの?」

市郎「タイムストリップで、知らない? バックトゥザなんとかって映画、38年前から来ました。つまり、あんたら未来人」

秋津「……ははは、頭おかしい」

市郎「六中の体育教師で野球部の顧問、地獄のオガワって呼ばれてる。これは……教え子の落とし物」

渚「……」

市郎「ごめん、また今度! 娘がチョメチョメしちゃうからさ」

48 同・トイレ

市郎「(飛び込んで)……えっ!」

便器が、和式から最新の洋式に変わっている。

壁のポスターは剥がされている。

市郎「キョンキョン……キョンキョンのポスターは!?」

パニックに陥り、壁をドンドン叩いたり剥がそうとする。

49 喫茶「すきゃんだる」内(1986)

純子「ウチ来る?」

キヨシ「え?」

純子「(顔指し)ちゃんと手当てしないと」

キヨシ「(怯えて首を振る)」

純子「大丈夫、今日、親父いないから、行こう」

キヨシの手を掴んで立たせる純子。

50 喫茶「SCANDAL」内(2024)

血相変えてトイレから出て来る市郎。

市郎「キョンキョンは?」

渚「キョンキョン？」
市郎「便所！　洋式になってる！」
渚「……そう、業者に頼んで今日、ウォシュレット入れたの」
市郎「きょう!?　なんで!?」
渚「なんで？　今どき和式ってありえないし、マスター高齢で、痔が悪いっていうから」
市郎「何してくれてんだよブス！」
渚「はあ!?」
市郎「チョメチョメしちゃう、娘がチョメチョメ……ん!?」
カウンターのビデオテープに釘付けになる市郎。
『じゅんこ　1978〜ピンクレディー』
市郎「……落ち着け、これが、ここにあるということは？」

51　小川家・ダイニング（1986）

そわそわ落ち着かないキヨシ。

純子「なんか見よっか、小っちゃい頃、お風呂上がりにママとピンクレディー踊ってるビデオとか」

キヨシ「純子先輩が？　見たい見たい」

リモコンを手に取り、再生ボタンに指を乗せる純子。

デッキに吸い込まれてゆくテープ。

『F○CK　トゥ・ザ・ティーチャー』と書いてある。

52　喫茶「SCANDAL」内（2024）

市郎「くそ、やっちまった！」

その時、キヨシのスマホに着信。

顔を見合わせる市郎、渚、秋津。

ビデオ通話。発信者は『ママ』。

渚、恐る恐る通話ボタンを押すと、ノイズだらけの画面に向坂サカエの顔、フリーズして、
サカエの声「……もし……し……オガワ……生ですか？……しもし」

市郎「……」

つづく

＃2　一人で抱えちゃダメですか?

1　喫茶「SCANDAL」内（2024）

キヨシのスマホに向坂サカエの顔、固まっている。

サカエの声「……もし……し……オガワ……生ですか？……しもし!?」

市　郎「もしもーし！　キヨシくんのおかーさーん、聞こえますぅ？」

サカエの声「……こえる……き……えます」

市　郎「あーなんか、イライラするぅ」

2　喫茶「すきゃんだる」前（1986）

ポケットWi-Fiとスマホを持って脚立の上に立ち両手を広げているサカエ。

サカエ「ごめんなさいね、こっちWi-Fi飛んでないからー、試しにポケットWi-Fi持って脚立に上ってみたら、そっちの声は聞こえるようになりました」

3　喫茶「SCANDAL」内（以下・カットバック）

秋　津「あ、この人！」

渚　「なに？（見て）あ、この人！　向坂サカエ、フェミニストの」

秋津、スマホで画像検索。

『ジェンダー平等の論客・向坂サカエ』

『昭和の価値観めった斬り』

市　郎「有名なんだ、へえ、男顔負けだね」

サカエの声「その表現がもう差別！　女を下に見てますからね！」

市　郎「はいはい、向坂さん、今どちらに？」

サカエの声「今？　すきゃんだるっていう喫茶店の前です」

秋　津「え!?」

市　郎「試しに、そのまま中入ってみて」

サカエの声「入りましたー」

渚と秋津、入口の方を見るが誰も来ない。

市　郎「な？　この人、昭和にいるの」

渚・秋津「……」

4　喫茶「すきゃんだる」内（随時カットバック）

サカエ「じゃあ、先生、やっぱり令和に」

背後にマスター（50）の姿が映る。

マスター「いらっしゃい、お一人様ですか？　空いてる席どうぞ」

渚「（覗いて）え、マスター？　これがマスター!?」

市郎「38年前のね」

そばで口を開けて眠っているマスター（88）。

サカエ「でもよかった、電話つながって」

市郎「（我に返り）よくない！　お母さん、悪いんだけど今すぐ俺ん家行ってくんないかな、住所言うから」

サカエ「え、どうして？」

市郎「娘がチョメチョメしちゃうんだって！　アンタの倅と！」

秋津「ちょめちょめ？」

サカエ「……」

市郎「娘が小2の頃に撮ったビデオが、なぜかここにある」

5　夜の道（1986）

脚立を担いで走るサカエ。

市郎の声「てことは、生徒から没収したエロビデオがデッキの中に入ってるんだ！　女教師ものなんだ！　あんなの見たら……アンタんとこの盛りのついたサルが、ますますサルになっちまう！」

サカエ「キヨシ……キヨシ……きよしぃぃ――！！」

☆　**タイトル『不適切にもほどがある！』**

～#2　一人で抱えちゃダメですか？～

6　小川家・玄関～ダイニング

ドアを激しく叩く音、中から純子がドアを開ける。

純子「だれ？」

サカエ「どきなさい！（と押しのけ中へ）キヨシ……」

純子「もしかして、お母さん？」

部屋の隅、体育座りで塞ぎ込んでいるキヨシ。

純子「あれ見て、すっかり自信なくしたみたい」

デッキの取り出し口にビデオテープ。

『F○CK　トゥ・ザ・ティーチャー』

キヨシ「これじゃない、僕が見たかったのは、こんなんじゃない！」

サカエ　「テレビでおっぱいが見たいんじゃないの？」

キヨシ　「おっぱいだけでよかったんだ！　あんな一度に全部見せられたら……バカになっちゃう、僕、バカになっちゃうよ！」

と、参考書を開いて勉強するキヨシ。

純子　「（タバコくわえ）うちのクソじじいは？　なんで帰って来ないの？」

7　喫茶「SCANDAL」内（2024）

市郎　「野球部の練習終わりでバスに乗ったんだよ、そしたら、やけにスカート短い女子高生が乗って来て」

×　×　×

フラッシュ（回想・#1）バス車内

市郎　「うどんうどん、耳からうどん、垂れてますよ」

×　×　×

秋津、ポケットからAirPodsを出し、

秋津　「これですか？」

市郎　「そうそれ！　なに？　流行ってんの？」

秋津　「ブルートゥースで音が飛ばせるイヤホンです」

市郎　「……ぶるうとぅす……で、音が……とぶ？（怖がりつつ耳へ）」

渚　「で？　バスを降りたら？」

市郎　「ビルとビルの間にでっかい電波塔が」

秋津　「スカイツリーかな」

市郎　「ハイライトが520円で、アンタに会って、便所行ったらキョンキョンが40周年で、壁に穴が空いてて、穴の向こうが昭和で……それが1回目」

秋津　「2回目あるんだ」

市郎　「ダイヤにないバスが来て、それに乗ったら来れた。……で、居酒屋行ったらロボットがしめ鯖運んで来て、アンタに会って」

秋津　「説明ヘタですね」

渚　「過去からバスで来て、トイレから過去に戻ったってこと？」

秋津　「トイレが、昭和と繋がってるんだ」

市郎　「こないだはね、けどもう無理、帰れない、あんたがリフォームしちゃったから！　何してくれちゃってんだよ！」

ドアを開けると洋式トイレ。ポスターも壁の穴

渚　　もない。
　　　「だって今どき和式って……なんか、すいません、
　　　私のせい？」
秋津　「どうしてまた来たんですか？」
市郎　「え、そ、それは……（と渚を見る）」
　　　恋の始まりを示唆する楽曲が流れる。
渚　　「こっちに忘れものでも？」
市郎　「なんつーか、その、あ、あ、アンタのことが気
　　　になって」
渚　　「私が？」
市郎　「そうアンタ、泣いてたっしょ、この前……」
渚　　「……」
市郎　「俺でよければ、その、話を聞いてやっても……
　　　うわあっ！」
　　　驚いて耳を押さえる市郎、ＡｉｒＰｏｄｓから
　　　着信音。
秋津　「あ、ごめんなさい、勝手にペアリングしちゃっ
　　　てました」
　　　キヨシのスマホを通話状態にすると、画面にサ
　　　カエの顔。
サカエ　「娘さん、ちょめちょめ……して……ました」
市郎　「なに!?」

8　小川家・家の前（カットバック）

　　　両手を広げているサカエ。
サカエ　「未遂未遂、未然に防ぎました。あと、この体勢
　　　だとＷｉ－Ｆｉ入るっぽいです、脚立関係なかっ
　　　た（笑）で、どうします？　こっちに戻る方法、
　　　ご存知？（とドア開け、中へ）」
市郎　「ご存知ないですね、アンタ知ってんの？　つー
　　　か何なの、あのバス！　困るんだけど、明日、
　　　試合あるんだけど……」
サカエの声　「何やってんの！」
市郎　「（耳押さえ）急に大声出すなって」
　　　布団をはぎ取るサカエ、純子とキヨシが抱き合っ
　　　ている。
サカエ　「なんなの？　昭和の女子高生！　ちょっと目離
　　　したらすぐおっ始めようとすんのね！　油断も
　　　隙もない！」
純子　「うるせえなぁ、ヒステリックばばあ！」
サカエ　「……はあ!?」

9　テロップ

「この作品には、不適切なセリフ表現が含まれていますが、時代による言語表現や文化・風俗の変遷を描く本ドラマの特性に鑑み、1986年当時の表現をあえて使用して放送します」

純子の声「いいじゃねえかよ、別に減るもんじゃねえし！　みんな経験済みなんだよ、今時バージンなんて流行んねーし、10代のうちに遊びまくってクラリオンガールになるんだよ！」

10　喫茶「SCANDAL」内

渚「これ、前の会社のですけど……」

名刺『EBS（東日本放送）・制作部・犬島渚』

秋津「EBS？　テレビ局の人!?」

市郎「渚ちゃん、いい名前、限りなく大島渚」

秋津「なんで辞めちゃったんですか？　もったいない」

市郎「犬〝じま〟さんですか？　それとも犬〝しま〟さんですか？」

渚「いろいろあって。あ、いぬ〝じま〟です、職場ではワンちゃんって呼ばれてます」

市郎「……濁らない。テレビ局にお勤めの、まさに才色兼備なお嬢様、といった趣きの渚さん、スリーサイズは？」

秋津「やめてよ、全裸監督じゃないんだから」

市郎「大島渚知らないくせに村西とおるは知ってんのか」

渚「あの、いいですか？　喋って」

市郎・秋津「どうぞどうぞ」

スマホの写真フォルダから入社当時の一枚を選択し、

渚「お笑いが好きで、バラエティ志望だったんですが、報道部に配属されました。ニューヨーク支局に派遣され、特派員だった夫と出会いました夫、谷口龍介との2ショット。

渚「谷口龍介、今はフリーのジャーナリスト」

秋津「すげー、登録者数158万人」

市郎「なにが？」

YouTube動画再生すると、谷口がカメラ

谷口　目線で、

「谷口龍介の正論チャンネル、今日は環境問題について。正論言っちゃいます。ゴミの分別、めちゃめちゃ重要」

渚　「……て感じで基本、正論しか言わない人なんですけど、ニューヨークの夜景がキレイで、なんか、すごくいいこと言ってるような気がして。父に、早く花嫁姿を見せたいっていうのもあって。神淡路の年に、母が死んじゃったんですね……」阪

市郎　「はんしんあわじ？」

秋津　「ググるの、そういう時は、こうやって（検索して見せる）」

市郎　「（見て）えー!?　なにこれ、１９９５年て、９年後じゃん！　こんな大っきい地震あるの！」

渚　「２０１１年にもありますけど、東北で」

市郎　「えー!?　そうなんだ、ありがとう覚えとく、で？」

渚　「結婚を機に帰国して……（と検索）」

市郎　「全部その（スマホの）中に入ってんのね、想い出」

渚　「え？（手を止め）……そうですね」

市郎　「失くしたら大変だ。……で？」

渚　「夫は、仕事続けることに賛成してくれて、念願のバラエティ班でアシスタントプロデューサーに抜擢されました。それで、やっと仕事が面白くなり始めた頃に、お腹に正人がいることがわかったんです」

ベビーカーで寝息を立てている息子、正人。

秋津　「大人しいですね」

渚　「……今はね。夫は育児にも協力的で。『ひとりで抱え込まないでね』『僕に出来ることがあったら何でも言ってね』って、いつも声かけてくれました」

市郎　「きもちわりい」

渚　「え？」

市郎　「ううん、続けて」

渚　「早く現場に戻りたくて、産休中も企画書作ったり復帰に向けて準備してたんです。でも……保育園の審査に落ちて」

秋津　「共働きでも落ちるんですか？」

渚　「区役所の人に、旦那さん育休取ってますね？て言われちゃって」

谷口龍介の正論チャンネルを再生。

谷口　「正論言っちゃいます、育休、絶対取るべき！

秋津　僕も休みます」
渚　「正論だけど、タイミングが」
　　「しかも、育休の素晴らしさを伝えるための講演会で全国回って」
市郎　「てことは、休んでないね」
渚　「上司に相談したら、ちょうど働き方改革で、来年、別館に託児室を新設するから、ぜひ利用して、そのメリットを拡散してくれって。やっと、復帰の日を迎えました……あの……一杯頂いていいですか？　ここからは、お酒の勢いを借りないと」
市郎・秋津「どうぞどうぞ」

11　EBSテレビ・別館・託児室・前（AM6：30）

泣きやまない正人、専属シッターの山上が駆けつけ、
山上　「お母さん早いですねぇ、今開けますねぇ」
渚　「おむつ、おしり拭きはここです。離乳食。食べない時はサブバッグにゼリー入ってます、じゃあねまちゃと、いい子にしてて」

12　同・制作部デスク（AM7：00）

上司の瓜生Pが妙なハイテンションで、
瓜生P　「まずはワンちゃんおかえりなさい！」
「おかえり」「待ってた！」拍手と喝采で迎えられる渚。
企画書を鞄から出し、
渚　「瓜生さん、あの、これ、産休中に書いた企画書……」
瓜生P　「この子ね、新人APの愛ちゃん」
Z世代の新人AP、寺沢愛が頭を下げる。
寺沢　「引き継ぎお願いしまぁす」
渚　「引き継ぎ？」
瓜生P　「昇格するでしょ、君はAPからPに、俺はエグゼクティブに」
渚　「ああ、ですねー（と愛想笑い）」
瓜生P　「俺に出来ることあったらサポートするから、なんでも振って」
渚　「じゃあ、台本コピーしながら仕事内容説明するから」

寺沢　「はいっ」

13　同・コピー室（7：30）

コピー機が吐き出す台本を束ねながら（台本の出演者リストを指しながら）、

渚　「その日の出演者の顔ぶれ見て楽屋を振り分けます。この人は喫煙所に近いD、この二人はコンビ仲最悪なので端と端AとG」

14　同・楽屋エリア（8：00）

渚　「この人は和室、痔が悪いので特注の座布団入れて、メインMCの武者小路さんは風水と占いにハマってるからカーテンを紫色に変えて……メモんないの？」

寺沢　「あ、私、紙、ムリなんで」

タブレットとタッチペンを高速で操る。

渚　「あっそ（通りかかった芸人に）どうしました？」

芸人　「武者小路さんにご挨拶を」

渚　「ダメ！　本番前は挨拶NG、逆に榊原先生は挨拶しないと説教だから今行って、すぐ行って！」

スマホが震動、見ると『シッターさん』。

渚　「……ちょっと失礼（走る）」

15　同・18階エレベーターホール〜

エレベーター降り、社員証をカードリーダーにかざし、別館への連絡通路を走る渚。

16　別館・託児室

慌てて駆け込む渚。

山上　「ごめんなさい、ちょっと目を離した隙に、おはじき飲んじゃった気がして」

渚　「気がして？」

山上　「数えたら1コ足りなくて」

渚　「まちゃと？　飲んだの？　ねえ、まちゃと」

17　同・連絡通路

険しい顔で走る渚。

瓜生Pの声「あ、もしもし？　再来週の海外ロケ用の航空チケットの予約を今、愛ちゃんに振ったんで、見てあげてくれる？」

18　本館・制作部デスク（9：00）

パソコンの前に寺沢、渚が駆け込んで来て覗き込み、

渚「……そこエコノミーでいいよ」

寺沢「は、はい？」

渚「ビジネスクラスはこの二人（指し）あとはエコノミー、このへんの若手はエコノミーで充分、こっからここまでエコノミー」

寺沢「けど山崎育三郎さんはビジネスなんです、俺の方がキャリア上なのにって、なりません？」

渚「そういう時は便を変えるの」

寺沢「……あ、なるほど」

渚、PCの前に座り、修正しながら、

渚「お互い顔合わせなきゃ分かんないから、自分がエコノミーならアイツもエコノミー、自分がビジネスならアイツは……エコノミー、それが芸能人のメンタリティ」

寺沢「勉強になります（タブレットにメモ）」

渚「基準を持っとくとラクだよ、私の場合、八嶋智人なんだけど」

寺沢「八嶋さんてメガネの？」

渚「あの人さあ、エコノミーでも文句言わなそうじゃん、けど、ビジネスだったら喜びそうじゃん」

寺沢「あ——（笑）ですね」

渚「迷った時は、八嶋より上か下かで決めてる」

寺沢「電話鳴ってます」

19　連絡通路

渚「（走る）なんで連絡通路18階にしかないかなあ！」

20　別館・託児室

渚「託児室3階なのにぃ！（駆け込み）」

山上「ママ来た、ママ来た、お腹が張ってる気がして」

渚「気がして？」

山上　「以前にガスが溜まって救急車を呼んだケースがあったので」

渚　「……なるほど……そういう時は足をこうすると……」

寝かせて足を上下に動かすと「ぷすっ」と、オナラの音。

山下　「出ました（笑）へえ〜、さすがママさん」

21　連絡通路

ビデオ通話しながら早足で歩く渚。

谷口　「どう？　記念すべき復帰初日、エンジョイできてる？」

渚　「エンジョイ？　ああ、エンジョイね、どうかなぁ」

谷口　「エンジョイできない時は必ずファクターがあるはずだよ」

渚　「ファクターは……分かってるんだけど、あ、着信」

谷口　「僕にできる事があったらサポートするからＧｏ　ｆｏｒ　ｉｔ！」

22　本館・スタジオ前・ロビー（11：00）

入口前でアテンドしている渚、寺沢。出演者が来て、

出演者　「ちょっと台本見せて」

寺沢がタブレットで呼び出そうとしている間に、渚が台本を破って「はい」と渡す。

入口のオンエアランプが点く。

渚　「ふう（安堵）昼のお弁当を楽屋に入れたら２本目の台本コピーして楽屋割り……」

寺沢　「あの、私、今日ここまでなんで」

渚　「は？　２本撮りだよ」

寺沢　「させん、シフト制なんで」

瓜生Ｐ　「何してんの愛ちゃん、シフトシフト、早く帰って（渚に）この子、午後のシフトのエルザちゃん」

新人ＡＰのエルザ、元気に、

エルザ　「引き継ぎお願いしまーす」

瓜生Ｐ　「ワンちゃん、大丈夫？」

渚　「交代制って知らなかったから……台本コピーしながら説明します」

瓜生Ｐ　「ひとりで抱え込まないで、俺に出来ることあっ

たら……」

23　喫茶「SCANDAL」内（回想戻り）

渚　飲み干したグラスを叩きつけ、
「俺に出来ることって仰いますけど、オマエに何が出来るか、私オマエじゃないから分からないし、今このシチュエーションでオマエに出来ることって何だろうって考えるミッションが新たに生まれているし、そもそもオマエに出来ることってほぼほぼ私にも出来ることでオマエに出来て私に出来ないことって実際そんなないしそれが果たしてオマエさんのやりたいことなのかという問題もあるよね、オマエさんに出来ることをオマエさんに頼んでイヤな顔された時の虚しさを考えたら……」

秋津　「ひとりで抱え込んだ方が楽ですよね」

渚　「そうなのよー」

秋津　「ヤバい、もう笑うしかない」

市郎　「なんか分かんないけど、焼きうどん作っちゃった」

秋津　「なんで？」

市郎　「俺に出来ることってこれぐらいしか……あ、食べてくれるんだ」

渚　「ごめんなさい、職場でもこんな風に、言いたいこと言えればいいんだけど、小川さん喋りやすい、焼きうどん美味しい」

秋津　「深刻だわ、働き方改革のしわ寄せ、全部お姉さんが被ってる」

渚　「結局その日は収録2本分の仕事を2人の新人に教えながらワンオペでこなして、その間に託児室とスタジオ5往復しながら夫の正論を2、30分聞いて、楽屋の後片付けしてたら」

24　EBSテレビ・楽屋エリア（回想）

エルザ　「先輩、自分シフトなんで」
片付けの途中でそそくさと帰る新人APエルザ。

渚（OFF）「いやムリだこれ！　って社内のカウンセリングルームに駆け込んだんです」

25　EBSテレビ・カウンセリングルーム（回想）

池谷　カウンセラー池谷、神妙な顔でメモを見返し、
「あなた、何ごとも一人で抱え込む傾向がありますね」

渚　「……いやだから……聞いてました？　一人でやった方がラクなんです」

池谷　「まだ一日目ですよ、それじゃ体が保たないし、仕事、楽しめないでしょう」

渚　「それなんですけど……楽しむのって強制ですか？　楽しまなきゃっていうストレスで、今日一日、辛かったんですけど」

池谷　「アナタ、何がやりたくてこの会社に？」

渚　「ああ……企画です、バラエティの企画。大好きな芸人さんで、他にはない発想で、番組をプロデュースするのが夢です」

池谷　「だったら、こんなことで挫折するの、もったいないですよ、せっかく積み上げたキャリア、ムダになっちゃいますよ」

渚　「……なるほど」

26　EBSテレビ・デスク（回想）

瓜生P　渚、企画書を持って、瓜生のデスクへ行き、
「ですね、ですです、今後ともよろしくお願いします、失礼しますー（電話切り）なに？」

渚　「……あの、これ、産休中に書いた、新番組の企画書で……」

瓜生P　「そんなのいいから帰って早く！　サービス残業させてるって、俺が怒られちゃうから！」

渚　「……え？……あ、なるほど」

瓜生P　「こんな時間に企画書、しかも紙って今時、データで送って」

27　喫茶「SCANDAL」内（回想戻り）

渚　「なるほどじゃない！　これじゃ何のために復帰したか分かんない、まずちゃんと子供預けようって、区役所の子育て支援課に行ったら……担当者が変わってて」

28　子育て支援課（回想）

担当者　「かわすみ保育園は30人待ちですねー」

泣きやまない正人、渚、まわりを気にしながら、

渚　「……（堪え）私、1年前にも相談に来て、10人待ちって言われて、1年待ったら……30人待ちって……そんな」

担当者　「認可外に行かれたらどうですか？　お金かかりますけど、そこまでして働きたいのなら！」

渚　「……なるほど」

29　喫茶「SCANDAL」内（回想）

渚（OFF）「で、夫に相談しようとしたんですけど」

スマホの画面に弁護士、布川。

布川　「ご主人は5時からリモートです」

渚　「……なるほど（堪え）ビールください、えーと……」

布川　「谷口氏の代理人弁護士で渉外担当の布川です」

渚　「そのリモートは何時まで？　こっちもずっとリモートでしたけど」

布川　「それはお答えできません、社外秘ですので、ご伝言承りましょうか？　それとも折り返しましょうか？」

通話を切り、ため息をつく渚。ふと正人の寝顔を見て、ほんの少し和み、運ばれて来たビールをグラスに注ぐが、見知らぬ男性（＝市郎）が一気に飲み干し、

渚　「なんなんです!?」

×　　×　　×

市郎　「あ、俺だ」

渚　「あの瞬間、張りつめてた糸がプツンとキレました」

×　　×　　×

渚　「この一杯のために、私、今日一日頑張ったんです、なのに……はあ？　乳幼児の母親はビールの一杯も飲んじゃいけないんですか!?　区役所でボロカス言われて弁護士にボロカス言われて」

×　　×　　×

渚　「その勢いで会社に辞表、夫に離婚届を送りつけてやりました」

秋津　「……何やってんすか、小川さん」

市郎　「ごめん……まさかビール一杯で離婚するとは」

渚　「もう吹っ切れたんで、今は夜だけ、ここの雇わ

秋津　れママ、スナック営業を手伝ってます。小川さんのせいで？　おかげで？　私の人生180度変わったの、というわけでラストオーダーです」
「……どうします？　電車（時計見て）……あっても帰れないか」
秋津「渚ちゃん家どこ？」
渚「え、うち来るんですか？」
市郎「だいじょぶ、何もしないから」
渚「何かしたら警察呼ぶけど」
秋津「うち来ます？」
市郎「（渚に）どこ？　近い？」
秋津「歩いて10分、来ます？」
市郎「（あくまで渚に）布団とかいいから、ソファとか寝袋とか」
渚「けど、狭いし子供いるし」
秋津「広いし誰もいません、あ、メダカいます、見に来ます？」

30　夜の道

市郎「なんなんだオマエはよ！　察しろ少しは！　そして消えろ！」
秋津に悪態つきながら歩く市郎。
秋津「すいません、けど、女性に対して『だいじょぶ、何もしないから』はアウトですよ」
市郎「なにが！　何もしないって、なんかしちゃうのが男と女じゃねえの？　翌朝、何もしないって言ったじゃ〜んつて、モーニングコーヒー飲んでニヤニヤすんじゃねえの？」
秋津「不同意わいせつ罪ですね、合意がなければ全ての性行為は犯罪なんです」
市郎「はあ!?　部屋にあげた時点で合意みてえなもんだろ！」
秋津「そういう食い違いが起きないよう、弊社では性的同意アプリを推奨してます（スマホ示し）QRコードを読み取ることで合意が成立すんです」
市郎「要するに何かい？　何もしないから泊めて〜つって、そんなこと言わないで何かしてくださいよ〜、いいの？　どうぞどうぞ〜って女じゃねえとチョメチョメできねえのか！」
秋津「だからしません」
市郎「……しない？　チョメチョメしたくねえの？

秋津　「はあ!?　その歳で？　オマエ、何が楽しくて生きてんだよ」
市郎　「恋愛とか、コスパ悪いんで」
　　　「なんだ？　こすぱって、待て、言うな（スマホ出し）ぐぐる」
秋津　「じゃあ僕、チョメチョメ、ググります」
市郎　「別に減るもんじゃねえし、旦那と別れてフリーなんだから」
秋津　「小川さんだって奥さんいるでしょ」
市郎　「死んだよ」
秋津　「……」
市郎　「(スマホ見て）コストコだっけ？」

31　**小川家・リビング**（1986）

仏壇に飾られた市郎の妻ゆりの遺影。

純子　「ママだよ、5年前に病気で死んだ」
サカエ　「……そうなんだ」
純子　「ずっと入院してたし、覚悟できてたけど、親父がね、笑っちゃうぐらいダメんなっちゃってさ。毎晩そこ座って泣いてて。だから今は、私がグレて、気を逸らせてやってる感じ（笑）」

32　**秋津のアパート**（2024）

市郎、鞄から紙焼きの写真を次々出し、広げながら、

市郎　「これ結婚前だね。若いなゆりちゃん、可愛いだろ。9つ年下なんだ、教育実習に来た女子大生を、何もしないからって口説き落とした（笑）初めてもらった手紙。その返事。初デートで行った鎌倉、で買った御守。大阪万博だ、半券もある。純子のお宮参り、純子のヘソの緒、乳歯ね」
秋津　「全部、その(鞄の)中に入ってるんですね、想い出」
市郎　「うん、持ち歩いてる。あ、ビデオ見ようか！　純子がピンクレディー踊ってるヤツ、ビデオどこ？」
秋津　「ありません」
市郎　「まだ持ってねえのかよ」
秋津　「まだっつーか……もう？　DVDなら見れるんですけどPCで」
市郎　「……え!?　ビデオって……見れなくなんの？

秋津　えー!?　こないだ新しいの買ったばっかだぜ、予約録画できるヤツ、便利だぜ」

市郎　「サブスクで好きな時間に見れるし」

秋津　「……もういい。分かんねえことばっか言いやがって、全然ついてけねえよ、あーあ、昭和に帰ってトゥナイト見たい」

市郎　「ずっと、娘さんと二人暮らしですか？」

「女房と約束したからね。高校卒業するまではヘンな虫が付かないように俺が見張るって、尻軽だけど、バカじゃねえんだ」

33　小川家・ダイニング（1986）

純子　「高校卒業までは一緒にいてあげてってママに頼まれたし、私がいないと、親父、独りぼっちでメソメソするだけだから」

サカエ　「案外、再婚とか考えてんじゃない？」

純子　「親父が？　ムリ、絶対ムリ、50過ぎてこんなビデオ見てるようじゃムリでしょ再婚なんて、あんな屁っこきジジイ、止まらないんだよ、屁で起きて、屁に押されてここまで歩いて来るんだよ、ぷっ、ぷっ、ぷって（笑）遅いなジジイ」

サカエ　「純子ちゃん聞いて、キヨシもいらっしゃい」

勉強していたキヨシ、リビングへ来る。

純子　「なに？　その深刻ムード、え、死んだ？　あいつ死んだの？」

サカエ　「純子ちゃん、落ち着いて聞いて」

純子　「うっそやだ死因は？　心不全？　遺産入る？全額もらえるよね」

サカエ　「生きてるの、ただ、この世界には、いない」

純子　「……死んでんじゃん！」

サカエ　「死んでないのよ、違う世界で元気にしてるの」

純子　「成仏できないんだ、地縛霊？　だから深刻な顔してるの？」

サカエ　「深刻な顔は生まれつき」

純子　「宜保愛子？　おばさん、宜保愛子なの？」

サカエ　「宜保愛子じゃないっ！……まさか、宜保愛子じゃないって叫ぶ日が来るとはね。シンプルに言うと、お父さんは、未来にいます、わかる？タイムトラベル」

純子　「原田真二？」

サカエ　「そうね、時間旅行」

純　子　「♪う〜時間旅行のツアーは、い〜かが、いかがなもの」
サカエ　「♪クレオパトラの……ごめん歌ってる場合じゃない」
純　子　「♪時を〜か〜け〜る〜少女」
サカエ　「原田知世？　うん、あのね」
純　子　「♪赤と〜ん〜ぼっ」
サカエ　「あのねのね、原田伸郎、原田ばっかり！」
キヨシ　「僕たちも未来から来たんだ」
純　子　「……」
サカエ−iPadを出して、記事やイラストを見せながら、
サカエ　「2024年だから、今から〜38年後？　首都工科大学の、井上昌和教授の研究チームとNASAが協力して、タイムマシンの第一号機が開発されました」
路線バス型タイムマシンの前で記念写真。
キヨシ　「昭和の路線バスを改造したんだ、これ、父さん！」
サカエ　「開発者なんです」
真ん中に井上昌和教授。
純　子　「……」

サカエ　「試験走行が数回にわたって内々で行われ、私たち親族も優先的に搭乗させてもらったのね。で、みんな無事、帰還できたんだけど……キヨシが……帰りたくないって」
×　　×　　×
フラッシュ（回想）バス停の前
キヨシ　「テレビでおっぱいが見たいんだ！　地上波でおっぱいが見たいんだ！　見たいんだ！」
×　　×　　×
サカエ　「代わりに、小川先生が何かの手違いで、2024年に行ったきり戻れなくなったと……理解できた？」
純　子　「……なんすかこれぇ!?」
iPadに衝撃を受け、全く聞いてなかった純子。
純　子　「ええ!?　はあ!?　なにこれテレビ？　うっす！　うっす！」
サカエ　「そうだね不思議だね、でもね、もっと不思議なことが」
純　子　「（スクロールして）ページもめくれる！　おもしれえ！」
キヨシ　「こうすると大きくなるよ（と2本の指で拡げる）」

サカエ「キヨシ！」
純子「わ――！　鼻の穴、丸見え！」
サカエ「……とにかく、お父さんが帰って来るまで、私たちここで一緒に暮らすことになりました」
純子「同棲？　やだー、翔んだカップルみたーい」
サカエ「部屋は別々ですよ」
純子「じゃあ、お風呂入ろっか」
キヨシ「うん」
サカエ「うんじゃない！」

34　コンビニ（日替わり・数日後・2024）

市郎、スマホを出し、
市郎「ハイライト、電子マネーで」
店員「年齢確認おねがいしまーす」
市郎Na「……すっかり使いこなしちゃってるよ」
店員「520円です」
市郎「高えなあ！」
外へ出て、タバコに火を点け、
市郎Na「暇だな……学校でも行ってみるか」

34A　葛飾区立第六中学校・通用門（実景）

35　同・校舎裏（1986）

不良高校生に絡まれ壁に飛ばされるキヨシ。
不良A「てめえ小川純子と、どーいう関係なんだよ」
不良B「二人でジャスコで買い物してんの、見たヤツいるんだよ」
キヨシ「……純子は、俺のスケだ、ヨロシク！」
不良B「なにぃ？」
キヨシ「（震えながら）……ど、同棲してるんで、ヨロシク」
不良A「調子こいてんじゃねえぞシャバ憎！」
その時、無人の自転車が突っ込んで来る。
不良C「やべ、ムッチ先輩のユーレイ自転車！」
ムッチ「ムッチでーす！　うおら！　うおら！」
ビビる不良たちを、圧倒的な強さで蹴散らすムッチ。
キヨシ「……なんで助けてくれたんですか？」
ムッチ「タイマン張ったらダチなんだぜ、by Let's ダチ公」
キヨシ「……先輩、ヨロシクしてくれてありがとうござ

ムッチ　います！」
「ヨロシクの使い方、なんか気持ち悪いから勉強しろ（と単行本を渡す）あと、学ランは不良のフォーマルだからビシっと決めろ、ついて来い、俺の短ランやるから」

36　同・通用門路地（2024）

通用門があった場所に立つ市郎。
38年の時を経て中学校は廃校になり、別の施設が。

市郎Na　「……ニトリ？　ニトリになってるとはな」
振り返るとスカイツリー。

市郎Na　「どうする、ずっとこっちの世界にいるつもりか。反対向きのバスに乗れば、過去に戻れるかもしれない」

37　走るバス・車内

市郎Na　「純子のことは気になる……だが、渚ちゃんのことは、もっと気になる……純子、渚、もどかしい、俺が2人いれば……」

市　郎　「……あ、いる！（我に返り）すいません」
市郎、以下どんどん取り乱し不審な振る舞い。

市郎Na　「1986年の小川市郎、50歳。38年後の市郎は……！　88歳の俺がいる、この世界のどこかに！　いるか？　88まで生きてる気がしない。たぶん肺真っ黒だし血圧上が140だし……いや、生きていたとて！　88のおじいちゃん、なにができる？　チョメチョメ出来るか？　したいのか？」
スマホに着信『なぎさちゃん』。

市　郎　「ええっ！（乗客に）あのこれ、出たい！　出たいんだけどね」
動揺し、うっかり降車ボタンを押し、その音に驚き、

市　郎　「ああっ！　お、降りる？　降ります！」

38　品川

渚の声　「もしもし？　小川さん、今どこです？」
バスを降りた市郎、高層ビルに囲まれ青ざめている。

市郎「……たぶん品川？　だけど、俺の知ってる品川じゃない」
渚の声「何が見えます？　地図アプリ使えます？　スマホの」
市郎「地図？　あー地図地図地図（と探す）」
地図アプリを起動するが、世界地図が表示され。

39　EBSテレビ・制作部デスク

渚「今からこれます？　EBSテレビ。荷物を取りに来たら、ちょっと、面倒なことに」
ドアの前に立つ瓜生P、目が充血している。
市郎の声「なに、どうかした？」
渚「ごめんなさい結構です」
市郎の声「なんだよ、電話して来たんだから言えよ」
渚「今、あなたに出来ること、なさそう……」

40　品川

市郎「そんなことねえよ！　アンタが今して欲しいことが、俺にできることだよ！」
渚「……」
市郎「（看板を見て）マルエツ？　ローマ字でMARUETSUって書いてある」
渚「お尻拭き、じゃあお尻拭き買って来てください」
市郎「お尻拭きね、はいはい（と中へ）」

41　EBSテレビ・制作部デスク

渚、私物をベビーカーの荷台に積んで、正人を抱いて、
渚「どいてください」
瓜生P「今君に、抜けられるのは……辛い」
渚「……お疲れですね」
瓜生P「眠れてないからね……エナジードリンクで胃も荒れちゃって」
渚「こないだの新人APは？」
瓜生P「辞めたよ二人とも、コピーとか弁当の手配とか、雑用するために入社したんじゃないってさ……」
渚「カウンセリングが必要なのは瓜生さんじゃないかな」
瓜生P「カウンセラーも休職してる、精神を病んでし

渚　　まってね」

瓜生P　「……なるほど」

「とにかく、話し合いの場を設けるから考え直してくれ」

夫、谷口龍介、顧問弁護士の布川と現れる。

谷口　「話し合ってもムダですよ」

渚　「龍介さん……どうして？」

谷口　「僕のスケジュール送ってるよね、月曜はクイズ番組の収録」

布川　「瓜生さん、それ以上引き留めると、憲法22条、職業選択の自由に反しますよ」

瓜生P　「……わかってますよ、だから」

谷口　「『退職者』『引き留める』で検索しましたね」

瓜生P　「……（スマホを隠す）」

谷口　「トップの記事にこう書いてあった『相手の話に耳を傾け寄り添う』『キャリアビジョンを提示し慎重かつ具体的に交渉する』至極正論です、だってそれ書いたの私だから！」

渚　「龍介さん……」

谷口、指を立てて遮る仕草。

谷口　「僕は君の性格を心得ている、だから引き留めたりしない、全てを受け入れます」

渚　「それって……離婚のこと、ですか？」

谷口　「但し親権は僕が持つ、理由は、君は子育てに不向きだから」

渚　「……」

谷口　「育児は女性って時代じゃない。ちょうど配信をメインに据えて活動拠点を海外に移そうと考えてたんだ。子育て先進国スウェーデンに移住する、正人の将来のためにもそうするべきだ」

渚　「……いやです、正人は、私が育てます」

谷口　「（指を立て遮り）何でもかんでも一人で抱えようとしない」

市郎　「ひとりで抱えちゃダメかね」

いつの間にかデスクの上で正人のお尻を拭いている市郎。

布川　「働き方改革を推進してるんです、今、国を挙げて」

市郎　「そもそも『働き方』って、なんだい？」

谷口　「……知ってる人？」

渚　「……説明が難しい……懐かしい人？」

市郎　「働き方って〝がむしゃら〟と〝馬車馬〟以外にあるのかね」

谷口 「……懐かしいね（笑）おいくつ？」

市郎 「昭和10年生まれだから（免許証見せ）88歳、米寿っす」

瓜生P 「……若く見えますね」

【おれの働き方！】 ※ミュージカル

市郎 ♪俺は高度成長期の申し子
♪朝から晩まで働いて
♪夢の中でも働いて
♪ジジイになった気がした　米寿の夜

谷口 「一部の社員に負荷がかからないようシフトを組んで、サービス残業やオーバーワークを防ぐ、それが働き方改革」

市郎 「その改革、少なくとも彼女の助けになってないよね、だったら一人でやった方がマシだって、しょうがなく、一人でやってんの
♪それが彼女の働き方！」

渚 「……」

谷口 「彼女一人が残業したら、後輩も定時で帰れないでしょ」

市郎 「帰ればいいんだよ、お先〜って
♪それがそいつの働き方！」

谷口 「同調圧力ってのがあるんだよ！」

【同調圧力】 ※ミュージカル

♪断りづらい空気（同調圧力）
♪帰りづらい空気（同調圧力）
♪休みづらい空気（同調圧力）
♪強制じゃないと言いながら逆らえない空気
AIR
♪もうやめよう　定時で帰ろう
♪仕事はそっと　持ち帰ろう
♪無理して倒れるくらいなら
♪定時で帰って　横になろう

市郎 「きもちわり」

谷口 「きもちわり？」

市郎 「定時で帰るのは強制ですか？　冗談じゃない、働き方ぐらい自分で決めさせろ！」

谷　口「（指を立て遮り）あんたのは極論だ、今の時代に合わない」

市　郎「時代に合わせなきゃダメかね。昭和、昭和って、まるで昭和が悪みたいに言うけど、少なくとも景気は今より良かったぜ」

谷　口「……それ言われちゃうとなぁ（ため息）まあ、どのみち彼女は辞めるんだから」

渚「辞めませんよ」

谷　口「え？」

瓜生P「ほんとに!?」

渚「はい、なんか……ムカついたんで、辞めるのやめました。その代わり瓜生さん、私のわがまま、聞いて頂けますか？　いろいろ便宜を図って頂いて、心苦しいんですけど……

♪4つのわがまま　聞いて　聞いて欲しいの

市　郎「ちあきなおみ？」

【よっつのわがまま】※ミュージカル

居合わせた社員を巻き込んでのミュージカル。

渚「♪ひとつ、ひとりでやるから

♪ふたつ、シンプルに給料上げて

♪みっつ、託児室は別館じゃなくて本館に設置して

♪よっつ、ペーパーレス　急がないで

瓜生P「わかる、けど最近の若い子はタブレットで育ってるし、上層部からもペーパーレスを推進してくれって……」

渚「その上層部が対応できてない。台本は紙でくれ、映像資料はＤＶＤに焼いてくれ、そのたびに私たちの仕事が増えるんです」

♪いつつ　ランチは最低1時間保証して

市　郎「4つって言ったよね」

渚「♪むっつ　シフトは仕事覚えてからにして

♪ななつ　タレントの楽屋挨拶はナシの方向で

♪やっつ　やる気を削がないで

瓜生P「……ワンちゃん」
渚「多少の残業になっても、部下の企画書を読む時間ぐらい作って下さい、それくらいの融通？　計らい？　あそびがないと、面白いものなんか生まれません」
谷口「そうやって例外を認めたら、いずれ過労死が出るんだよ」
渚「社員のやる気を削ぐのが働き方改革ですか？」
谷口「限られた時間と予算の中で最大限の努力をしろと言っている。いいかい、僕は君に、職場復帰していいとは言ったが、面白いものを作れとは言ってないよ」
渚「……あんたは……正しいだけで心がない」
谷口「（指を立てる）」
渚「離婚届送りつけたのに、この期に及んで正論すか、あんたAIすか？　夫GPTなんすか？」
谷口「（指を立て）冷静に話せないなら、今度にしよう」
渚「（止まらず）子育てに不向き？　分かってるわそんなの！　不向きだけどやんなきゃだし、やりたいし！　不向きだと思うんだったら、やってよ、できることじゃなくてやって欲しいことを！」
谷口「（指を立て何かを言おうと）」
渚「それやめて！」
思わず谷口の指を掴む渚、身構える布川。
渚「これが一番のストレス！　何ハラか知らないけど！」
「ぷすっ」という音。
渚「……出た」
谷口「……（正人を見る）」
渚「今日してなかったの、1回も、オナラ、出たねえ、まちゃと」
場の空気が一瞬にして和むが、
市郎「ごめん、今の、俺」
渚「ちょっとお！」
ぷすっ。正人もつられてオナラ。
市郎Na「正人の親権は、渚ちゃんが持つことで双方合意した」

42　同・人事部

市郎Na「そして俺にも、思わぬ転機が訪れた」
市郎を瓜生が、人事部長の席へ連れて来る。

瓜生P「小川さん、こちら、うちの人事部長」
人事部長「不躾ですがオガワさん、弊社の、カウンセラーとして働いてもらえませんかね」
市　郎「俺が!?　いやいや、ダメだろう、こんなヤツ」
瓜生P「正論を振りかざす相手を極論で翻弄しつつ、周囲に考えるきっかけを与えるあなたのロジック、実にお見事でした」
市　郎「ただ言いたいこと言ってるだけだけど……!?」
市郎の視線、部屋の隅に置かれたビデオデッキに釘付け。
人事部長「常識にとらわれがちな現代、弊社に必要なのは、正論よりも極論です、あなたのように個性的な……」
市　郎「いいよ、やる」
瓜生P「本当に!?」
市　郎「そんな長くはやらないよ、娘がチョメチョメしちゃうから」

43　小川家・純子の部屋（1986）

ベッドで別冊マーガレットを読んでいる純子。
サカエの声「キヨシ！　なんなのそれ！」
純　子「え？（起き上がりリビングへ）」
短ラン&ボンタン姿のキヨシ、眉は細く、額に剃り込み。
キヨシ「ムッチ先輩に男にしてもらったんだよ！」
サカエ「やだあ、最も受けつけないビジュアル！」
純　子「渋いじゃん」
キヨシ「……ヨロシク」

44　EBSテレビ・カウンセリングルーム（2024）

『カウンセラー・地獄のオガワ』のネームプレート。

市　郎「（例えば）裏がジブリじゃ、しょうがねえだろ、コア視聴率は先週と変わんないんだから、胸張って歩け！　ほら！」

出て行く相談者。

市　郎「どいつもこいつも、メンタルがなってねえ……さて」

市郎、デッキにテープを挿入。再生されるビデオ。

市　郎「……」

1978年、純子10歳、妻ゆり35歳。撮影者は

カウンセラー
地獄のオガワ

市郎。
風呂上がり、リビングでピンクレディーの「渚のシンドバッド」を踊る妻と娘。

45 同・エレベーターホール

楽屋入りするタレントを見事にアテンドする渚。
渚「海外ロケのＶ観ました、最高でしたぁ」
八嶋「本当？　飛行機ビジネスだったからさあ、頑張っちゃったよ！」

46 同・カウンセリングルーム

通りかかる渚。ブラインドが降りている。
気になり隙間から覗いて見ると、市郎が号泣していて、
渚「……」

47 通学路（夕方・１９８６）

昭和のヒット曲を歌い、自転車で並走するキヨシと純子。
二人「♪だれか、ロマンティック、止めて、ロマンティック」

48 喫茶「SCANDAL」内

閉店後の店内。飲んでいる市郎、渚、秋津。
市郎「しかしいいのか？　俺で、本当に、今後も失言ばっかだぞ」
秋津「コンプラ無視だから、小川さんの言葉は刺さるんですよ」
渚「コンプラに染まり切ったうちら現代人にはね」
市郎『コンプラ』を素早くフリック入力。
秋津「めっちゃ早いじゃないスか」
市郎「でも老眼だから見えない（と遠ざける）」
渚「こうすると大きくなるよ（指で拡大）」
市郎「えええええ!?　まだまだ知らないことばっかり、もっと教えて渚ちゃん、今晩行っていい？　何もしないから」
秋津「ダメです、それ以上はセクハラ」

渚　「してもいいけど」

市郎　「……」

秋津　「あー、自分、タバコ買って来ますね」

と、市郎のタバコの空き箱を手に店を出る。

渚　「やだ、うそ、冗談」

市郎　「だよね、ハハハ、外すな秋津、察するな、意味が出るから」

と言いつつ、いいムードな二人。

渚　「あの時、なんで小川さんに電話したんだっけ」

市郎　「なんで？　お尻拭きじゃねえの？」

渚　「言ってくれたよね、アンタが今して欲しいことが俺に出来ることだって。嬉しかった。夫や区役所に見放されても、私には小川さんがいるんだって、だから頑張ろうって、なんか……ありがとうね」

市郎の手に触れる渚の手。

市郎　「……あれ？　今日、正人くんは？」

渚　「お父さんが見ててくれるから大丈夫」

市郎　「……おぅ」

49　同・外

フラフラ出て来た市郎、わりと大きめの声で、

市郎　「あるな！　これ！　チョメチョメ！」

酔いを覚まそうと顔を叩いたり、ウロウロしたり。

市郎Na　「参ったな、どうする？　市郎。お父さんとご対面　いきなり？　とりあえず、酒はセーブしよう……ってやる!?　のか？　いつぶり？　なにぶり？　いいのか？」

市郎　「……いいだろ、たまには俺だって、ドキドキしたいよ……」

と言いながらスマホを発信する

市郎Na　「電話してどうする！　なんて言う？　純子に、お父ちゃんチョメチョメしてもいいかって聞くのか？」

電波状況が悪く、路肩のゴミ箱に足をかけ、看板に手をかける市郎、看板が外れて、

市郎　「わあっ！」

50　同・店内

秋津がハイライトを手に戻って来る。

秋　津「あれ？　小川さんは？」

渚「風に当たって来るって、会わなかった？」

51　喫茶「すきゃんだる」トイレ

天井から落ちてくる市郎、腰を強打し、

市　郎「痛ってえなあ！」

天井を見上げると、ポスターが半分剥がれて垂れ下がっている。まさか……と思い、立ち上がり確認すると、小泉今日子の86年のポスター（なんてったってアイドル）。

市　郎「……いやいやいや」

ドアを開けるマスター、若返っている。

マスター「どうしたの、小川先生、酔っ払ってる？」

慌ててカウンターへ行くが渚の姿はなく、

市　郎「なん年？」

マスター「昭和61年」

市　郎「……えええええええ!?」

つづく

#3 可愛いって言っちゃダメですか?

1　小川家・リビング（夜・1986）

深夜の人気番組『早く寝ナイト♡チョメチョメしちゃうぞ』
♪ママはチョメチョメ　パパもチョメチョメ
♪早く寝ないと、火照った体が、あ、あん、あん、チョメチョメ～
MCズッキーこと鈴木福助、女性の足の間から顔を出し、

ズッキー　「さあ今夜もチョメチョメガールズのスカートの中から登場！　ズッキーでぇす、さっそく例のコーナーいっちゃう？　銀座ジュワイヨクチュールマキ提供！　スリーサイズ、ズバリ当てられちゃったらチョメ！　チョメ！」

ボーッと見ているサカエ、真剣に見ているキヨシ。

サカエ　「（我に返り）……ああっ！　ダメだダメだ、ボーッと見ちゃった」

キヨシ　「消すなよ、見てんだよ」

サカエ　「ダメ、こんなくだらないの見てたらバカんなっちゃう」

純子　「お風呂いただきましたぁ～」

キヨシ　「？」

バスタオルを胸に巻いた純子が冷蔵庫を開け牛乳を飲む。

サカエ　「純子ちゃん！　お願いだから服着て、キヨシが爆発しちゃう！」

純子　「え～？　♪火照った体が、あ、あん、あん、チョメチョメ～」

市郎が「ただいま」と何ごともなかったように帰宅し、

市郎　「純子！　なんてカッコしてんだ、このメスゴリラ！」

サカエ　「先生？」

市郎　「あれか、『毎度お騒がせします』か！　板東英二か俺は（キヨシに）おめえも、おっ立ってんじゃねえよ！」

キヨシ　「おっ立ってねえし！」

市郎　「だったら立ってみろよ、はい起立！」

純子　「あ～あ、めんどくせえのが帰って来ちゃった」

市郎　「なに？」
純子　「焼きうどん食べる？」
市郎　「食べる、目玉焼きも、半熟だぞ」
純子　「その前にママに『ただいま』でしょ」
部屋へ引っ込む純子。
サカエ　「……なんで？　どうやって？」
市郎　「知らねーよ、ったく、もうちょっとでチョメチョメ出来そうだったのに」
サカエ　「は？」
市郎　「なんでもない。ただいま」

2　喫茶「SCANDAL」内（2024）

秋津　「じゃ、おやすみなさい」
と出て行く秋津。渚、市郎のカバンを見て、
渚　「……（ため息）どこ行っちゃったんだろ」

3　小川家・リビング

『SAYERS』のトレーナーを着た純子、焼きうどん作る。
仏壇に手を合わせる市郎。
純子　「11PMとプロ野球ニュース録画しといたよ」
市郎　「おう。あ、これ（スマホ）返さなきゃ」
キヨシ　「いらない、先生にあげる」
サカエ　「いいの？」
キヨシ　「どうせ、まわり誰も持ってないからつまんない」
焼きうどんを出す純子。市郎、目玉焼きを崩して、マヨネーズかけて食べる。
市郎　「つーかよ、なんで行きはバスなのに帰りは便所なんだよ」
サカエ　「……そのへんの話は、井上に聞かないと」
市郎　「いのうえ？」
キヨシ　「僕のお父さん、開発者なんだ」
市郎　「……なんだその剃り込みは！　バカ丸出しじゃねえか！（頭叩く）」
サカエ　「ちょっと、何するんですか」
市郎　「おめえら、もうチョメチョメしたのか！」
純子　「まだだよ」
市郎　「〝まだ〟って、やる気まんまんじゃねえかよ」
純子　「これ見てキヨシ、萎んじゃったんだよねー」
ビデオテープ『F○CK　トゥ・ザ・ティー

チャー』

市郎「あっ！　お前それ！」

純子「近所のみなさ～ん、変態じじいが帰って来ました～（逃げる）」

市郎「俺のじゃねえよ、返せよ！　俺もまだ見てねえんだよ、待ーて！　待ーちーなさい純子！……いよいよ『毎度お騒がせします』だな」

☆　**タイトル『不適切にもほどがある！』**

～#3　可愛いって言っちゃダメですか？～

4　喫茶「SCANDAL」内（日替わり）

井上昌和がクリームソーダを執拗にかき混ぜながら、

井上「小川先生がこちらにいらっしゃると、別れた妻からメールが」

対面に渚と秋津。

渚「ええ、今は同じ職場で働いてます」

井上「あなたが？　小川先生と？（渚の名刺見て）テレビ局で」

秋津「ただ2日前、荷物置いて出てって、それきりなんです」

渚「何度も電話してるんですが……」

秋津「小川さんとはどういう」

井上「恩師です、葛飾区立第六中学校の野球部員でした」

井上、バス型タイムマシンの設計図や写真を広げながら、

井上「『バック・トゥ・ザ・フューチャー』に衝撃を受けた世界中の少年が、タイムマシンの開発を夢見た。私もその一人でした。大人は誰一人、相手にしなかった、けど、小川先生だけは……」

×　　×　　×

フラッシュ（回想・#1）六中2年B組教室。

市郎「おいメガネ、タイムマシンって、作れるの？」

イノウエ「イノウエです。理論上、不可能ではないと言われています。アインシュタインは三次元空間は時間とつながり……」

市郎「いい、いい、うるせえ黙れ、どうせ分かんない。出来るか出来ないかだけ言え」

イノウエ「……出来ると思います……頑張れば」
市　郎「頑張れよイノウエ、お前なら出来る」
イノウエ「ハイ！」

×　　×　　×

市　郎「頑張りました。38年間。小川先生との約束を果たすために、挫けそうになったら、小川先生のケツバットを思い出して」

5　首都工業大学・研究所・ガレージ（回想）

井上、昭和の路線バスのボディに手をつき、
井　上「サカエちゃん、思い切りやってくれ」
サカエ、バットを構え、自分を鼓舞するが、
サカエ「マーちゃん……ダメ、できないよ」
井　上「これは断じて暴力じゃないよ、体罰でもない。葛飾出身の元野球部員にコンプライアンスなんかあるもんか、さあ来い！」
サカエ、観念して思い切り井上の尻を打つ。
井　上「痛あぁっす！……も、もういっちょい！」
バスの陰から見ているキヨシ、
キヨシ「……（唖然）」

6　喫茶「SCANDAL」内（回想戻り）

井　上「昭和の大型バスを安く買い取り活用しました。ドクのデロリアンは次元転移装置のデジタル表示を操作して好きな時代へ行けますが、あれは映画の嘘で、今の技術で可能なのは、予め設定した時間の長さの行って来いだけです。私が38年前と設定したのは、恩人である小川先生に会って感謝の気持ちを伝えたかったからで……」
秋　津「ストップ（スマホ指し）……小川先生！」
井　上「え！」
渚のスマホに着信、通話ボタンを押すとビデオ通話で、
市郎の声「（電波悪い）……あ、つな……った、渚ちゃん」
渚が喋る前に覗き込む井上、
井　上「小川先生！　お久しぶりです！　井上です！」

7　葛飾区立第六中学校・グラウンド（1986）

市郎、ピッチャーマウンドで両腕を高く上げて、

市郎「あ？　誰だよ知らねえ、渚ちゃんに代わって」
渚「タイムマシンを発明した方ですって」
市郎「あんたが？　へえ、そうなんだ、何してくれてんだよ」
井上「先生、今、どちらですか？」
市郎「野球部のグラウンドだよ、昭和61年の」
井上「ええ――――？」
市郎「そんなわけで、しばらくカウンセラーの仕事休むわ」
渚「言っときます」
市郎「それから……」
井上「ところで……」
井上「あ、どうぞどうぞ」
市郎「いいかい？　秋津くん荷物保管しといて、大事なものだから」
秋津「はいはーい」
井上「ところで……」
市郎「あ、それから……」
井上「どうぞどうぞ、どうぞ」
市郎「イライラするね、おたく、言いたいことあるなら言えよ」
井上「……息子は元気にやってますか？」
市郎「息子？　……そうか、キヨシの父親かアンタ……おい！　キヨシ！　お父さんが元気でやってるかって」
キヨシ「（覗き込み）元気だよ、パパ」
井上、スマホ越しにキヨシの顔を見て、
井上「……なんだ？　その剃り込みは！　おい！　誰にやられた！」
市郎「腕が限界！（と下げる）」
中2のイノウエと、キャプテンがやって来て、同時に、
キャプテン「監督……」
イノウエ「先生……」
イノウエ「あ、どうぞどうぞ」
市郎「なんなんだよ、イライラするなあ」

8　喫茶「SCANDAL」内

井上「もしもし！　先生！　小川先生！……切れた（落胆）」
渚「こちらから会いに行ったらどうです？」

秋津「そうだよね、そのためのタイムマシンでしょ」
井上「(頭を振り)……ダメなんです」

9　首都工業大学・研究所・ガレージ～道（回想）

サカエとキヨシに見守られバスに乗り込む井上。

井上（OFF）「記念すべき試運転の日、NASAや政府関係者をマシンに乗せ、私は運転席に座りました」

×　×　×

井上「だけど……イ――ってなっちゃって」
渚「いー？」
井上「そう、イ――って、三半規管が……」
渚「あ、耳抜き出来ないんだ」

×　×　×

走行中のバス。運転席で、激しい頭痛に悶絶する井上、

井上「イいいい――――っ！　止めて止めて止まりまぁーす！」

両耳から血を流し、気絶する井上。

10　喫茶「SCANDAL」内（回想戻り）

井上「……仕方なくAIによる自動運転に切り替えました。情けない……私が開発したタイムマシンなのに、私が乗れないなんて」
渚「代わりにサカエさんが？」
井上「……どうしても乗れと言うなら離婚します、と言われましたが、私も気が立ってたもんで、どうしても乗らないなら離婚だ！って言ってやりましたよ」
秋津「どっちにしろ離婚ですね」
井上「キヨシはお母さんと一緒がいいって……妻は、社会学者の視点で、昭和のジェンダー及びハラスメントについて調査中で、息子は……恋人ができたようです」
渚「あら素敵」

11　商店街（1986）

精肉店の店先でサカエに声かけるキヨシ。

キヨシ「おふくろ、映画観に行くからお小遣いちょうだ

い」

サカエ「あら、なんの映画？」

純子「ふあっ……」

イノウエ「バック・トゥ・ザ・フューチャーです」

礼儀正しく頭を下げるイノウエ。

サカエ「お友達？」

純子「野球部のイノウエ〜なんだっけ？」

イノウエ「マサカズです、よろしくお願いします」

キヨシ「ビックリだろ？　父さんと同姓同名」

純子「行こう、映画始まっちゃう」

イノウエの背中を見送るサカエ、

サカエ「……え？　待って（動揺）え？」

12 喫茶「SCANDAL」内

秋津「タイムパラドクス……聞いたことある」

井上「過去を改ざんすると未来が変わってしまう、それがタイムパラドクスです」

渚「桑田真澄と真紀夫人の出会いを妨害したらMattはこの世に存在しなくなる……的な？」

井上「……いきなりその喩《たと》えが適切かどうか分かりませんが、はい」

渚「どうなっちゃうのMattは、溶けちゃうの？」

井上「タイムパラドックスが生じると……びりびりっ！てなります」

渚「……」

井上「びりびりっ！ていうか、ずびびびっ！　いや、うべべべっ！」

渚「……（呆れ）大学教授ですよね」

井上「説明しても分からないから！……とにかく絶対ダメなんです」

13 小川家・前の道（1986）

バイクに跨がってるムッチ、後ろに立ってる友美、明美。

ムッチ「♪あがっちゅべいび、あにっじゅべいび、あうぉんちゅべいび、ブンブン！」

市郎「（出て来て）うるせえな！　何時だと思ってんだ！……ん？」

明美「純子、早チョメ当たったよ！」

純子「マジで？」

14　同・リビング

テーブルにハガキ『早く寝ナイト♡チョメチョメしちゃうゾ』挑戦者当選のお知らせ」。

サカエ「何これ……挑戦者？」
純子「出るの、ズッキーの、チョメチョメするやつ」
ムッチ「今いちばん過激な番組、毎週誰かしらポロリするんだぜ」
キヨシ「出て！　純子さん、絶対出なきゃ！」
市郎は終始、ムッチ先輩を凝視している。
ムッチ「……え、なんすか？」
友美「だけどさ、未成年者は保護者同伴なんだよー」
明美「うちらの親ダメなんだぁ、先生、来れない？」
純子「えー？　親父はダメ、やだ、うっとおしい、臭い汚い忙しい」
市郎「……ん？　なんか言ったか」
サカエ「テレビ出るんだって、純子ちゃん」
市郎「テレビ？（ハガキを見て一瞬目を剥き）ダメだ、あんなドすけべな番組」
純子「見たことあんのかよ」
市郎「あるよ……ねえよ！　見なくても分かるんだよ、ダメ！　許さん！（声落とし）なんでいるんだ、お前なんでこっちいるんだよ」
ムッチ「……はい？」

15　EBSテレビ・エレベーターホール（日替わり）

エレベーターを待つ渚。掲示板にタレントの名前。『八嶋智人さん控室Eにお入り下さい・プレサタ』
渚「……お、八嶋さん来てる」

16　同・5F・エレベーターホール

フロア全体が騒がしい。明らかにトラブルが起きている。
渚「（知り合いを探し）栗田さん、今日プレサタですよね」
先輩Pの栗田一也、半狂乱の状態で、
栗田「だから電話鳴りっ放しなんだよ！　渚か。これでも読んでろ」
と、週刊誌のゲラを渡し、電話に出る栗田。

渚　「堤ケンゴ、アシスタントと……4股交際？」

栗田　「声に出すな！（電話に）あ、どもどもども」

『ツツミン、プレサタガールズを連夜のお持ち帰り』

『生々しいメールのやりとりも』『セクハラ被害か』

フロアD・氏家「うちのMC、半年前から張られてたっぽい」

栗田　「清潔感だけが取り柄なんだよ、ノースキャンダルだから起用し続けたのに、来週300回記念なのに！」

渚　「本人は？」

氏家　「とりあえず車から降りるなって言っといた」

17　同・駐車場・堤のワンボックスカー車内

栗田　「週明け月曜発売の『週刊文寸』の記事です」

後部座席にツツミンこと堤ケンゴ、ゲラ見て顔面蒼白。運転席に栗田、助手席に氏家、

栗田　「それに先立ち、電子版が今日の16時にアップされます」

氏家　「せめて番組終了までは出さないでくれって、栗田さんが各方面に働きかけてます」

栗田　「どうなの？　ツツミン、やってなければ……軽率でしたで乗り切れないこともない、やってなければね、タコパとかウノとかしてましたって、やってなければね、目を見て答えてツツミン」

ケンゴ　「……やっ……ってますね、ツツミン、やっちゃってます」

栗田　「……マジか、4人とも？　何してくれてんだよ！」

怒りに任せクラクションを鳴らす栗田。

氏家　「メールは？　この口にするのも憚られる文面」

栗田　「ないよね、こんなの、幾らでも捏造できるし」

ケンゴ　「……送っちゃってますね、めちゃめちゃ思い当たってます」

18　同・駐車場〜廊下

栗田　「本番終わるまで車から出すな！　誰か見張っとけ！」

栗田と氏家の一歩後ろを歩く渚。

栗田　「被害者の4人は……」

氏家「二十歳すぎてます」

栗田「当たり前だ、未成年だったら終わってるよ、出演は見合わせるとして、MCだよ、今から掴まるヤツいるか?」

氏家「パンサー向井さん、オリラジ藤森さん……」

栗田「ブランチやってんだろ、移動間に合わないよ」

渚「あのぉ……」

栗田「まだいたのか、渚」

渚「今日、エンタメコーナーのゲストって」

栗田「ああ、なんかメガネの……」

渚「八嶋智人さんですよね」

栗田「そう、なんか地味な舞台の宣伝、それが?」

渚「頼んでみましょうか?」

19 同・楽屋エリア

楽屋をノックすると「どうぞー」という明るい声。

渚「失礼しますー(ドア開ける)」

八嶋、タブレットで、ふるさと納税の返礼品を見ている。

八嶋「あいっすー(顔見て)あ、ビジネスの!」

渚「そうです、海外ロケ、おかげさまで大好評で、数字も良くて」

八嶋「そりゃあ行きも帰りもビジネスだもの。もちろんエコノミーだからって手抜くような八嶋じゃないけど、やっぱ違うよね~自信が、声も出てたもんね、俺、八嶋、ビジネスクラス!」

渚「(長くなりそうなので)あの、今日って……」

八嶋「そそそ、告知(チラシ出し)久々の劇団公演でね……」

渚「(長くなりそうなので)あの実は、折り入ってご相談が……」

八嶋「なに、どしたのビジネスちゃん」

渚「実はMCの……」

八嶋「堤のケンちゃん、どした? コロナ?」

渚「……じゃないんですけど、急遽、代役を……」

八嶋「やろうか?」

渚「え?」

八嶋「いいよ、やるやる、ビジネスとってくれたし、告知だけさせてもらえれば」

渚「じゃあ、お願いしますー」

八嶋「あいっすー(と、返礼品を見る)」

渚　「（不安になり）あの、ゲストじゃなくて……」
八嶋　「仕切ればいいんでしょ、八嶋、なんとかする男だから」

20　同・スタジオ・セット内

氏家　「やるって？」
渚　「はい、ふるさと納税の返礼品見ながら、２つ返事でした」
栗田　「お前、そんな親しかったたっけ？」
渚　「全然です、会うの2回目。なんか、こないだ海外ロケの飛行機をビジネスクラスにアップグレードしたこと、すごく恩義に感じてるみたいで」
栗田　「……八嶋の恩返しか、期待できるな、助かったよ、渚」

21　都内の収録スタジオ・廊下（１９８６）

せわしなくタバコを吸う市郎、傍らにサカエ。
市郎　「アンタまでついて来なくて良かったんだけどね」
サカエ　「私は私で、フェミニズムの観点から昭和の文化風俗を検証するという大切な役目がありますから」
ズッキーが取り巻きを連れ、葉巻をくわえて楽屋入り。
市郎　「出たズッキー、鈴木福助、ああ見えて実家は代々、婦人科の医者なんだぜ」
サカエ　「覚えてない、いました？　あんな人、昭和61年に」
市郎　「芸風が大人向けだから、西のたかじん東のズッキーって、よう、ズッキーさん、いつも見てるよ」
ズッキー　「サンキュー照代」
市郎　「地下鉄漫才」
ズッキー　「『お姐ちゃんチョメチョメ足りてる？』」
サカエ　「え？」
立ち去るズッキー。
サカエ　「……お尻触られたんですけど」
市郎　「ハハハ、それがズッキーだから」
サカエ　「それがって、どれが？　え？　うそ、信じられない！　訴訟！　これ訴えていいですか？　ありえない！」

22　テロップ

「今さらですが、このドラマには不適切な表現および喫煙シーンが含まれます。が、時代による文化風俗の変遷と、その是非を問うことを主題としているため、あえて1986年当時のまま放送しています」

ＡＤの声「それでは自己紹介お願いします、本日の挑戦者！」

23　都内の収録スタジオ・内

アダルト女優「アダルト女優チームでぇす！」
市　郎「んなに？（身を乗り出す）」
登壇するアダルト女優3名、男たちの嬌声。
ＡＤ「続いて」
オカマ「新宿二丁目オカマちゃんチームでぇす！」
サカエ「まあっ」
オカマちゃん3名が登壇。男達の笑い声。
ＡＤ「最後は」

純子・友美・明美「ピチピチ現役女子高生チームでぇす！」
制服で登場する純子、友美、明美。
「ひゅーひゅー」「かわいい〜〜」
市　郎「……うーん、この順番だと、純子がまともに見える」
サカエ「確かに、昭和のテレビってこんな感じでしたね」
ＡＤ「そしてメインMC、我らがDr.ズッキー！」
ズッキー、バニーガールの腰を抱き手にはロックグラス。
ズッキー「いえ――い！　回診の時間でぇす！」
サカエ「酒飲みながら？」

24　EBSテレビ・スタジオ内（２０２４）

氏　家「八嶋智人さん入られまーす」
扉を開けて元気いっぱい明るく入って来る八嶋。
八　嶋「どーもー！　八嶋で――す！　急遽、プレサタMCに大抜擢されました、頑張るからね、おじさん頑張るから！」
栗田の声「頑張らないでください」
八　嶋「……え？」

栗田の声「間違っても爪痕を残そうだなんて考えないで下さい、そつなく、そして淀みなく進行してください」

八　嶋「誰だ？　失敬だな顔ぐらい見せろ！」

25　同・サブ

トークバックで喋る栗田。

栗　田「当番組のプロデューサー兼総合演出の栗田です。突然ですが、番組が存続の危機にさらされています」

26　同・駐車場・ワンボックス車内

栗田（OFF）「生放送終了後、メインMCによる不祥事が公になります、番組アシスタントに対するセクハラです」

ケンゴ「……」

27　同・フロア（サブとカットバック）

栗田（OFF）「打ち切りか、続行か、それは八嶋さん、あなたにかかっている！」

八　嶋「……なんで？」

スタッフに守られ退場する4人のプレサタガールズ。

栗　田「あなたが、先週も先々週も、なんなら1年前からMCだったように振る舞い、それでSNSがザワつかなければ……」

渚　「それは、さすがに無理だろ」

栗　田「ネットニュースにさえならなければ、八嶋さんの勝利です」

渚　「……すいません、告知に来ただけなのに」

栗　田「やっていただけますか？」

八嶋、腕を組んで、天を仰いでいたが、

八　嶋「……面白い、やりましょう」

栗　田「自信おありですか？」

八　嶋「当たり前です。この群雄割拠の芸能界で、いかにして僕が、現在の地位を獲得したか、あなた、ご存知ですか？」

指されたスタッフ、答えられない。

八　嶋「……しれっと潜り込んだんです。気づいたら、なんかずっと前からテレビ出てる、ような気がする人、それが八嶋智人！」

栗田　「お見それしました」

八嶋　「しれっと大河ドラマに潜り込み、しれっと歌舞伎界にも潜り込んだ、ミスターしれっと、それが八嶋智人！」

栗田　「もう結構です」

八嶋　「1年目から中堅、初々しさはない、だが安定感はある、そつなく淀みなくは、お手のものさ！」

フロアのスタッフ、思わず拍手。

栗田　「……気が済みましたか」

八嶋　「……はい」

栗田　「じゃあ、番組の流れを説明しましょう」

八嶋　「要らない！　なんせ1年前からやってるからね」

渚　「……カッコイイ」

28　都内の収録スタジオ・内（1986）

AD　「番組の流れ説明しまぁす！　オープニングはいつも通り、女の子のスカートの中からズッキーさん登場します」

市郎　「なに？」

ズッキー、ご機嫌でバニーガールにちょっかい出す。

AD　「まずスリーサイズ当てられたらチョメチョメ、やりたい人」

純子　「はーい！（挙手）」

市郎　「純子！　バカ！　どういうつもりだ！」

AD　「観覧の方、お静かにお願いしまーす」

市郎　「……失礼」

AD　「続いて、もっこり青年隊とポロリっ娘クラブを交えての、勝ち抜き、食い込み相撲でチョメチョメがありまして」

市郎　「もう限界！（立ち上がり）いい加減にしろ！」

純子　「そっちこそ、騒ぐなら帰って！」

市郎　「？」

純子　「……なによ、普段、もっとエロいの見てるくせに」

市郎　「……確かに……くそっ！（座る）」

29　EBSテレビ・スタジオ・フロア（サブとカットバック）

本番直前の張りつめた空気、渚も祈るような気持ちで、

栗田の声「本番中の指示はフロアD氏家のインカムに入れます」

氏　家「10秒前！　8！　7！」

栗　田「八嶋さん、面白くなくていいですから、とにかくクリーンに。ネットの切り取り記事は悪質ですから、どこを切り取ってもやましい所がないように、どこを切ってもクリーンに……」

八　嶋「わかってる、最終的には何とかする男だよ、八嶋は」

30　オンエア画面『ツツミンの！　プレミアムサタデー』

情報番組らしい華やかなオープニング。

八　嶋「どーもー！　今週も始まりましたプレサタ！　MCは私、お鍋は秋田のきりたんぽ一択、ヤシマンこと八嶋智人です！　そして」

鳥　海「（なぜか涙目）イケメン気象予報士の……鳥海仁です」

八　嶋「いえーい！　そしてプレサタガールズ」

ハンディカメラに各自アピール。

八　嶋「かーわーい～、ちょっとね、欠席者が多いのは……期末テストかな？　うん、うん、今日はお鍋&バレンタイン特集だけどぉ、みんなは友チョコ派？　渡す相手いるのかな？」

31　EBSテレビ・スタジオ・フロア

渚「……こなれてる、毎週やってるみたい！」

八　嶋「今週も耳より生活情報から、週末のレジャー、エンタメなどまるっと紹介、では本日のメニュー、VTR～」

ガールズ「プレミアムサタデ～～～」

氏　家「V入りました！」

八　嶋「……ふうっ！」

手応えを感じつつ、チラっとカンペを見る八嶋。

カンペ『V明け、謝罪お願いします』

八　嶋「はあ？」

栗田の声「軽い、八嶋さん、ノリが軽いです」

32　同・サブ（カットバック）

栗田　栗田、タブレット2台でエゴサーチしながら、「基本は無味無臭な情報をたれ流す情報番組です、いえーい！とか、そういうチャラい感じの、パリピみたいなノリは極力控えて頂きたい」

八嶋「パリピは言い過ぎだろう、いくらなんでも」

栗田「ワイプで抜かれてますから、笑顔で！」

八嶋「はい（咄嗟に笑顔）」

栗田「2時間後にゴシップが出るんです。極力抑えましょう、分かったら左手を上げてください」

八嶋「歯医者か（と左手を上げる）」

栗田「ちなみに先程の『かーわーいぃ〜』の言い方、セクハラです」

八嶋「いやいやいや……」

栗田「伸ばさず、歯切れ良く『可愛いっ！』これでお願いします。チョコ渡す相手はいるのかな？は、暗に恋人の有無を聞き出そうとしてるのでセクハラです。あとなんだ？　いきなり下ネタぶっこんだな、きりたんぽがどうとか」

八嶋「下ネタじゃない！　あんたこそ、秋田の人に謝罪しろ！」

栗田「秋田では流れてません。あとなんかディスってたな、欠席が多いとか、テストがどうとか、まるでなんかあったみたいに、やめて！　あとで切り取られるから！」

八嶋「最前列、席4つ空いてるんだもん、触れなきゃ不自然だろ」

栗田「美術、ぬいぐるみでも並べといて！　色々言ったけど八嶋さん」

八嶋「なんだよ」

栗田「SNS、ぜんぜんザワついてません」

八嶋「それは……それはそれで複雑だな」

栗田「『あ、八嶋』『今日、八嶋だ』『ヤジマ？　or ヤシマ？』……以上です」

八嶋「読み上げなくていい！　ヤシマだ！」

渚「（水を渡しながら）私も、イヌシマです」

栗田「あーそれから、ヤシマンってなんか……八嶋さんが言うとなんかヤラしいからやめてください」

八嶋「偏見だそれ！　ツツミンの方がヤラしいからこういうことに……」

栗田「V明け30秒、とりあえず謝ってCMです」

33　オンエア画面『プレミアムサタデー』

八　嶋　「えー先程、不適切な発言がございましたので、訂正しお詫び致します……と、さあ！　お待ちかね鍋特集、担当は？」
かのん　「は〜い、私、かのんが行って来ました〜」
八　嶋　「……可愛いっ！　かのんちゃん、髪切ったね、ベリーショート、似合うよぉ。で、どこに行ってくれたのかな？」
かのん　「茨城県行方市です」
八　嶋　「なめがた、いいとこだよね、あそこ。どんな鍋でしょうか、続きはCMの後！」
ジングル、かのんの脚元から顔にパンするカメラ。

34　EBSテレビ・スタジオ・フロア（サブとカットバック）

氏　家　「CM入りました〜」
カンペ『CM明け謝罪お願いします』
八　嶋　「なんでよ！」
栗　田　「軽いんだ、謝罪が。あと髪切った？　がセクハラ案件なのはご存知ですよね」
八　嶋　「言うよ、だってVTRはロングだったのに……スポーツ刈りじゃん、触れなきゃ先進めないよ、禊ぎ？　なんかあったの？」
栗　田　「あと『なめがた』は、八嶋さんが言うとなんかヤラしいこと連想しちゃうので、なるべく言わない方向で」
八　嶋　「地名だろう！」
栗　田　「いやいや『あそこ、なめがた』って、確信犯だろ！」
八　嶋　「言ってないわ！」
栗　田　「さすがにSNSもザワついてきました」
八　嶋　「そりゃそうだろ、司会変わってんだから」
栗　田　「炎上する前に謝罪して、八嶋さんだけが頼りなんです」
八　嶋　「……わかった、最終的に何とかするよ、貸しなさい！」
と、フロアスタッフのインカムを奪い自ら装着する八嶋。
八　嶋　「これで私も同志だ、直接、指示してくれ」
栗　田　「共に闘いましょう、16時まで」
八　嶋　「芝居の告知だけさせてよ、ちゃんと！」
氏　家　「CM明け5秒前！」

35　都内の収録スタジオ（1986）

メインテーマが流れる

ＡＤ「4、3、2……」

♪ママはチョメチョメ　パパもチョメチョメ
♪早く寝ないと、火照った体が、あ、あん、あん、チョメチョメチョメ～

沸き返るスタジオの隅、鬼の形相で自問自答する市郎。

市郎Na「純子の言う通りだ、俺は無類のエロ好き。アダルト女優チームの3人はデビュー作から応援してる。特にキャプテン、愛田るる嬢はF〇CK・トゥ・ザ・ティーチャーのティーチャー役じゃないか！　今気づいた！　この番組だって3倍速じゃなく標準で欠かさず録画してるほど、だが今日は……」

ズッキー「スリーサイズ、ズバリ当てられちゃったら」

キヨシ・イノウエ「チョメ！　チョメ！」

市郎Na『好き』より『けしからん』が上回って楽しめない」

タバコをくわえ、ふと隣のサカエを見る市郎。

市郎Na「隣でギスギス女がボンヤリしている」

サカエNa「キヨシが、別れた夫と親友になってしまった」

客席でキャッキャとじゃれ合うキヨシ、イノウエ。

サカエNa「心配……でも私には見守ることしかできない、関わりすぎたらタイムパラドックスが起きてしまうから」

市郎Na「どうした？　コンプラおばさん。長いこと昭和で暮らしたせいでモラルが崩壊してしまったか。……てことは？　俺も数日間未来で暮らしたせいで、心にコンプライアンスとやらが芽生えてしまったのか？」

36　EBSテレビ・スタジオ・フロア（以下・カットバック）

八　嶋「ただいま、不適切な発言がございました」

×　×　×

ズッキー「目方でショッピング！　体重オーバーしたら」

純子・友美・明美「チョメ！　チョメ！」

×　×　×

八　嶋「訂正しお詫び致します」

ズッキー「誰のもっこり？　触って当てたら」
オカマちゃん「ホメ！　ホメ！」
八　嶋「申し訳ございませんでした！」

×　×　×

37　都内の収録スタジオ（1986）

血走った目で、食い込み相撲を見ている市郎。
市郎Na「……心が引き裂かれる。アダルト女優のポロリを期待する俺と、純子の身を案じる父親としての俺……」
力士のコスプレした純子、客席に愛想ふりまく。
市　郎「……くそ、やっぱり折り合いがつかん！（立ち上がる）」
サカエ「どうするの？」
市　郎「やめさせる、連れて帰るんだよ、純子を」
サカエ「じゃあ、もう金輪際アダルトビデオは見ないんですね」
市　郎「それは……違うだろう、それはそれ、別腹だよ」
サカエ「違わない、あの娘たちにだって親はいるのよ」
市　郎「……」
サカエ「他人の娘はヤラしい目で見るくせに、自分の娘が好奇の目に晒されるのは許せないのね」
市　郎「お、俺も男だ……多少ムラムラするくらい、勘弁してよ」
サカエ「もちろんです、動物なんだから。フェミニズムはオスの本能までは否定しません、それが……彼女たちの役目だし」
まわしを取ろうと必死に闘うアダルト女優。
サカエ「偉いよね、あの娘たち」
市　郎「えらい？」
サカエ「なぜ自分がここに呼ばれ、どう振る舞うべきかをちゃんと心得てる、求められる役目を、誇りを持って果たしている」
ズッキー「チョメチョメしちゃうぞ！」
アダルト女優「きゃあ――！」
市郎Na「そうだ……純子だけが娘じゃない。みんな誰かの娘なんだ。アダルト女優も……バニーガールも、二丁目のオカマちゃんだって誰かの息子……を経由して今は娘……みんな一緒、同じ土俵で闘っている、みんな誰かの娘なんだ」

ズッキー「続いての取組ぃ、東ぃ、スケバン山〜、東京都出身、スケバン部屋」

純子、立ち上がり四股を踏む。

市　郎「どすこいっ！　行け！　純子！」

38　EBSテレビ・スタジオ・フロア

SNSの書き込み『さすが八嶋！』『今日のプレサタ、神回』『もうヤシマンでよくない？』

渚「……すごい、#八嶋無双がトレンド入り！」

八　嶋「3時になりました、ここでウェザーリポート、鳥海くん」

鳥　海「(涙) はい、今日は発達した低気圧が……」

渚「あれ？　泣いてる？」

栗田の声「お天気明け、八嶋さんの謝罪から」

八　嶋「(声を落とし)今度は？　どこのなにが不適切？」

栗　田「全部です！　口を開けば不適切、まず『中がトロトロ〜』」

八　嶋「言うでしょ、かにクリームコロッケ出されたら！」

39　同・サブ

栗　田「あと『麺がシコシコ〜』」

八　嶋「稲庭うどん出されたら言うわ！　逆に、正解知りたいわ」

渚がたまらず駆け込んで来て、

渚「栗田さん、いくらなんでも気にしすぎ！　これじゃ八嶋さん、何も喋れませんよ」

栗　田「うん、わかんなくなってる。自分でも、だけど気にし出したら全部気になるんだよ（モニター見て）おい、4カメ！　女の子の脚から顔に舐めるようにパンするの禁止！　脚なら脚、顔なら顔を撮って、動かさないで……どした！」

顔面蒼白の氏家が来て、タブレットを見せる。

氏　家「ハメられました」

栗　田「(タブレットを凝視) ぎゃあ！」

氏　家「もう出てる、電子版、ネットニュースの記事、ほら！」

渚「生放送終了まで待ってくれるんじゃなかったんですか？」

栗　田「1時間前倒しやがった、しかも、2増えてる！」

渚　『プレサタMC　震撼の6股交際!』
　「ろくまた?」
　『被害者が証言「断ったら干されると思った」』
　かのんと堤ケンゴがワインバーで顔を寄せ合ってる写真。
氏家「かのん、まだ17歳、未成年」
栗田「あーあーあーあー終わったあ」
氏家「しかもアイツ、男もいっちゃってました!」
　堤と気象予報士鳥海が手を繋いで歩いている写真。
　モニターには、泣きながら天気予報を伝える鳥海。
鳥海「お出かけの……際には……折……うっ……折りたたみ傘が……うっ!」
渚「それで泣いてたんだ……栗田さん?」
栗田「……あ、完全にバグってた。かのんと鳥海は映さないで! 渚、駐車場見て来て、八嶋さん!」
八嶋「……全て聞こえてましたよ」

40　同・フロア

　かのんと鳥海の席に、ゆるキャラが座る。
栗田「後半の鎌倉ロケのV、かのんが出てるので使えません。もうお手上げ、我々には八嶋さんしかいない、八嶋アワーです」
八嶋「じゃあ1時間たっぷり芝居の告知を……」
栗田「それは結構です! 告知はエンディングでたっぷり30秒」
八嶋「1時間ノープランなのに30秒……そんなバカな話あるかよ」
　スタッフがけん玉を載せたワゴンを持って来る。
八嶋「あれー、八嶋特技けん玉って言った? Wikiに書いてた?」
栗田「書いてないけど、日本人、演歌とけん玉、大好きなんで」
八嶋「やるのか? 八嶋。今までも、あらゆる現場で、八嶋がいれば何とかなると言われ、実際なんとかしてきた(鼓舞して)やりますよ! 乗りかかった船、乗りたかったビジネスクラス! 八嶋! やらいでか!」
栗田の声「……あ、聞いてませんでした」
八嶋「ううんっ!(地団太)」

栗田　「SNSがすごくて」
『六股…』『引くわ』『応援してたのにガッカリ』
『ケンゴは?』『本人が出て来て謝罪すべき!』

41　同・駐車場

渚　「え?」
車のスライドドアが開けっ放し、中はもぬけの殻。

42　都内の収録スタジオ（1986）

女相撲、純子がオカマちゃんを投げ飛ばす。
市郎　「よっしゃあ!」
と、両腕を高く上げた瞬間、スマホが鳴る。
市郎　「?（手を上げたまま）」
ズッキー「スケバン山、2人勝ち抜きィ!」
スマホ画面に『渚ちゃん』。慌てて通話ボタンを押し、
市郎　「もしもし!」

43　EBSテレビ・駐車場（カットバック）

渚　「(電話切り)……なにやってんだろ、小川さんに電話しても、どうにもならないのに……」

44　都内の収録スタジオ（1986）

市郎、折り返しかけるが繋がらない。
その時、観衆から悲鳴が上がる。
サカエ「純子ちゃん?」
市郎　「なんだ?　どうした!?　純子!」
純子が土俵下に倒れている。頭を強く打ったようで動かない。男性スタッフが抱き起こそうとすると、
ズッキー「触るんじゃない!　キャメラ止めろ!」
ズッキー、別人のように紳士的な態度で応急処置する。
ズッキー「まず男の人、出ましょう一旦、ブルーシートで彼女を隠して、女性スタッフ、肉襦袢のファスナー下ろして、氷を後頭部に当てましょうか、仰向けに寝かせて、脳震盪だから……」
純子　「……あ、大丈夫です」

と、純子、体勢を立て直す。

ズッキー「大丈夫か？　立てるか？　女の人、両脇から支えてあげて」

サカエ「すごい、紳士的……」

立ち上がった純子に、会場から大きな拍手。

ズッキー「御心配おかけしました、お父さん」

市郎「……ありがとう」

45　同・廊下

両手を高く掲げ、ソワソワ落ち着かない市郎。

サカエ「いつまでガッツポーズしてるの？」

市郎「……あ、ああ（下ろす）」

収録を終え、純子がトロフィー持って来る。

純子「親父、見て！　ハッスル賞もらっちゃった」

市郎「おお、そうか」

純子「なんだよ、なんかあった？」

市郎「あのな純子、父ちゃんちょっと……出かける」

純子「あそう」

市郎「……あっちに荷物とか置きっ放しだし、それから……」

純子「好きな人がいるんでしょ？」

市郎「？……な、なんで」

純子「わかるよ、何年一緒に暮らしてると思ってんの、ここんとこずっと変、仏壇の前ウロウロしたり、ベランダ出てボーっとしたり、おなら、しなくなったし」

市郎「それはお前……キヨシとサカエさんがいるから」

純子「どんな人か知らないけど、その人とは手繋いだり、抱き合ったり、チョメチョメしたりできるんでしょ？」

市郎「おい！」

純子「いくら好きでも、死んでる人と生きてる人は、対等じゃないし、比べたら失礼、そんなの、どっちにも失礼だよ」

市郎「……純子」

純子「……て、こんなカッコで言うことじゃないか、着替えて来る」

市郎「純子！　なるべく早く……必ず帰って来るからな」

純子「……」

サカエ「当たり前じゃん、親なんだから」

46　EBSテレビ・スタジオ・フロア（2024）

けん玉で何とか場を持たせてしまう八嶋。

氏家「……なんか見れちゃうから不思議だな。……お、おい！」

スタッフの制止を振り切り入って来る堤ケンゴ。

モニターでその姿を発見し、

栗田「CM！　CM行っちゃって！」

47　スカイツリーが見える国道

時空を超えた路線バス（タイムマシン）が出現。

48　EBSテレビ・スタジオ・フロア（カットバック有）

スタッフ、キャストに囲まれた堤ケンゴ、

ケンゴ「みなさん……この度は本当に、申し訳ありませんでした！」

栗田の声「出て行け！　みんなの努力を無駄にする気か」

ケンゴ「栗田さん、自分の言葉で、謝罪させて下さい……」

栗田「土曜の午後に相応しいのは、お前の独りよがりな言い訳じゃない、八嶋さんのけん玉だ！」

八嶋「……」

49　同・廊下

スタジオに戻ろうとする渚を、市郎が発見し、

市郎「渚ちゃん」

渚「小川さん、会いたかった！」

思わず握手し抱擁……その瞬間、二人の体に電流が走る。

渚「……」

市郎「おおっ、ビックリしたあ！　静電気か……で？」

渚「（我に返り）こっちです！」

50　同・スタジオ・フロア

ケンゴ「……セクハラ、パワハラという認識は僕にはなくて……ちゃんと対等に、それぞれ真剣に交際するつもりで……」

八　嶋　「だけど6人だよ、人前に出る者として、あまりに自覚が……あ、八嶋です、あまりに自覚が……」

ケンゴ　「時期は被ってないし、無理やり誘ったわけでもないし、自分の中で筋は通ってます」

栗田の声「君がどう思ってるかじゃないんだよ！」

栗田、サブから歩きながら

【セクシャル・ハラスメント・No.1】※ミュージカル

栗　田　♪誰が決める　ハラスメント　NOT　YOU
♪君は良かれと思っても
♪誰が決める　ハラスメント　NOT　YOU
♪ラブとハラは紙一重

サブからミニスカートのTKが出て来る。

栗　田　「例えば女子が、こんな短いスカート穿いてたら、見るよね」

男性スタッフ「NO！」

栗　田　「見るでしょ」

男性スタッフ「YES！」

T　K　♪でも私はアンタのために　ミニを穿いてるわけじゃない

八　嶋　「ちょっといいですか？　八嶋、ずっと気になってました」

胸の谷間だけくり抜かれた服を着たメイクを指し、

八　嶋　♪これは見るでしょ　見ない方が不自然でしょ
♪んふふ　色っぽいぜって　思うくらいは　大目に見てよ

メイク　♪でも私はアンタのために　谷間見せてるわけじゃないわ

栗　田　♪それもハラスメント（あんた気にしすぎ）
♪もはやハラスメント（だからテレビつまらない）
♪誰が決める　ハラスメント

八　嶋　♪ガイドライン決めてくれ

市　郎　「みんな、自分の娘だと思えばいいんじゃないかな」

いつの間にかピアノを弾いている市郎。

栗田・八嶋「だれ？」

【Everybody Somebody's Daughter】

※ミュージカル

市郎「♪アダルト女優もアイドルも
♪一般女性も　お婆ちゃんも
♪みんな娘だと思えばいい！
（Everybody Somebody's Daughter）
♪娘に言わないことは言わない
（Everybody Somebody's Daughter）
♪娘にしないことはしない
（Everybody Somebody's Daughter）
♪娘が悲しむことはしない
♪娘が喜ぶことをする　それがオレたちのガイドライン

51　小川家・リビング（1986）

仏壇にハッスル賞のトロフィー。手を合わせる純子。
静かに歌い出すサカエ。

サカエ「♪お父さんを嫌いにならないで　純子ちゃん
♪お父さんをガッカリさせないで

純子「……」

52　EBSテレビ・スタジオ・フロア（小川家とカットバック）

一同「♪娘に言わないことは言わない
サカエ「♪お父さんを嫌いにならないで
一同「♪娘が悲しむことはしない
サカエ「♪お父さんをガッカリさせないで
一同「♪Everybody Somebody's Daughter

栗田「いや歌ってる場合じゃない、CM明けてる！
あと30秒」

渚「大丈夫です、八嶋さんが……」
モニター画面、前室でカメラ目線の八嶋、

八嶋「いかがでした？　今日のプレサタ、感想はX

旧ツイッターにポストしてください、さて」

53　同・前室～エレベーターホール

ENGカメラを連れ出し勝手に締めている八嶋、

八嶋「本日のメインMC八嶋智人が出演する劇団カムカムミニキーナの新作『かむやらい』が2月1日から11日までザ高円寺1で、2月17、18日は近鉄アート館にて上演されます。ぜひ劇場に足を運んでください。来週は300回記念、お取り寄せグルメ選手権～。余った？……えー皆さん、飛行機はエコノミーに限ります！」

氏家「……はい、CM入りました！　本日以上でーす」

やれやれと歩き去る八嶋、

八嶋「ま、最終的に何とかなったかな」

渚「次はファーストクラス取っちゃうかも」

八嶋「（背中で）あいっすー」

スタジオから出て来る市郎。

54　同・エレベーターホール

エレベーターが開き、渚、市郎を押し込む。

55　エレベーター内

エレベーター閉まり、2人きり、渚が顔を近づけてくる。

渚「小川さん、ありがとう、来てくれて」

市郎「え、ちょっと、なに？」

市郎、その気になりキスしようとした、その時。

ビリビリビリビリッ！

と電流が流れ、弾き飛ばされる渚。

渚「……やっぱり」

つづく

＃4　既読スルーしちゃダメですか？

1　EBSテレビ・エレベーター内

ビリビリビリビリッ！　と電流が流れ、弾き飛ばされる渚。

渚　「……やっぱり」

×　×　×

フラッシュ（回想）喫茶「SCANDAL」

井上　「タイムパラドックスです」

×　×　×

市郎　「……え？　なに？　どしたの、渚ちゃん」

渚、無言で立ち上がり、挑発的に胸を突き出す。

市郎　「……触って欲しいのかい、渚ちゃん……」

井上　「タイムパラドックスが生じると……」

市郎、触ろうとするとビリビリビリッ！　と弾け飛ぶ。

井上　「びりびりぃ！　ってなります」

渚　「やっぱりそう、絶対そう！」

市郎　「……何がそうなんだい、渚ちゃん」

渚、さらに体を密着させ、左腕を腰に回すよう誘導する。

市郎　「……いいのかい？」

井上　「タイムパラドックス！」

市郎、右手で胸に触ろうとしてビリビリッ！弾け飛ぶ。

市郎　「……（眩暈）どっちなんだい」

井上　「タイムパラドックス！」

市郎、両手で掴もうとするとビリビリッ！

渚　「……大丈夫？」

市郎　「……あんまり大丈夫じゃない……（ビリビリッ！）」

そんな2人を防犯カメラのレンズが冷静に見ている。

2　同・守衛室

モニターに映る、エレベーター内の防犯カメラの映像。

守衛　「……この2人、なにやってんだろうね」

3　携帯ショップ（日替わり）

カウンターに「昭和64年の誕生日まで有効」の

免許証を出す市郎。

秋津「（見て）……」

店員の若井がやって来て、事務的な早口で、

若井「お待たせしました、私、若井が手続きを担当させて頂きます。料金プランはスタンダードでよろしかったですか？」

市郎「……よろしかった？」

若井「かけ放題パケ放題の得々プランがよろしかったでしょうか」

市郎「かけ、ぱけ、よろしかった？」

秋津「『よろしかった』にいちいち引っかかってたら先進まない」

市郎「なんで過去形なんだ、俺が過去から来た人間だからか！」

4 喫茶「SCANDAL」内

渚「小川さんと私、付き合っちゃいけないいんですか？」

井上「犬島さん、そもそも小川先生は私の中学時代の担任ですよ、昭和10年生まれだから」

マスターが飲み物を運んで来る。

マスター「88の米寿だね、俺と同い年だから、ごゆっくり」

悪態つきながら入って来る市郎、秋津。

市郎「何が若井だ、大して若くねえくせに年寄り扱いしやがって」

秋津「ダメでした、名義変更、やっぱり親の許可がいるって」

井上「（立ち上がり）小川先生！」

市郎「……あ？　誰だアンタ？」

井上「井上です！　葛飾区立第六中学校2年B組出席番号2番、井上昌和、ご無沙汰してます先生ぇ！　会いたかった先生ぇ！」

握手したり抱擁したりで再会を喜ぶ井上。

市郎「（なすがまま）はいはい、あーはいはいどうもー」

井上「（嬉し泣き）懐かしいわあーー！　変わらないわあ！　会えて嬉しいわあーー！（急に冷めて）なんか温度差あるなぁ」

市郎「だって気持ち悪いんだもん」

渚「そんなこと思ってても言っちゃダメ」

井上「忘れたんですか？　38年前に交わした約束」

井上、中学の卒業アルバムを開き、自分の写真

を指す。

×　　×　　×

フラッシュ（回想・#1）六中教室

市郎「おいメガネ、タイムマシンって、作れるの？」

イノウエ「……出来ると思います……頑張れば」

市郎「頑張れよイノウエ、お前なら出来る」

イノウエ「はい！（瞳を輝かせ）僕の夢は、科学者になって、タイムマシンを発明し、30年後の未来から、この六中2年B組にタイムスリップして来ることです」

×　　×　　×

市郎「あーはいはい、作文の授業な、あったな」

井上「あったな？　先生の言葉を信じて僕は、38年もかけて……」

市郎「実感ねーよ、俺にとってはつい2、3週間前だもん。変わらないわーじゃねんだよ、そっちが変わり過ぎてて怖ぇわーだよ、なにその頭、受刑者？」

井上「すぐ思い出して頂けるように……38年間、髪型を変えずに」

市郎「そういうとこイノウエだよな、しかも俺の方が未来に来てるし」

秋津「乗れなかったんですよね？　タイムマシン、三半規管が」

井上「いーーっ！　てなってぇ、耳から血が出てぇ(泣)」

市郎「ダサいわー、井上」

井上「……ちきしょう、なんだったんだ俺の38年」

秋津「ていうかこれ、息子さんのスマホですよね」

市郎「……あ、そうだ！　井上、ちょっと顔貸せ！」

5　携帯ショップ

井上を連れて来た市郎、秋津。

秋津「名義は（免許証出し）秋津で契約します」

若井「……それでは、井上昌和さん名義でご契約の息子さんのスマホを、秋津さん名義に変更して、おじいちゃんが……」

市郎「おじいちゃんじゃねえよ」

若井「失礼しました、小川市郎さんがお使いになるということで」

市郎「よろしかったよ」

6　喫茶「SCANDAL」トイレ

井上、トイレの壁を数カ所、叩いて、

井　上「この壁の向こうに……昭和が？」

渚「ポスターで穴、塞いでたんだよね？」

マスター「んん〜どうだったかなぁ」

市　郎「そうだよ！　ジジイ、しっかりしろよ！　向こうからキョンキョンの渚のはいから人魚のポスターで、こっちはキョンキョンキョンの40周年のポスターで」

秋　津「2回目は上から落ちて来たんですって」

×　　　×　　　×

フラッシュ（回想）

市　郎「痛ってえなあ！」
天井を見上げると小泉今日子の1986年のポスター。

マスター「どうしたの、小川先生、酔っ払ってる？」

市　郎「なん年？」

マスター「昭和61年」

市　郎「……えええええええ!?」

×　　　×　　　×

マスター「んん〜そう言われると……そんなことがあったような」

井　上「これがタイムパラドックス、マスターの過去に変更を加えたことで、マスターの記憶も変わってしまった」

秋　津「もともと何も覚えてない人だからなあ」

市　郎「つーか、なんで行きはバスなのに帰りは便所なの？　毎回」

井　上「それはですね……わかんないです」

市　郎「わかんないのかよ！」

一同トイレから席に戻りながら。

井　上「開発途上ですから！　あと『行きはバス』って言いましたが、開発者としては現在から過去へ向かうのが〝行き〟で、先生は帰りのバスに勝手に乗ったんです」

市　郎「ねえねえ渚っち、友達登録しちゃう？　繋がっちゃう？　QR出しちゃう？　読み込んじゃう？」

渚、スマホを出して友達登録。

市　郎「（スマホ見て）お」
渚から『よろしくお願いします』のスタンプ。

渚「それ私、登録してください」
秋津「丸い写真のとこ触るとトーク画面に行きます」
市郎「お前、詳しいな」
秋津「これ、うちの会社が作ってるアプリだから」
市郎「アプリってなんだい？」
井上「お二人が接触して、ビリビリッ！てなったということは」
市郎「おー、できたできた（再び入力）」
『渚つち、今日もカワイイね』と送る市郎。
渚「……」
メッセージに『既読』がつく。
市郎「おほほほ、既読って出た！」
井上「越えてはならない一線を越えようとしたってことなんです」
市郎『焼肉てもとう？』と送る、すぐ既読がつく。
市郎「おほほほほ、既読既読！」
井上「それ、あとにしません!?」

☆　**タイトル『不適切にもほどがある！』**

～#4　既読スルーしちゃダメですか？～

7　葛飾区立第六中学校・2年B組（1986）

担任の安森の授業を受けているキヨシ。コツンと頭に何か当たる。
キヨシ「??」
複雑に折り畳まれた手紙。周囲を見るが、誰が投げたかわからず、手紙を開くキヨシ。
『静香のこと、どう思ってる？』
キヨシ「……え？」
隣の席、まじめに授業を聞いている静香。
別の手紙が回って来る、開くと、
『好き＝YES　きらい＝NO　いずれか○して』
キヨシ「えー……えー？　えー!?」
安森「向坂ぁ、静かにしろ」
静香本人が手紙を差し出す、ドキドキしながら開くと、
『きのう、夜ヒット見た？』
キヨシ「よる、ひっと？」
見ると、至る所で折り畳んだ手紙が飛び交っている。隣から回って来た手紙。

『12時ちょうどに、わっ！　て叫ぶよ』
その手紙を、前に回すキヨシ。壁の時計を見ると、あと数秒で12時、安森が背中を向けた瞬間、呼吸を合わせ。
生徒たち「わああっ！」
安　森「うわ、ビックリしたあ！　なんだよ、お前ら、もお」

8　同・屋上

イノウエ「上野静香か……いい女だったなぁ」
キヨシ「え？　イノウエ、静香さんと付き合ってたの？」
イノウエ「付き合ったって言えるのかなぁ、彼女がプールで溺れた時、人工呼吸して助ける夢を見たんだけど」
キヨシ「……なんだ」
キヨシ、授業中に回って来た手紙を丁寧に伸ばす。
イノウエ「ふん、女子め、なにが楽しいんだか」
キヨシ「楽しいよ、ストーリーのコメントに混じって、たまにDMも来るみたいな感じ……って、ごめん、わかんないか」
イノウエ「(読む) キヨシくん、静香のタイプみたいだヨ、付き合ってる人いないならYES、いるならNO、野球が恋人って感じならバース……ふんっ！　YES、NO、バースの三択！　女子って、心底くだらない！」
キヨシ「て、言いながら少女漫画読んでる」
イノウエ『風と木の詩』の単行本を読む。
イノウエ「ジルベールの孤独が痛いほど分かるんだ、僕には」

9　小川家・リビング

サカエ「え!?『風と木の詩』って……BL漫画の金字塔ですよ」
純　子「びーえる？　ベーコンレタスまんが？」
キヨシ「俺は男しか愛せないって言うんだ」
サカエ「はあ!?　ちょっと待って、イノウエが？」
純　子「PLなら知ってる、清原、桑田……」
サカエ「BLはボーイズラブ！」
純　子「桑田と清原が!?」
サカエ「(イライラ) ……純子ちゃん、まだ8時、どっか出かけなさいよ、誰かのバイクで、あばずれなんだから」

純　子　「なにその雑な追っ払いかた」

サカエ　「ごめんごめん、ここ純子ちゃん家だもんね……で？」

キヨシ　「流れで告られちゃってさ」

サカエ　「イノウエに⁉」

10　葛飾区立第六中学校・屋上（回想）

イノウエ、キヨシの肩を荒々しく掴み揺さぶりながら、

イノウエ　「キヨシ、俺は好きだ君が、初めて会った時から、他人とは思えないんだ！　YESかNOかバースで答えてくれ！」

11　小川家・リビング（回想戻り）

サカエ　「違うそれ勘違い！　モテなくて変なこと言い出しただけ！」

キヨシ　「なんで決めつけるんだよ」

純　子　「確かに、イノウエのことになるとムキになるの、なんで？」

サカエNa　「なんでって……だって彼は将来、私の夫になる人で、キヨシの父親……だから『他人とは思えない』だけ当たってる」

純　子　「ていうかNOじゃん、うちら付き合ってるんじゃないの？」

キヨシ　「わかんないよ、おっぱい見せてくれないし、ムッチ先輩の前では、付き合ってないって言ったりさぁ」

サカエ　「で？」

キヨシ　「試しに付き合ってみることにしたんだ」

サカエ・純子　「はあ⁉」

純　子　「二股、二股二股！」

サカエ　「（被って）黙って、黙って黙って！　わかってんの？」

キヨシ　「LGBTQでしょ？　前の中学にもゲイの子いたし」

サカエ　「……そうなんだ、知らなかった」

キヨシ　「告白されて、うっすら付き合った。手ぇ繋いで一緒に帰っただけだけど」

純　子「うっそお、やぁだぁ」

キヨシ「何だよ、性差別はいけないっていつも言ってるじゃないか」

サカエ「それはそうよ（純子に）ダメよ、差別は、多様な性は平等に認められなくてはダメ」

キヨシ「俺だって、本当に女が好きか、まだ分かんないし」

純　子「いやあ！　こんなこと言ってる！」

キヨシ「おっぱいは好きだけど！　おっぱいだけが好きなだけかもしれないし！」

サカエ「そんな奴いない、いや、そういう問題じゃなくて（呆れ）」

サカエNa「ていうか気づけよ我が息子、同姓同名でさぁ、坊主でさぁ、タイムマシン好きでさあ、フラグ立ちまくってんだろ」

純　子「で？」

キヨシ「じゃあキスしてみようって流れになって」

サカエ「どういう流れよ！」

純　子「最悪！　うちらもまだなのにバカ！（クッションョン投げつける）」

12　葛飾区立第六中学校・屋上（回想）

ビリビリッ！　と電流が流れ激しく弾け飛ぶ。

13　小川家・リビング

サカエNa「……タイムパラドックス」

キヨシ「それで悟ったんだ、俺……やっぱりおっぱいが好きだ」

サカエNa「違う、そこじゃないキヨシ……」

キヨシ「じゃないや、純子先輩が好きだ！」

純　子「なにそれ！　人をおっぱいみたいに！　ふざけんなバカ！（クッション投げつける）」

その時、電話が鳴る、純子が出て、

純　子「イノウエ!?　あんたキヨシにヘンなこと吹き込まないでよ」

サカエ「貸して！（受話器奪い）イノウエくんよく聞いて、あなた自分がモテないからって女を敵視してる。女性蔑視。あなたそういうとこある昔から、ミソジニーの属性があるんです。昔から？そういう男に限ってホモソーシャルとホモセクシャルを混同して同性愛に救いを求めるの、イノウエくん今ここ！　わかる？　女にモテなくて男に走ってるの、あなた中2病なの！」

14　公衆電話（夜）

受話器を握りしめ泣いているイノウエ。

サカエの声「自分がモテないのは女が悪いっていう考えを捨てない限りモテないし変われない、わかる？　モテないからって……」

ガチャンと電話を切り、

イノウエ「……男も女も嫌いだ！　ちくしょう、タイムマシン作って見返してやる！　なんだよ中2病って……春から中3だし！」

15　EBSテレビ・カウンセリングルーム（日替わり）

瓜生P「先生、先生、彼、私の同期でドラマプロデューサーの」

関　根「関根と申します」

市郎、スマホにフリック入力する手を止め、

市　郎「はいはい、どうしました」

瓜生P「4月期の、ドラマのタイトルにクレームが……」

関　根「『俺たちチアリーダー』っていう、男子校生がチアリーダーに挑戦する青春ドラマなんですが『俺たち』というワードがホモソーシャル的で女性を排除してるって書き込みが……」

市　郎「誰が書いた、ホモが書いたのか？」

瓜生P「え？……またまた(苦笑)さすがですね小川先生」

おことわりテロップが、今回は画面下にロールで流れる。

テロップ「この主人公は1986年から時空を超えて来たため、現在では不適切な発言を繰り返します。言語表現の時代による変遷を描くというこのドラマの特性をご理解の上ご観賞下さい」

市　郎「女に交じって男が股開いて飛んだり跳ねたりすんのが面白いと思ってんだろ？　自信持てよ」

関　根「性別を前面に押し出すと、最近はジェンダー平等に反すると抗議が来るんです」

市郎「だれから？　じぇんだあから？」
瓜生P「……『ジェンダー』って名前の人はいないんですけど」
市郎「じゃあ森田健作の『俺は男だ！』なんて」
関根「ダメですね、いちばんアウト」
瓜生P「『科捜研の女』も？」
関根「ん～、沢口靖子さんが違和感覚えたらアウトでしょうね」
市郎「男女7人夏物語は？」
瓜生P「それはいいんじゃない？」
関根「でも、男女って言っちゃってますから」
市郎「人間7人夏物語ならいいのか？」
関根「ですね、ぜんぜん見たくないけど」
瓜生P「なので極論『男も女もチアリーダー』とか『人間はチアリーダー』なら、誰も排除しないので」
市郎「いやいや、おかしいだろ」
関根「あと宣伝部から、略して4文字だと助かると言われまして」
市郎「は？」
瓜生P「ハッシュタグで検索しやすいように」
関根「恋はつづくよどこまでも、略して恋つづ、とか」
市郎「加トちゃんケンちゃんごきげんテレビ、略して加トケン、みたいなことか？」
正午を過ぎている。慌てて『外出中』のプレートを立て、
市郎「ごめん休憩、チャットのID教えて、いいタイトル思いついたら連絡するから」

16　携帯ショップ

市郎がスマホ片手に早足でやって来て、
市郎「若井ちゃん、ちょっといいかい……」
若井「申し訳ございません、番号札をお取りになって下さい」
市郎「ああ、そうなの、知らない仲じゃないのにと、せわしなく1番の番号札を取る、別の店員が、
店員「番号札1番の方……」
市郎「若井ちゃん、ハッシュタグって何だい？」
若井「検索したいワードの頭に#をつけるんです」
市郎「ああ、これね、井戸の井みたいなやつ、なるほど、ありがとう若井ちゃん、若ハッシュタグちゃん」
若井「(笑) 番号札2番の方～」

市郎、少し離れてスマホを操作し、首を傾げ、再び番号札を取り割り込み。

市郎「ダメだ若井ちゃん、検索できない」

若井「まずアプリをインストールしてください」

市郎「あ、アプリね（と踵を返すが）……インストールって何だい？」

17 葛飾区立第六中学校・教室（1986）

授業中、折り畳んだ手紙をそっと差し出す静香。ハートのシールで封がしてある。剥がして開くキヨシ。

『放課後、すきゃんだるで待ってます♡』

キヨシ「……」

18 喫茶「SCANDAL」内（2024）

渚と井上にナポリタンを出すマスター。

渚「あれからずっと考えてるんですけど、何も思い当たらなくて」

井上「犬島さん、ご家族は？」

渚「夫と別れて、今は1歳半の息子と、父と暮らしています」

井上「小川先生も奥さんを早くに亡くされて、父子家庭でした」

渚「そうだ！　言ってました娘が……なんだっけ、ハメハメ？」

× × ×

市郎「娘がチョメチョメしちゃうから」

× × ×

渚「チョメチョメでした（赤面）」

井上「最近、先生とは？」

渚「なるべく会わないようにしてます。向こうは例のビリビリで運命的なものを感じてるようで、ガンガン送って来るけど」

19 小川家・リビング（1986）

電話が鳴っている。サカエが出て、

サカエ「もしもし、え、キヨシ？　まだだけど」

20 駅前（リビングとカットバック）

純子　公衆電話で電話している純子。
　「あいつ忘れてんのかな、放課後、参考書買い行くから付き合ってって言われたんだけど……うん……もうちょっと待ってみる」
サカエ「ごめんね、電話あったら伝えるからー（切って）携帯ない頃ってこんな感じだったわ」

21　EBSテレビ・カウンセリングルーム（2024）

フリック入力で矢継ぎ早にメッセージ送る市郎。
渚「先生、小川先生?」
目の前に渚と栗田がいて、
市郎「あっ！　渚っち見た？　今送った、いやらしい形の雲の写真」
渚「……こちらプレミアムサタデーの」
栗田「栗田です、八嶋騒動ではお世話になりました」
市郎「さっそく友達登録しちゃう?」
栗田「……じゃあ、番組のグループチャットに招待します」
渚「それは……」
市郎「やったあ！　で？　今日は?」
栗田「特集でお父さん世代の懐メロを集めてるんですけど、コンプラ的にアウトな歌詞ばかりで」

22　喫茶「SCANDAL」内

マイクを手に『ホテル』を歌う栗田。渚、秋津、井上、携帯ショップの若井。
栗田「♪手紙を書いたら叱られる、電話をかけてもいけない」
渚「はいダメ――！」
市郎「いやいや、せめてホテルまで行かせてあげてよ」
秋津「手紙も電話もダメって、モラハラですよねえ」
若井「ムリです、絶対ムリ」
市郎「若井ちゃんまでそんな……」
栗田「しかも2番、日曜日に不倫相手が男の家見に行っちゃう」
渚「モラハラ男とストーカー女の不倫ソングじゃん」
若井「ムリムリムリムリ！」

×　　×　　×

市郎　『カサブランカダンディ』を歌う市郎。
「♪聞き分けのない女の頬を、一つ二つ張り倒して〜」
渚　「はいダメぇ———！　パワハラ、ってかDVじゃん」
若井　「ムリムリムリムリー」
市郎　「うん、俺も歌っててムリだと思ったよ」
秋津　「確かに男の歌は、女性蔑視が酷いですね」
栗田　「女目線なやつ入れてみます？」

23　喫茶「すきゃんだる」内（1986）

『まちぶせ』
上野静香と対面するキヨシ、緊張の面持ち。
マスター「はーい、ナポリタンの方」
キヨシ「あ、自分す」
マスター「あれ？　お前……へぇ（ニヤリ）やるねえ剃り込み坊や」
渚（OFF）「♪夕暮れの街角　覗いた喫茶店……」
静香「キヨシくんて、純子先輩と付き合ってるの？」
マスター「同棲してるの」
キヨシ「ちょっと！……いや、家庭の事情で同居してるっつーか」
静香「とか言って、お風呂上がりにバスタオル一枚でウロウロしたり、それ見てドキドキしたりしてんじゃないのぉ？」
キヨシ「なわけねえだろ、ヨロシク、別に興味ねえし」
静香「赤くなってるぅ」
いい雰囲気の2人を、窓越しに純子がじっとり見ている。
渚（OFF）「♪あの娘が急になぜか　キレイになったのは
♪あなたとこんな風に会ってるからなのね」
純子「……」

24　喫茶「SCANDAL」内（2024）

渚　「♪好きだったのよアナタ　胸の奥でずっと
♪もうすぐ私きっと　アナタを振り向かせる
♪アナタを振り向かせる　アナタを振り向かせる」
男達「う〜〜ん」
市郎「（ひとり盛り上がり）振り向いちゃう！　渚っちに言われたら2回振り向いて元に戻っちゃう

秋津　「……なんだよ、白組」
井上　「重いなぁ、確かに紅組、だいたい重い」
栗田　「その紅とか白とかも、見直す必要があるんですよね」
市郎　「は？　なんでよ」
栗田　「多様性ですよ、ジェンダーレスの時代だから、紅でも白でもない人にも配慮しないと」
市郎　「出たよじぇんだあ、俺らはキョンキョンが好きだから応援してるんであって、キョンキョンが女だから応援してるわけじゃねえよ。男女がダメなら何で分けんの？　貧富の差？　貧乏金持ち歌合戦か」
井上　「縄文人弥生人歌合戦とか、知りません？　耳垢がネチャネチャしてるのが縄文人で、カサカサしているのが弥生人なんです」
市郎　「やだよそんな歌合戦。ねえ、そろそろ軽いの欲しくない？　渚っち、おニャン子いっちゃう？」

×　　×　　×

死んだ目で歌う渚と若井。男たち、異様な盛り上がり。

渚・若井　「♪ちょっぴり怖いけど　バージンじゃつまらない　♪オバンになっちゃうその前に　美味しいハートを食べて」
市郎　「いやーけしからんっ！　さすが秋元、どうかしてるぜ！」
栗田　「1番の『週刊誌みたいな　エッチをしたいけど』もヤバい」
渚　「コンプラとか、もはや言う気にもならない」
若井　「もうムリなんで帰ります」
栗田　「しかも秋元さん、いまだヒットメーカーですよ」
市郎　「本当かよ！　地獄に堕ちるぜ！」
『ハイティーンブギ』のイントロが流れ。
秋津　「すいません、これ、自分です、父親の十八番で」
市郎　「んん!?」

25　整備工場（1986）

ムッチ先輩の視線の先に純子。
ムッチ　「どうした？　純子」
純子　「……別に。誰かのバイクでどっか行きたくなっただけ」

ムッチ　「ばっかやろう（笑）」

26　道（夕）

ムッチ先輩のバイクに乗って海辺の道を走る純子。

秋津（OFF）「♪お前が望ぉ――むなら　ツッパリもぉ――やめていいぜ」

27　喫茶「SCANDAL」内（2024）

演奏ストップボタンを押す市郎。

秋津　「♪おーれは怖いもの知らず……ちょっと、なんすかぁ？」

市郎　「（胸倉掴み）おい、かまきり野郎！　親父の名前言ってみろ」

秋津　「親父すか……あー、睦実です、秋津睦実」

市郎　「やっぱりだ、ムッチ先輩！　秋津、おまえムッチの倅かあ」

渚　「え、お父さん知ってるの？」

市郎　「知ってるも何も、うちの娘を絶賛たぶらかし中の、葛飾区の暴走族よ」

秋津　「マジすか……しょうがねえな、親父がすいませんした」

市郎　「なんで過去形なんだ！」

井上　「いた！　思い出した！　確か実家がだんご屋で、マッチに憧れて『俺のことムッチって呼べ』って、呼ばないとベルトでしばかれるっていう、伝説の先輩」

秋津　「ははは、親父、ちょーダセえ、ちなみに俺の名前、真彦」

市郎　「ん？　ん？　てことは……秋津！　まさかお前の母親って……」

秋津　「（言いかけるので）」

市郎　「待て、言うな！　コンの野郎、その口から純子の名前が出ようものなら、俺はお前を刺し殺す！」

後ずさり細いマドラーを掴む市郎。

井上　「マドラーじゃムリです」

市郎　「ああっ！　カウンセリングの予約が」

秋津　「母ちゃんの名前はグループチャットに入れときますんで」

市　郎「入れるなバカ！　そんな大事なことチャットでバカ（去る）」
渚「……じゅんこ？」

28　小川家（1986）

帰って来るキヨシ。サカエ、洗濯物を取り込みながら、
サカエ「急に降って来たね、あれ？　純子ちゃん一緒じゃないの？」
キヨシ「……あ」
サカエ「参考書買いに行くって……あんたバカ、忘れてたの？」
血相を変えて飛び出して行くキヨシ。

29　空き家の軒下

バイクから降り雨宿りする、びしょ濡れの純子とムッチ。
ムッチ「オレん家、来るか？　着替え貸すよ」
純　子「（頷く）」

30　EBSテレビ・カウンセリングルーム（夜・2024）

市郎、エナジードリンクを飲みながらやって来る。
市　郎「おえっ、またアンタかよ」
関根と瓜生、気弱そうなハーフの女性が待っている。
瓜生P「こちら、インティマシーコーディネーターのケイティ池田」
市　郎「あ？　わかんねえよ！」
ケイティ「……（怯える）」
市　郎「ああ、ごめん、忙し過ぎて。わかんないことは、おじさんググるよ……インテリアしっこでねーなー」
ケイティ「（正しい発音で）インティマシーコーディネーター」
市　郎「（スマホを向け）もう一回」
ケイティ「インティマシーコーディネーター」
音声入力し検索結果を読み上げる。
市　郎「濡れ場やベッドシーン専門のコーディネーター

瓜生P　「……え⁉　あんたが？　見かけによらずスケベなんだね」
市　郎　「……ごめんね、悪気はないの。監督のここまでやって欲しいっていうイメージと、俳優の、これ以上はムリっていうラインを事前に擦り合わせトラブルを回避する……」
瓜生P　「そんなの当人同士で話し合えばいいじゃん」
市　郎　「……性的な話を、なかなかオープンに出来ないのが日本人で」
ケイティ　「チョメチョメだろ？　普段やってるようにやりゃいいんだよ」
市　郎　「そういう男性優位の考え方で、多くの女性が傷ついて来た歴史があるんです！」
関　根　「……はあ、すいません」
市　郎　「タイトルは『あの日、眩しかった君へ』に決定しました」
関　根　「『俺たちチアリーダー』が？　全然違うじゃん」
市　郎　「（台本出し）『あのまぶ』は胸キュン系のドラマで」
関　根　「もう略してる」
市　郎　「4話で、ちょっとしたラブシーンがあるんです
……」

31　ムッチ先輩の部屋（1986）

マッチ愛に溢れた狭い部屋、入って来るムッチと純子。
ムッチ　「好きなとこ座れよ（タオルを渡す）」
純　子　「……うん、ありがと」
ムッチ　「着替えな、風邪引くから」
Tシャツを無造作に放るムッチ。純子、ムッチに背を向け着替え始める。
ムッチ　「何があったか知らないけど、親父さんに心配かけちゃ……」
純　子　「いないの」
ムッチ　「いない？　どっか行ってんの？」
純　子　「知らない」
ムッチ　「……キヨシは？」
純　子　「知らない、どうでもいいんだよみんな、純子のことなんか」
ムッチ　「……」
純　子　「誰も心配してくんない。純子ちゃんは大丈夫、しっかりしてるからって。ふざけんなよ。しっ

かりしたくてしっかりしたんじゃないよ。お魚触れなーい、とか言ってみたいよ、瓶のフタ開かなーいとか。そんなこと言ってたらご飯作れないからずっと我慢してやってきたの……それなのに……キヨシのお母さんが来て、全部やってくれるようになったら、みんな好き勝手やりだしてさ、親父はどっか行っちゃうしさ、キヨシもさ、純子のこと好きとか言ってたくせに……女と付き合ったり男と付き合ったり……頭来ちゃう、誰も純子のこと見てない。ずっとそうなんだよ、誰にもチヤホヤされず、オバンになっちゃうんだ……先輩」

いつのまにか裸で仁王立ちしているムッチ。

純子　「なんで裸?」

ムッチ　「……わかんない。けど、俺はオマエが大切、だから放っとかない、オマエしか見てない、体張ってオマエ、守る。という、熱い思い、を込めた、裸」

純子　「……ありがと（直視できない）」

ムッチ　「……着た方がいい?」

純子　「……どちらでも」

ムッチ　「こっち来いよ、純子」

ムッチの隣に座る純子、見つめ合う二人。

声　「カット!」

32　EBSテレビ・スタジオ・セットの隅、モニター前（2024）

大館　「はいデコルテ!　デコルテ見えました、インティマシー!」

男性マネージャー、大館が猛烈に抗議。

関根　「オーディションの時は、なんでもやらせますって言ってたのに、受かった途端、清純派だから肌の露出はNGって……」

大館　「デコルテ、谷間、絶対NGですから!　お願いしますよインティマシー、上は鎖骨まで、下は、くるぶしまで」

市郎　「ほとんど映せねえじゃん」

大館　「映すなとは言ってません、なんらかの布で覆われていれば」

ケイティ　「衣裳、ハイネックにしましょうか」

市郎　「ベッドシーンなのに?　不自然だろ」

関根　「シーツでぐるぐる巻きにするとか」

監督　「首から上でそれっぽい感じに見せよう、髪の毛を撫で……」
大館　「触るんですか!?　聞いてないな！」
ケイティ「触りません……じゃあ、顎を指で押し上げるのは？」
大館　「……いいでしょう、ただ耳とか首筋はNGですから」

33　ムッチ先輩の部屋（1986）

純子の顎を持ち上げ、
ムッチ「なんにも言うな、濡れたTシャツ、可愛い」
純子　「真夏の一秒、近藤真彦」

34　夜の駅前（雨）

キヨシ、傘もささず走って来て純子を探す。駅の掲示板に手書きのメッセージ「キヨシのバカ！」。
キヨシ「……ちきしょう！」

35　ムッチ先輩の部屋

ムッチ「素肌にシャツがセクシー、ちょっと濡れてるセクシー」
純子　「情熱　熱風　せれなーで、近藤真彦」
ムッチ「マッチは濡れたシャツが大好きなんだぜ」
純子　「……恥ずかしい、電気消して」
肩を抱き寄せるムッチ、フレームの外でムッチの手が触れ、
純子　「……あっ」

36　EBSテレビ・スタジオ・モニター前（2024）

大館　「カット！　触った、触った、触ったよな、おまえ今！」
監督　「マネージャーがカットかけるな！」
ケイティ「フレームの外ですから」
大館　「だったら尚更、触ることないだろう！」
市郎　「いちいちうるせえな、触れないようにバンザイしとけ！」
ケイティ「触ってもないのに、声出すんですか？」
市郎　「ハンドパワーだよ！　ハンドパワーの使い手！

そもそもあの娘は演技がしたくて女優になったんだろ？　だったら全部演技だろう！　飯食うシーンとか、乱闘シーンとか、歌ったり踊ったりすんのと一緒だろ？　なんで濡れ場だけ特別なんだよ。俺の好きなかたせ梨乃とか西川峰子なんかさぁ、脱ぎっぷりの良さと体当たり演技でのし上がったもんよ」

ケイティ「……（呆れ）体当たり？」

市　郎「そう体当たり、体当たりでバーンと、乳もケツも放っぽり出してぶつかってけよ！　それがプロ根性だろ！」

大　館「……さっきから、だれ？　このヤベエやつ」

市　郎「ああ？　弊社のカウンセラーだよ」

大　館「カウンセラー？　こいつが？　やべえなテレビ局！」

37　イノウエの家の前（雨・1986）

ずぶ濡れのキヨシ、2階の窓に向かって、

キヨシ「イノウエー！　イーノーウーエーくん！」

イノウエ、窓から顔出し、

イノウエ「なーにい？」

キヨシ「ムッチ先輩の家、知ってる？」

イノウエ「だんご屋！」

キヨシ「え？　聞こえない」

イノウエ「だーんーごーや！」

38　ムッチ先輩の部屋

純子の両腕を上げてTシャツを脱がすムッチ。

ムッチ「♪ばんざ〜い、ばんざ〜い」

純　子「ストップ、もうマッチ禁止」

ベッドに倒れ込む二人。

39　EBSテレビ・スタジオ・セット（2024）

モニターを睨んで市郎、大館、監督、関根が喧々囂々。

市　郎「右足を反時計に」

ベッド脇で俳優に指示を出すケイティ。

ケイティ「右足を反時計です」

大　館「ダメダメ、太腿が見えちゃう」

ケイティ「見えちゃいます、戻してください」
市　郎「じゃあ左足を時計、腰を反時計に」
ケイティ「ワキが見えちゃいますね（修正し）これでどうです？」
大　館「これなら大事な部分は隠れますね」
監　督「でも、こんな体勢でやるヤツいる？」
関　根「柔道の寝技みたいですよね」
ケイティがモニター前に戻って来る。
市　郎「どうしたインティマシー」
ケイティ「（大館に）一回、好きに動いてみたいので、外出ててくださいだそうです」
大　館「え……おれが？」
ケイティ「俳優の意思を尊重するのがインティマシーコーディネーターですので」

40　**だんご屋・前**（1986）

ムッチ先輩のバイクを発見するキヨシ。シートの上にヘルメットが2つ。見上げると看板『だんご屋あきつ』。部屋の電気が点く。

キヨシ「はぁ……はぁ……純子！」

41　**ムッチ先輩の部屋**

ベッドに腰かけているムッチ。

純　子「どうしたの？」
ムッチ「俺の……愚か者が……ギンギラギンにならない」
純　子「……え？」
ムッチ「……ごめん（Tシャツを着る）」
純子、大胆にムッチを押し倒す。

42　**EBSテレビ・スタジオ・モニター前**（2024）

モニターの中、倒れ込む男女がムッチと純子に見えて。

市　郎「純子!?」
ケイティ「え？　どうしました？」
市　郎「（我に返りモニター見て）……や、なんでもない」

43　**ムッチ先輩の部屋**（1986）

ドアがバンと開き、ずぶ濡れのキヨシが、

キヨシ　「純子！」
土足で上がり込み、純子の腕を掴む。
純　子　「離して！」
キヨシ　「いいから来い！」
ムッチを押しのけ、純子を連れて逃げるキヨシ。

44　だんご屋前の道（夜）

階段を駆け下り、走るキヨシと純子、雨は上がっている。二人、手をつなぎ水飛沫を上げ、走りながら、
キヨシ　「……どうしよう、今めっちゃ興奮してる！」
純　子　「なにが？」
キヨシ　「スマホないのに純子見つけられた、雨の夜、スマホ使わず、純子に会えた……すげえ俺……すげえ！　昭和、最高！」
ムッチ　「キヨシ！」
立ち止まる二人。ムッチが追って来て、Tシャツの袖をまくりながら、
ムッチ　「男だったら、惚れた女、泣かすんじゃねえバカ野郎！」
純　子　「……先輩」
ムッチ　「その手を二度と離すなよ、わかったか！」
キヨシ　「はいっ！（純子を抱きしめ）ありがとう純子、ごめんね」

45　EBSテレビ・制作部デスク（日替わり・2024）

栗　田　「ワンちゃん、ちょっといい？」
栗田と関根が女子社員を連れてくる。
渚　「……なんですか？」
栗　田　「彼女たち、小川先生の何というか……被害者の会」
渚　「被害者？」

46　携帯ショップ

思い詰めた市郎、駆け込んで番号札を5、6枚取り、
市　郎　「なぜすぐに返さない」
若　井　「……はい？」
秋　津　「市郎さんダメです順番、あ、グループチャット

市郎「既読がついたから、こっちはずっと待ってるの
になぜだ！」
の話です」

47 EBSテレビ・制作部デスク

女子社員A「上司のパワハラで悩んでて、先月、相談に乗っ
て頂いたんですね。で、お礼のメッセージ送っ
たんですけど……」

渚「『いつでも相談に来なさい』ありがとうござい
ます『その後どうだ？』『パワハラされてない
か？』『既読がついたのに返事がない』ペコリ『ペ
こりとは何だ、ふざけてるのか』『今なぜメッセー
ジを取り消した』『おい』『返事をしろ！』」

栗田「このやりとり自体、ハラスメントなんだよ」

渚「人事部に見せたら一発アウトですね」

栗田「うちの番組のグループにもメッセージが来てて」

渚「（読む）カラオケ楽しかったね、ところで番組
どうなった？」

48 携帯ショップ

市郎「……って送ったのが金曜の夜、放送が土曜、そ
こから今日に至るまで誰からも返信ないんだ
よ！」

49 EBSテレビ・制作部デスク

女子社員B「だって、総合演出の栗田さんを差し置いて私
が返すのも、なんか違うかなって思うじゃない
ですか」

栗田「俺、休日は会社のスマホ見ないから、気づいた
の月曜で」

市郎の憤りがこもった書き込みに対し、全員が
「承知しました」と返している。

渚「なるよね、こうなるよね」

ケイティ「私は番組終わったらグループから退会する人な
んです」

女子社員B「わかる、個人で繋がってれば、連絡はできる
しね」

50 携帯ショップ

市郎「退会ってグループへの絶縁宣言だろ？　つまり絶交だろ？」
若井「……重い、小川さん重いです」

51　EBSテレビ・制作部デスク

渚「『なぜ退会した』『俺が何した』『理由を言え』……重っ」
女子社員B「心配だから相談に乗ろうと思って、新しいグループ作って連絡取り合ってたら、誰かが小川さんを招待しちゃって」
渚「『ここにいたのか』『見つけたぞ』『飲み会、木金希望でーす』『ここ良さげ、食べログ3・8』」
一同「怖い怖い怖い怖い」
栗田「どうする？　言ってあげるべきだと思うんだけど」
渚「……私のせいかもしれない」

52　携帯ショップ

秋津、自分のスマホを確認して、
秋津「3人のグループチャット、渚さんずっと既読スルーですね……僕が母親の名前を書き込んだ日から」
市郎「あれな『純子』じゃなくてホッとしたよ。けど、渚っちから返信ないか1分に1回は確認してて、もう仕事になんねえよ」
若井「重度のスマホ依存症ですね、高校生がなるヤツ」
市郎「既読ついてるのに返信がないってのは、俺に言わせりゃ飯食わせてやったのに『ごちそうさま』がないようなもんなんだ」
渚の声♪落ち着いて　小川さん。
市郎「渚っち……」
【落ち着いて　小川さん】※ミュージカル
渚　♪落ち着いて　小川さん
♪始めたばかりで酷だけど
♪SNSは　本気で打ち込むものじゃない
市郎「え、そうなの？」
若井「そもそも『既読』とは、既に読みましたという

女性陣　メッセージで、それ自体が返信なんです」
♪既読　それは生存確認
♪返事がないのは　良い知らせ
♪既読　それは元気な証拠
♪孤独を感じるなんてバカげてる
市　郎「いや！　いや、だったら！」
♪既読なんか　つけなきゃいいんだ
♪既読なんか　つくから気になる
♪便りがないのは　悪い知らせ
秋　津「……確かに、既読がつくと返事が欲しくなるし、こっちもなんか返さなきゃと思ってしまいますよね、その結果が……」
女子社員A　♪承知しました
女子社員B　♪承知しました
ケイティ　♪承知しました
若　井　♪承知しました
渚　♪承知しました
市　郎「違う違う、俺が欲しかったのは、そんな機械的な返信じゃない！　業務連絡だったら連絡網で充分だ」
一　同「れんらくもう？」
市　郎　♪連絡網も知らない！　HAHAHA
♪これだからZ世代は
♪連絡網も知らない！　HAHAHA

53　小川家・リビング（1986）

電話しながらメモを取るサカエ。
サカエ「……はい、はい、はい、2時からですね、はーい（切って）ええと、連絡網連絡網（とプリントを見ながらダイヤル）」
市　郎　♪AからBに　BからCに　電話を回してZからAに戻る
サカエ「もしもし向坂です、明日のPTAの会合2時からでーす」

54　携帯ショップ（2024）

市　郎「ついでに言うけど、インティマシー、主演俳優の誕生日に、お前だけグループチャットでおめでとうメッセージ送らなかったな！　あれモヤモヤしたぞ」

ケイティ　♪あなたは何もわかってない
　♪グループチャットのハッピーバースデイは
　♪アピール以外の何物でもない
市郎　「……そうなんだ」
渚　「本当に祝いたい相手には、直接送るんです」
　♪落ち着いて　小川さん
　♪みんな薄々気づいてる
　♪ＳＮＳは　本気で向き合う場所じゃない
　♪いちいち真に受けたら疲れちゃう
市郎　「そうなの？　そうなんですか」
全員　♪それがソーシャルネットワーキングサービス
市郎　♪そーなんですね　そーだったのか　アイム
　ソーソーリー
渚　「でも、これから言うことは真実だから、真に受けて欲しい」
市郎　「……そうなんですか？」
渚　「来週、私の父に会って頂きたいんです」
市郎　「ええ？　渚っちのお父さんに……ええっ!?　ねえ聞いた？　秋津、今の聞いた？　はいっ！（悦びを隠せない）」
渚　「……」

55　**秋津の会社・共同スペース**

先輩の鹿島に、スマホを見せながら新しいグループチャットアプリの機能について熱く語る秋津。
秋津　「既読の表示を廃止する代わりに、未読のメッセージには、ハート形の未読マークをつけるんです。これによって、送信者は相手が開封するまでの時間を楽しみながら待てる」
鹿島　「5人が未読なら、ハートは5個か、なんかドキドキするね」
秋津　「でしょ？　これが誰も傷つかないための、新しい機能……あ、すいません」
秋津のスマホに渚からメッセージが届く。

56　**ホテルのラウンジ**

渚のあとをくっついて歩く市郎、緊張の面持ち。
視線の先で、初老の男性が立ち上がる。
渚　「父です」
市郎　「……」

犬島ゆずる（60）病み上がりらしく、鼻に酸素吸入用のチューブを着けている。

ゆずる「……（呆然）」

渚「こちら、小川市郎さん」

市郎「初めまして、お父さん」

ゆずる「（わなわな震え崩れ落ち）」

市郎「お父さん、どうしました？　お父さん、頭上げましょうか」

ゆずる「……お、お、おとうさん」

市郎「いやいや、お父さんはあなたでしょ」

ゆずる「おとうさんですよね」

市郎「はい？」

つづく

57 秋津の会社・廊下

メッセージを開く秋津。

秋津「??」

送信者は渚、古い写真が添付されている。幼児（渚）を抱いた純子の写真。

秋津「誰？　これ」

58 ホテルのラウンジ

#5　隠しごとしちゃダメですか？

1　高校の教室（1986）

純子の担任、笠間の進路指導。付き添うサカエ。

笠間「お前の偏差値で入れる大学なんかこの世にないって」

純子「やだぁ、川島なお美と同じとこ入りたいのぉ」

2　テロップ

「この作品には、不適切な台詞が含まれていますが、時代による言語表現や文化・風俗の変遷を描く本ドラマの特性に鑑み、1986年当時の表現をあえて使用して放送します」

笠間の声「青学？　幼稚園だってムリだよ、お前の頭じゃバカか」

純子の声「大学行かなきゃミスキャンパスにもなれねえしオールナイトフジにも出れねえし裏口でもいいからフェリス入りたい」

3　高校の教室

笠間「何とか言ってやってよ、お母さん」

サカエ「お母さんじゃないんで、私」

笠間「……あ、てっきりお父さんの再婚相手かと」

サカエ「（笑顔で）いやいや冗談じゃない冗談でもやめて」

4　ホテルのラウンジ（2024）

向かい合う市郎、ゆずる、渚。

ゆずる「おとうさん」

市郎「だから、分かんない人だな、お父さんはそっちでしょ？」

ゆずる「はい。……でも、おとうさん」

市郎「お父さんに会って下さいって言われて来てんだ、娘さんに」

渚、ゆずるの隣でスマホを操作している。

市郎「……まあお父さんっちゃお父さんだけどね、私も娘いるし」

ゆずる「おとうさん」

市郎「だーかーら！　今度『お父さん』て言ったら私、なにするか分かんないよ……」

渚　「今、送りました」
市郎　「……え？」

5　高校の教室（1986）

笠間　「小川、お前の顔なら学がなくても最悪、嫁には行けるって」
サカエ　「ちょっと先生、それ本気で言ってます？」
笠間　「もちろん、ブスだったら死ぬ気で勉強して国立目指せって言いますけどね」
サカエ　「私、国立ですけど！　ていうかひどい！　教育者として、女性蔑視、学歴差別、ルッキズム、あと……なんだ？」
純子　「女子大生じゃないとマハラジャ行ってもモテなぁい」
サカエ　「……純子ちゃん」

6　ホテルのラウンジ（2024）

市郎のスマホに送られて来た1991年の写真。
純子（22）が渚（1）を抱っこしている。

市郎　「……純子じゃん」
ゆずる　「純子です」
市郎　「なんで呼び捨てなんだよ。は？　なにこれ、はあ!?　抱っこされてるガキは？」
渚　「わたし」
ゆずる　「渚は、純子の娘なんです」
市郎　「……（自分を指し、純子を指し、渚を指し）孫？」
渚　「おじいちゃん」
市郎　「……」
ゆずる　「おとうさん」
市郎　「お義父さんだね、お爺ちゃんだね……えええええっ!?」

☆　タイトル『不適切にもほどがある！』
～#5　隠しごとしちゃダメですか？～

7　喫茶「SCANDAL」内

落ち着きなくタバコをくわえる市郎。ゆずる、火を点けようとライターを差し出すが、身を乗り出したせいで携帯用酸素ボンベが倒れる。

ゆずる　「あ」

市郎　「いいから、自分でやるから」

渚　「心臓の手術したばっかりで、呼吸がまだ」

市郎、タバコを箱に戻し、

市郎　「ったく、孫って。マスター知ってたの？　言えよクソじじい」

×　　×　　×

フラッシュ（回想・#3、#4）廊下で、エレベーターで、何度も抱き合い何度も感電し、弾き飛ばされる渚と市郎。

×　　×　　×

市郎　「……だからチョメチョメしようとしたらビリビリしたのか」

ゆずる　「チョメチョメしようとしたんですね」

市郎　「どうもすいません」

ゆずる　「いえいえ」

市郎　「いや孫に手ぇ出しちゃダメ、人として、危ねえとこだった」

渚　「私も、軽率でした」

市郎　「軽率だよ、軽率ちゃんだよ。おじいちゃん、その気になっちゃった。あ、聞いてる？　俺、過去の人、タイムマシンで来た」

ゆずる　「ええ、何となく。1986年って総理大臣で言うと……」

市郎　「中曽根」

ゆずる　「あー」

市郎　「……あそお、純子が、おたくとねえ」

ゆずる　「どうもすいません」

市郎　「……ムッチの野郎とくっつくよりマシか、で？　純子は？」

ゆずる　「!!」

答えに窮する渚、ゆずるの呼吸が荒くなる。

市郎　「ん？　なんだ、どうした、今日、来れなかったの？」

ゆずる　「……ふぅ……ふぅ……はぁ……はぁ……（嗚咽し始める）」

市郎　「まさか……え？」

渚　「別れました」

ゆずる　「!?」

酸素ボンベからピィー！と警戒音が鳴る。

渚　「離婚して、母は今、海外にいます。ね？」

ゆずる「……すみません（泣）」

市　郎「……そうなんだ。俺の知ってる純子はまだ高2だから実感ねえけど、まあ夫婦ってのは色々あるしな、山城新伍だって20年連れ添った花園ひろみと離婚したし」

ゆずる「6年後に再婚しますよ、花園ひろみと」

市　郎「ええ!?　そうなの？」

ゆずる「その8年後に花園ひろみと離婚します」

市　郎「さすがだぜ新伍。じゃあアンタもやり直せるかもな純子と、海外ってどこ？」

ゆずる「あー……ええと……ふぅ……ふぅ（呼吸が乱れ汗が噴き出る）」

市　郎「なんだよ、山城新伍のことはツラツラ喋るくせに」

市郎の背後にカレンダー、南フランスの写真（2月）。

渚「プロバンス地方ですね、南フランスの。ね？」

ゆずる「……南フランスで、ブイヤベースのお店を出すのが夢って」

市　郎「ふーん。馴れ初めなんか、聞いてみたり、してみようかな」

ゆずる「私と、純子さんの……」

市　郎「そう、できれば高校卒業から、分かる範囲で」

渚「……だいじょぶ？」

ゆずる「（深呼吸し）高校時代は……グレてたって聞きました」

市　郎「ひどいもんだったよ、下町の三原じゅん子って呼ばれてた」

ゆずる「今、国会議員ですよ」

市　郎「三原じゅん子が!?　ウソだろお！　セクシーナイトだよ」

ゆずる「２００７年にコアラ改めハッピハッピーと離婚して……」

市　郎「三原はいいよ、小川で頼むよ、小川純子」

ゆずる「……はい。高3の時に地元のヤンキー仲間と縁切って、一念発起して、大学に現役で合格したそうです」

市　郎「おお、そうか！　よしよし、やれば出来るんだよ、バカじゃねえから」

8　大学のキャンパス（回想・１９８８）

バブル期の女子大生風ファッションの純子。

ゆずる（OFF）「折しも女子大生ブーム、どこへ行ってもチヤホヤされて、モデル事務所にスカウトされたそうです」

× × ×

大御所カメラマン能島によるグラビア撮影。

能島「いいねえ、じゃあそろそろ上のやつ、取っちゃおっか」

スタッフ、誰も目が笑ってない。

純子「……またまたぁ……え？　取りませんよぉ」

能島「ジョークジョーク、あはは、よし、六本木行こう！」

9　六本木のディスコ

ユーロビートが流れる店内。19歳の純子、大人達にくっついて店の奥へ。見るもの全てが新鮮で眩しい。

能島「黒服と仲良くなっとくと、色々優遇してくれるから」

ユズル(24)シャンパンを載せたトレーを持って、

ユズル「能島さん、どうしたの？　まぶい子連れて」

能島「女子大生の純子ちゃん、ディスコデビューなんだよ」

ユズル「へえ～そうなんだぁ、じゃあ一杯奢っちゃおっかな」

純子「えー、うっそー、いいんですか？」

テロップ「20歳未満の飲酒は法律で禁じられています」

そばにいたボディコンのギャルが、

ボディコンギャル「ちょっと、それ私が頼んだロゼなんですけどぉ」

ユズル「待ってろ、すぐ持って来るから」

ボディコンギャル「そーゆー問題じゃない！　高いチャージ払ってんのに、こんな小娘が先なんて、意味わかんな～い！」

ピシャ！とシャンパンを女にひっかけるユズル。

ユズル「うるせえ！　何がロゼだ、VIPだからってデケエ面する女は、紅しょうがの汁でも啜ってろ！」

10　喫茶「SCANDAL」内（回想戻り・2024）

ゆずる　「それが、私です」
市　郎　「ごめん、どれが？」
　市郎の膝の上にアルバム、黒服時代のユズルの写真。
ゆずる　「それ（指差し）若気の至りで、ディスコの黒服をやってました、懐かしいなぁ」
市　郎　「（じっくり見比べ）……面影ってものがあるんだよ、普通。どんなに時間が経ってもね、残ってるもんだ面影が。だが……」
ゆずる　「ないですかー」
市　郎　「ないねえ全然、これ別人だわ」
渚　「私も、子供の頃からずっと、騙されてるんじゃないかって」
ゆずる　「わっかりました（マスターに）Ｗｉ‐Ｆｉお借りします」
渚　「お父さんやめて！」
ゆずる　「これ見たら、お義父さん、きっと信じてくれるから」
　スマホで80sユーロビートを流し、踊り出すゆずる。
ゆずる　「♪はーい！　はーい！　はーい！　はーい！」
市　郎　「……（唖然）」

11　六本木のディスコ（1989）

　点描・同じ曲を同じ振りで踊る黒服時代のユズル。

ゆずる（OFF）「当時、新人はエンジ、ウェイターは青、トップウェイターが黄色って階級ごとに色が決まってて、キャプテンになってようやく黒が着れたんです、いちばん上が、覇者」

　エンジ、青、黄色と階級がアップするユズル。

　それに比例して、純子の見た目もどんどん派手になる。

純　子　「もちろん。でも、ゆずくん、黒の上って何色？」

ユズル　「純子、俺が覇者になったら、結婚してくれるか？」

12　小川家・リビング（1990）

　銀色の特注スーツ姿のユズルが正座している。
純　子　「犬島ユズルくん、私、この人と結婚する」

市郎「なんだキミは、宇宙人か」
ユズル「出身は兵庫です」
市郎「知らねえけど、そんな肩幅の男に娘はやれん」
純子「なんでだよ」
市郎「なんでだよはこっちのセリフだ、なんでやらなきゃいけねえんだ、男手ひとつで育てた娘を、こんなチャラチャラ星の貴公子に……で、お前の恰好はなんだ！　布が圧倒的に足りてない！」
純子「ワンレンボディコンだよ」
ユズル「お義父さん、僕は純子さんを愛しています」
市郎「入ってくんな、肩パッド」
ユズル「16歳から遊び倒し、４００人以上の女と夜を共にして来た僕が、その経験の全てが、純子さんと出会うためのトレーニングに過ぎなかったのかと思うほど、純子色に染まってます」
市郎「それ聞いて、喜ぶ親がどこにいる」
ユズル「本気です！　他の女とは別れます！」
市郎「これからか！」
ユズル「近日中に、ソッコー別れます！　お約束します！」
市郎「うるさい、女と別れて、肩パッド剥がして出直してこい」
ユズル「それは……お約束できない」
純子「ゆずくん」
ユズル「これは覇者のシンボルであり、六本木の魂ですから、肩パッドは譲れません、ユズルだけど、ゆずれません」
市郎「だったら帰れ！　可能性ないわ」
ユズル「ないですかー……わっかりました。ラジカセお借りします」
純子「え？　ゆずくん、何してんの？」
ユズル「お義父さんに、僕の本気を見て頂くしかないよ」
ユズル、自作のテープをラジカセにセットし、再生。
ユズル「純子さんを僕にください！　この通りです！（と踊る）」
市郎「……なんだそれは」
ユズル「結婚の許しを乞うダンスです。♪はーい！はーい！　はーい！　お義父さん、この通り、お義父さん、ビリーブミー」
市郎「帰れ！」
純子「もう遅い、お腹に赤ちゃんがいるの」
市郎「……」

13　喫茶「SCANDAL」内（2024）

渚　「それが私です」

市郎　「……この野郎！」
　ゆずるに掴みかかる市郎。

14　小川家・リビング（回想・1990）

市郎　「……この野郎！」
　ユズルに掴みかかる市郎。

市郎　「なんてことしてくれたんだ貴様！　純子！　母さんに謝れ！」

15　喫茶「SCANDAL」内（2024）

　ゆずるに馬乗りになる市郎。

渚　「落ち着いて！　市郎さん、お願い！」
　酸素ボンベからピィー！と警戒音が鳴る。

市郎　「……ああっ、ごめん、いや、まだ高2だから、俺の純子は」

ゆずる　「……大丈夫です、私は……2回目なので」

市郎　「……俺1回目。そうか、これからか。これから（写真を指差し）コイツが家に来んのね、宇宙人が。何年後？」

ゆずる　「純子が確か、大学4年だったから……」

市郎　「4年後!?　4年しかねえ、大丈夫か？　正気でいられっかな」

ゆずる　「正気じゃなくて大丈夫です」

市郎　「だよねえ（写真を示し）コイツだもんねえ、同じように怒り狂う自信あるわ」

16　葛飾区立第六中学校・グラウンド（回想・1991）

ゆずる（OFF）「僕らの結婚を、お義父さんは認めて下さらなかった。渚を連れて会いに行った時も抱っこさえしてもらえず」
　純子とユズルが、赤ん坊の渚を抱えバックネット越しに見ているが、無視してノックを続ける市郎。

市郎　「体で止めろよ、バカ野郎！　もういっちょ！」

純子　「行こっか渚、おじいちゃん忙しいって」

ユズル　「……」

17　喫茶「SCANDAL」内（2024）

ゆずる　「バブル崩壊と共にディスコ産業も斜陽を迎え、私は神戸に戻り、家業を継ぐ決意をしました、仕立屋です」

『テーラー犬島』の前で写真に収まるユズル、純子、渚。

ゆずる　「背広を仕立てて進呈したいので、良かったら採寸に来ませんか?と手紙書いて、新幹線の切符を同封して……お誘いしましたが……（涙）」

市　郎　「行かねえよなぁ、頑固だもん俺……だいじょぶ?」

ゆずる　「なんでもありません（嗚咽）」

市　郎　「わかった、じゃあ行くよ神戸……あ、行っちゃダメなのか、ややこしいね、あんたの過去が俺にとっては未来なんだもん……で?　なんで別れたの?　純子と」

ゆずる　「……それは」

渚　「父の女性問題です」

ゆずる　「!?」

市　郎　「だろうな、覇者だもんな」

ゆずる　「すいません……私の、不徳の致すところで」

市　郎　「相手は誰だ、言ってみろ」

窓際の席で、勧誘している生保レディが目に入り、

ゆずる　「一人目は……生保レディです」

市　郎　「名前は」

奥でスポーツ新聞読んでる客『藤井聡太』の見出し。

ゆずる　「ふじい……藤井聡子ちゃんです、頭のいい子でした」

市　郎　「二人目は」

ゆずる　「は、はい!?」

渚　「一人目って言うからだよ」

マガジンラックの雑誌に『ヨガ特集』の文字。

ゆずる　「ヨガインストラクターです」

市　郎　「名前は」

ゆずる　「名前、気になります?　えーとおー……」

たまたまUberっぽい若者が入って来て、

ゆずる　「ううば、ううば、いつ子ちゃん、羽毛のウに、宇宙のウに馬で、ううば。三人目は……」

市郎　「もういい！　沢山だ」
ゆずる　「ですよね（安堵し）……離婚を機に上京して、調布でテーラーを開業しましたが、去年、体を壊して」
渚　「今は私と正人と三人で暮らしてます」
市郎　「慰謝料は払ったんだろうな」
ゆずる　「ええ……そのお金で彼女は長年の夢だった……」
ちょうどマスターがカレンダーを剥がした（3月）。
ゆずる　「サンバダンサーの夢を叶えるべくブラジルへ」
市郎　「南フランスじゃなくて？」
渚　「サンバを極めてブイヤベースのお店やってるのよね？」
ゆずる　「……はい（ぐったり）」
市郎　「……元気に暮らしてるんだな、純子は。それだけ知れたら充分だよ。うん。ごめんな、渚ちゃん、おじいちゃん素直じゃないから、抱っこもしてあげられなくて……」
渚　「今してよ」
市郎　「え？　いやいや……いいの？」
ゆずる　「どうぞ、純子も喜びます」
渚、立ち上がり、市郎の膝の上に乗る。
市郎　「……ははは（周囲の客に）孫なんです、孫だからいいんです」
ゆずる　「（泣）」
渚　「おじいちゃん」
市郎　「渚」
市郎、ちょっとエスカレートした途端ビリビリビリッ！
市郎　「なんでよ！」

18　秋津のアパート・内（日替わり）

市郎、秋津のYシャツを着て、
市郎　「秋津！　ダメだ袖が長い、切っていいか？」
秋津　「捲ればいいじゃないですか、ほら」
市郎　「ポロシャツじゃダメか？　非正規雇用なんだから」
秋津　「ダメです、新入社員にナメられますから」
テーブル上のスマホにサカエの顔（仏壇の前）。
サカエ　「もしもしぃ？」
市郎　「あーすまん、サカエさん、そういうわけだから

校長に伝えて、中間テストまでには戻れるかなー
……純子！　どうした！」

19　**小川家・リビング**（カットバック）

刺繍入りの特攻服姿でスマホの前に立つ純子。

純　子「あ？　新入生にナメられねえようにだよ」

市郎の声「ブル中野かと思ったぜ！」

純　子「けど、靴下はダルメシアン柄、なんだっけ？」

アンテナ役のキヨシが両腕を掲げたまま、

キヨシ「ギャップ萌えっす、ヨロシク！」

秋　津「ダサい」

市　郎「ルームメイトもダサいって言ってる、着替えなさい」

秋　津「アレみたい、有名女優、実は元ヤンだったってネットで晒される写真」

純　子「あ？　誰だテメエ、ぶっ殺すぞ！」

市　郎「まあまあ、お前がそうイキがってられんのも若いうちだけだ、せいぜい楽しめ、若気の至りを」

純　子「は？　なに余裕ぶっこいてんの、気持ちわるスモールじじい」

市　郎「余裕なんだよ、純子ちゃん……スモールじじいってなんだ！」

キヨシ「先輩、もう限界（腕を下ろす）」

アンテナ役のキヨシ腕を下げると回線が切れる。

サカエ、壁に貼った連絡表を見ながら、

サカエ「佐高さん佐高さん……」

キヨシ「何してんの？」

サカエ「（ダイヤルしながら）連絡網、今日ＰＴＡだから」

キヨシ「サコウなんてクラスにいないよ」

サカエ「え？」

キヨシ「出席番号、向坂の次、佐々木。間違えてんじゃない？」

サカエ「……そんな（電話に）……もしもし向坂です、佐高さんよね」

20　**ＥＢＳテレビ・外観**（２０２４）

市郎Na「４月、テレビ局は改編期を迎えバタバタする」

21　**ＥＢＳテレビ・エレベーターホール**

市郎Na　「サカエさんに頼んで、休職期間を延長してもらった」

モニターに新番組の番宣Vが流れる。『ヤシマンのプレミアムサタデー』

市　郎　「(見上げ)ふん、調子にのってんな」

22　葛飾区立第六中学校・校長室（1986）

ボイスメモを再生するサカエ。

市郎の声　「……校長に伝えて、中間テストまでには戻れるかな～」

サカエ　「だそうです」

校　長　「……まあいっか、野球部も、のびのびやれてるようだし」

安　森　「父兄に聞かれたら、研修中とでも答えましょう」

サカエ　「安森先生、PTAの運営費、過去の帳簿、見られます？」

安　森　「ありません」

サカエ　「……」

校　長　「……運営費は年度始めに徴収します、足りなかったら再徴収、余ったら……余ったね～って言って、ねえ」

安　森　「ええ、お菓子買ったり、ジュース買ったり」

サカエ　「そんな！　父兄の大事なお金を、そんな杜撰《ずさん》なやり方で」

安　森　「無論、使った分は領収書取ってノートに貼ります。で、年度末に収支を合わせて……」

サカエ　「合わなかったら？」

校　長　「……合わなかったね～って言って、どっかから持って来たり」

サカエ　「隠蔽工作じゃないですか！」

校　長　「隠蔽って……何十年もそれでやってますから」

サカエ　「誰かの親が使い込んでるから収支が合わないんでしょ？」

校　長　「それは……追及できない、基本的に善意のお金ですから」

安　森　「私、授業が」

サカエ　「待って、安森先生！」

23　同・廊下

サカエ　「連絡網、私の次が佐高さんになってますけど」

安　森「ああ、佐高はね、登校拒否」
サカエ「……不登校ということですか？」
安　森「向坂さん知らないか、去年の2学期からなんです。家庭訪問したり、電話かけたり手を尽くしたんですけどね、親御さんがもういいから、恥ずかしいから学級名簿から外してくれと」
サカエ「また隠蔽……」
安　森「お手上げなんです、登校拒否は家庭の問題ですから」
サカエ「いいえ、不登校は社会全体で取り組むべき問題です」
安　森「登校拒否ね」
サカエ「不登校です。子供が学校へ来ない理由はひとつじゃない。心理的、情緒的、社会的な要因、行きたいのに体が動かない子もいます。必ずしも登校を拒否しているわけではないから『登校拒否』という言葉は使うべきではないという考えのもと、平成元年に法務省が『不登校児』に関する調査結果報告書を出します。安森先生、時代を先取りですね！」
安　森「……へいせい」
サカエ「佐高さんのご住所、教えて下さい」
安　森「あ、はい」
サカエ「教えちゃうの⁉」
安　森「教えてって言いましたよね」
サカエ「個人情報！　何なの昭和の教師、がさつ、繊細じゃない！」

24　喫茶「すきゃんだる」内

サカエ「あー腹立つ！　ＰＴＡの役員なんかなるんじゃなかった」
イライラしながらパフェを食べるサカエ。
キヨシ「こういう時、ＳＮＳがあればなぁ」
サカエ「あんたも休んでる間、友達とインスタしてたもんね」
純　子「え、キヨシそうなの？」
サカエ「一緒、二学期から不登校。こっち来て、学校行き出したはいいけど、こんなんなっちゃって」
純　子「うそー、私のおかげじゃん」
サカエ「純子ちゃんとおっぱいのおかげ（笑）」
キヨシ「淋しいだろうな、一日じゅう一人で。ＳＮＳもサブスクもないし、フリースクールもなさそうだし」

純　子「なにそれ」

サカエ「学校行かない子のための学校、民間が始めたやつ」

純　子「えー、いいねぇ未来。ねえキヨシあんた、その子の話し相手になってやれば？」

キヨシ「ムリだよ、会ったこともないのに」

純　子「その方が喋りやすかったりするかもよ」

キヨシ「……だけど、何が好きとか分かんないし」

サカエ「（完食し）あーあ、クッソ不味かった！」

キヨシ「ちょっと！」

マスター「（鋭く睨む）」

サカエ「なんかスカッとしたいね！」

ちょうどムッチ先輩が入って来る。

ムッチ「いえーい、ムッチでぇす、誰かオレのホンダCBXで、渚のサーフロード飛ばさないか？」

サカエ「行くー！」

ムッチ「ん～～おばさんじゃなくて純子がいいんだけどォ」

純　子「いいじゃん、行って来なよ」

ムッチ「いやいやいや……」

マスター「うるせえ！　静かにしろぉ！」

マスター立ち上がり、ラジオのボリュームを上げる。

マスター「これ、今日始まった番組、大沢悠里のゆうゆうワイド」

悠　里「おたより紹介します、葛飾区スキャンダルさん」

マスター「俺！　これ送ったのオレ！　ハガキ読まれた！」

悠　里「こんにちは、悠里さん、チェッカーズのあの娘とスキャンダルをリクエストします、それではどうぞ」

キヨシ「……」

25　道

バイクで二人乗りするムッチ、サカエ。

サカエ「♪危険な恋をウォウォウォ、しちゃいけないぜ、スキャンダル」

ムッチ「行き先は？」

サカエ「決めてない、どこでもいい！」

ムッチ「……」

サカエ　「やっぱり松戸みどり公園！」
ムッチ　「めちゃめちゃ決めてんじゃん」

26　松戸みどり公園

缶コーヒーとミルクティ買って来るムッチ先輩。
小6くらいの少女が男子数名を並べて叱りつけている。

サカエ　「見てあれ、あの子、私」
さかえ　「本当くだらない、アンタたち！　ちゃんと謝って」
女友達　「さかえちゃん、もういいから」
さかえ　「よくない！　大きい子には大きい子なりの悩みがあるの（男子の胸が膨らんでるので）なに入れてんの？　出しなさいよ」
サカエ　「子供の頃のあだ名〝PTA〟だったの、思い出した、塾の帰りにここで毎日、公開説教してたぁ」
男の子、服の下からメロンパンを2つ出す。
さかえ　「メロンパンじゃん！　パン屋さんにも失礼！」
ムッチ　「……え？　あの子が、おばさんみたいってこと？」
サカエ　「そう、ていうか『おばさん』の前に普通『おねえさん』挟まない？　私が『おばさんでいいよ』って言ってからのおばさん呼びじゃない？　端折《はしょ》らないで、そういうの」
ムッチ　「あ、そっすね、すいません」
さかえ　「ほら謝って、この子と、パン屋さんに！」
サカエ　「変わらないよねえ、自分も社会も」

27　小川家・キヨシの部屋

純子が中を覗くと、キヨシ、慌てて何か隠した。

純　子　「なにしてんの？」
キヨシ　「なんでもない」
純　子　「隠さなくたっていいじゃん、エロ本？　見せて」
机の上に大量のハガキと（昭和の）ラジオ雑誌。
キヨシ　「……佐高くん、聞いてないかなと思って」
純　子　「ラジオ？」
キヨシ　「電話かけても出ないだろうし、いきなり訪ねて行ったらプレッシャーかけるし……ラジオ通してメッセージ送れば」
純　子　「いやいや、それ、ものすごく効率悪いぞ」

キヨシ「わかってるよ、インスタとかXみたいに、向こうの負担にならない連絡の取り方って、思いつかなくて」
純　子「しょうがない、手伝うか（ペンとハガキを手に取る）」
キヨシ「先輩……」
純　子「一生懸命考えたんだろ？　バカなりに」
キヨシ「（頷く）……バカじゃねえけど」
純　子「シブがき隊スーパーギャングからいくか、ペンネームは？」
キヨシ「謎の転校生（笑）」
純　子「ダサいな（笑）」

28　EBSテレビ・カウンセリングルーム（2024）

市郎、純子の、ピンクレディーのビデオを見ている。
渚「……」
栗田がコンコンとドアを叩いて、
栗　田「今、よろしいですか？」
市　郎「はいはいはい（慌ててビデオを止め）……あ、見たよ、プレサタのCM、調子乗ってたぁ」
栗　田「実は4月から部署が替わりまして（名刺を出す）」
渚「リスクマネジメント部長、出世コース」
栗　田「彼女を後任に指名し、現場は若い連中に託しました」
市　郎「えー!?　渚っちプロデューサー？　大抜擢！　お祝いしないと」
と、1万円札をティッシュに包んで渡そうとする市郎。
栗　田「ただ、例のメインMCの不祥事もあったばかりで」
市　郎「はいはい、ツツミン六股疑惑な、けしからん」
栗　田「その反省を踏まえ、上とも話し合い、今後は、社員はもとより演者の素行にもしっかり目を配っていこうと、位置情報サービスを活用することにしたんです」
渚「土曜日の放送後、お時間あります？」

29　『ヤシマンのプレミアムサタデー』エンディング（日替わり）

八嶋　「というわけで次回は、八嶋祭3時間ぶっ通しカラオケスペシャルって死ぬなよヤシマン、はい、ぷ～れ～さ～た～～」

30　EBSテレビ・スタジオ

氏家　「はぁい、本日以上で～す！」
八嶋　「お疲れっしたー、あいっすー！」
歩きながらピンマイクを外し足早に出て行く八嶋。

31　同・情報制作デスク

市郎、渚、栗田が入って来てPCを立ち上げる。
市郎　「なに、なになに、なにが始まる？」
渚　「演者のスマホにGPSアプリをインストールして……」
栗田　「無論、本人と事務所は了承済みです」
渚　「本番後の動向を追跡します」
地図アプリ上、アイコンが表示され、演者が次々に局から帰宅する様子が映し出される。

市郎　「ええっ！　なにこれ、いいの？　こんなことしていいの？」
渚　「違法ではないです、見られたくなければ自分でオフれるし」
市郎　「……そうだよな、これじゃ怖くてチョメチョメできねえもんな……してる！　この二人チョメチョメしてる！　誰と誰？」
指差した地図上、アイコンが2つ重なってる。
栗田　「……あ、これオレと渚だ」
渚　「すいません、切ります」
渚、スマホでオフにするとアイコン消える。
渚　「本当はこんなことしたくない。けど、未成年者もいるし、トラブルを未然に防ぐ抑止力もある、残念ながら有効なんです」
市郎　「転ばぬ先の杖か……お、怪しげな動きしてるヤツ発見」
栗田　「さすが小川先生、お目が高い、これがまさに頭痛の種」
アイコンをクリックすると八嶋智人の顔写真。
市郎　「出ました、ヤシマン！」
渚　「そうなんです、土曜日の生本番のあと八嶋さん、必ずタクシーで自宅と反対方向に向かって、なぜかスカイツリーのそばで降りるんです」

栗田　「土曜の夕方、男一人でスカイツリーって……怪しいでしょお」

市郎　「あくまで個人の見解だよね、それ、サウナかもしれないし」

栗田　「僕だって信じたい、53歳の中堅俳優がまっすぐ家に帰らないくらいで四の五の言いたかないが、このご時世、何かあってからじゃ遅いんです」

渚　「(スマホ取り出し)今日こそヤツの尻尾を掴むべく……」

市郎　「100パー疑ってる」

渚　「現場と中継が繋がってます」

スマホをスピーカー状態に。

氏家の声　「現場の氏家でーす」

32　押上・スカイツリー付近（デスクとカットバック）

トレーニングウエアにマスク&サングラスの八嶋、革製のミニバッグを提げ、周囲を警戒しながら走っている。

氏家　「八嶋さん、スカイツリーの周りをグルグル走り回ってます」

地図上のアイコンもグルグル回る。

栗田　「道に迷ったか、あるいは待ち合わせしてるか？」

氏家の声　「怪しげな黒いバッグ提げてますね」

渚　「変態プレイに使う道具でしょうか、鞭とか手錠とか」

八嶋、人目を気にしながら公園へ移動する。

氏家　「エナジードリンク飲んで……スクワットしてます」

公園で、小刻みに振動するアイコン。

栗田　「ヤツは既婚者か」

渚　「(検索し)女優の奥さんがいます、高身長です」

栗田　「不倫じゃないか……ん？……なんだ⁉」

急に高速移動するアイコン。

氏家　「急にダッシュで逃げた！」

突如アイコンが消える。

栗田　「くそ、GPS切りやがった、氏家！　頼むぞ見逃すな！」

渚　「小川先生……これは、隠蔽すべきでしょうか、それとも」

黙って見ていた市郎、パソコンをバンと閉じ、

市郎「検証ぉ！」

33　同・カウンセリングルーム（日替わり）

八嶋「え？　なになに、どした？　ギャラクシー賞獲った？　早いか」

八嶋の前に市郎と栗田、背後に渚と氏家。

栗田「単刀直入に伺います、八嶋さんあなた、不倫してますね？」

八嶋「してません」

市郎「ウソをつくな！」

栗田「私の目を見てください、八嶋氏、不倫し？　て？ま？」

八嶋「してません」

市郎「ウソくさいよアンタ、その眼鏡がウソくさいウソ眼鏡だ！」

八嶋「なんなんだアンタは、失敬だな！」

渚「1ヶ月間、八嶋さんの行動を監視させて頂きました」

八嶋「……」

氏家、証拠の画像をタブレットで見せながら、

氏家「夕方5時から6時まで、八嶋氏はスカイツリーの周辺を徘徊、その後、GPSを切って消息を絶つ、きっかり2時間……」

市郎「ご休憩でしょ、八嶋氏、ご休憩でホテル入ってるっしょ」

栗田「そして10時過ぎ、何食わぬ顔で帰宅する、これはもう……クロです、真っ黒」

渚「残念です、八嶋さん」

八嶋「参ったな……これだけは誰にもバレたくなかったのに」

市郎「落ちた！　八嶋落ちました！」

八嶋「不倫じゃないよけん玉だよ」

市郎「けん玉？」

八嶋「見ろちゃんと、看板」

タブレットで写真を拡大すると『けん玉カフェ』の看板。

栗田「……けん玉カフェ」

八嶋「栗田さん、あんた言ったよね、土曜の午後に相応しいのは」

×　　×　　×

フラッシュ（回想・#3）スタジオ・フロア・サブ

栗田「お前の独りよがりな言い訳じゃない、八嶋さんのけん玉だ」

八嶋（OFF）「あの言葉、妙に刺さってね」

八嶋「……」

× × ×

八嶋「そうか……この人は真剣に、視聴者のライフスタイルに配慮して番組を作ってるのか。だったら俺も真剣に、土曜の午後に相応しい男になろう。そう誓った矢先のカラオケ3時間スペシャル。歌だけじゃもたないかなと思って」

八嶋、革製のカバンを渚に渡す。

渚「（触って）なに？　やだ、やだなに？　この形……あ、けん玉です」

けん玉が出て来る。

34　けん玉カフェ（回想）

八嶋「お願いしますっ！」

外国人や上級者に交じって、けん玉の練習をする八嶋。厳しい指導に耐えるその姿は真剣そのもの。

35　EBSテレビ・カウンセリングルーム

氏家「じゃあ……あのスクワットは？」

八嶋「イメトレだよ、みんな誤解してるよね、けん玉って腕じゃないの、膝なんです、膝が大事。こういう陰でする努力とか、本当は見せたくないんだけど」

市郎「……マジメかっ！　マジ眼鏡かっ！」

渚「……八嶋さん、私、誤解してました！」

栗田「疑ってすまなかった、八嶋氏、この通りだ！」

八嶋「いやいや、頭上げてください」

渚「変態なんて言って、変態プレイだなんて言って！」

八嶋「それ聞いてないけど、怒ってないから（笑）」

36　秋津のアパート・内（日替わり）

秋津、缶ビール飲みながら『プレサタ』を見ている。歌いながら、けん玉の凄技を披露する八嶋。

秋津「……これ、土曜の午後にちょうどいいわー」
市郎「ん？」
郵便物の中に小川市郎宛てのハガキを発見し、
秋津「あ、それ、渚ちゃんのお父さんですよね」
「背広、仕立てます、いつでもいらして下さい」
『テーラー犬島』
市郎「……行ってみっか！　娘がフランスから帰って来た時、こんな格好じゃ笑われるから」
秋津「……え？」

37　調布・テーラー犬島・前（日替わり）

商店街の小さな仕立屋。中を覗くと、ゆずるが正人と遊んでいる。
ゆずる「（気づいて）お義父さん」
市郎「（会釈）」
ゆずる「来てくださったんですね。正人ほら、ひい爺ちゃん」
市郎「わかんないよな（笑）邪魔していいかい？」
ゆずる「どうぞ」

38　同・店内

無地のシャツを持って来るゆずる。
ゆずる「これ、採寸用ですので、お着替えください」
市郎「（着替えながら）どれくらいかかるの？」
ゆずる「病み上がりですので通常よりは……生地はどうしましょう」
市郎「任せるよ」
ゆずる「……では、スタンダードな濃い目のグレーで、このあたりで（布地を見せる）」
市郎「……」
布地やミシン等に紛れるように、写真立てが置いてある。純子とゆずるの結婚写真、赤ん坊を抱いた純子。渚（5歳）を囲んだ家族写真など。
市郎「よく見ると似てるね、渚は、純子に」
ゆずる「……失礼します（採寸を始める）」
市郎「もう何年やってんの」
ゆずる「33年です。神戸で18年、こっちで15年。親父が厳しくて、なかなか一人立ちできませんでしたが……5年目でようやく、一から自分で作ってみろと」

TAILOR INUSHIMA

市　郎　「……」

ゆずる　「記念の1着目は、純子のお父さんにプレゼントしたくて、思い切って手紙を書いたんです」

【Daddy's Suit】※ミュージカル

ゆずる　♪突然のおたより　お許しください
♪お義父さん　背広を一着　贈らせてください

39　神戸・テーラー犬島・内（回想・冬・1995）

ミシン台で手紙を書くユズル。

ユズル　♪吊るしではなく　オーダーメイドで
♪神戸までご足労頂き　採寸をさせてください
ユズル、便箋と新幹線の切符を封筒に入れる。

40　調布・テーラー犬島・店内（回想戻り）

市　郎　「だけど俺は来なかったんだ。悪かったね、もう分かったと思うけど、こういう人間だからさ」

ゆずる　「……いえ、お義父さんは来てくれました」

市　郎　「……」

ゆずる　「純子が、引きずってでも連れてくるからって……東京まで迎えに行ってくれたんです」

41　小川家・リビング（回想・冬・1995）

純子（26歳）がドアをバンと開け、

純　子　「ほらジジイ、何やってんの、行くよ神戸！」
市郎、下着姿で寝っ転がってる。

市　郎　「行かねーよ、バカ」

純　子　「とか言って、手紙置いてあんじゃん、仏壇に」

市　郎　「捨てるわけにもいかねえだろ」

純　子　「(切符の時刻見て) まだ間に合う、ほら早く、下にタクシー待たせてっから」

市　郎　「行きたくねえの！」

純　子　「渚もじぃじぃに会いたがってるよ」

市　郎　「……」

純　子　「はい、急いで服着て！　行こ行こ！」

42　神戸・テーラー犬島（回想・冬・1995）

ユズル　「ただいまー」と軽やかに入って来る純子。その後ろに、バツ悪そうに立っている市郎。
市　郎　「お義父さん」
ユズル　「……よう」
純子の声　「渚〜、東京のじぃじぃ来たよ」
ユズル　「(思わず笑顔) いらっしゃいませ」

×　　×　　×

ユズル、ぎこちなく市郎の背中にメジャーを当て、
ユズル　♪肩幅〜
ゆずる、馴れた手つきで市郎の背中にメジャー当て、
ゆずる　♪背幅〜
ユズル　♪胸幅〜
ゆずる　♪袖丈〜
ユズル　「♪ユキ丈……あれ？　すいません、もう一回いいですか？」
ゆずる (OFF)　「不慣れな上に極度の緊張から、僕は何度も失敗しては、頭からやり直し」
ユズル　♪肩幅〜
市　郎　「肩幅は得意だろう、なあ、宇宙人」
ユズル　「胸幅……じゃないや背幅が先だ」
市　郎　「ちょっと一服しようか、な、休憩！」
ユズル　「すいません、お義父さん」
市　郎　「いいよいいよ、気にすんな」
純　子　「ほら、渚、じぃじぃに抱っこしてもらいな」
市郎が渚(5歳)を抱っこする。渚、怖がって号泣。
ユズル　「俺が撮るよ」
ユズル、写ルンですを受け取り写真を撮る。

43　調布・テーラー犬島・店内 (回想戻り)

市　郎　「抱っこしたの!?　俺、抱っこすんの!?　渚を」
ゆずる　「これが、その時の……」
写真。市郎に抱き上げられ号泣する渚 (5歳)。
市　郎　「うわー!　いいねえこれ!　ねえ、いつ？　何年後だっけ」
ゆずる、答えに窮し、また呼吸が荒くなる。
市　郎　「え？　なに？　また？」
写真の端に『1995・1・16』の刻印。
市　郎　「……95年の1月か」

44　喫茶「SCANDAL」内

渚と秋津。

渚「結局、採寸が終わる頃には夜んなってて、終電逃しちゃって。しょうがないから3人で、朝までやってる居酒屋で飲みながら時間潰したんだって」

45　神戸・ガード下の居酒屋・内（回想・1995・1・17）

やっと打ち解け、盃を重ねる市郎とユズル。

市郎「どーしようもねえ娘だったんだよ、コイツ、あばずれでさ、隙あらばニャンニャン、わかる？　チョメチョメのこと」

純子「うるさい、もう分かったから寝てろ、起こすから」

嬉しそうに笑顔で見守るユズル。

46　同・外（明け方）

夜が明け始めている。自転車を押している純子。

純子「じゃあ、駅まで送ってくね」

ユズル「お義父さん、背広、仕上がったらお届けに上がりますね」

市郎「バカ野郎、取りに来るよ。お前らに会いたいわけじゃねえぞ、渚の顔見に来るんだぞ」

純子「はいはい（ユズルに）じゃあね」

ユズル「気をつけて！」

笑顔で手を振り見送るユズル。フラフラとおぼつかない足取りで、ガードの下に消えて行く市郎と純子の姿。

ユズル「……（笑顔消える）」

酸素ボンベのピィーという警戒音。

47　調布・テーラー犬島・店内（回想戻り）

呆然と立ち尽くしている市郎。

市郎「……」

ゆずる「……」

渚「それが……1月17日の午前5時46分」

ゆずる「……申し訳ありませんでした、私がモタモタしないで採寸してれば、お義父さんも純子も、助かったんです」

48　喫茶「SCANDAL」内

秋津「……そのこと、市郎さん」
渚「……たぶん、今、聞いてると思う、いつまでも隠し通せるものでもないしね」
秋津「知ってたんじゃないかな」
渚「え？」
秋津「覚えてない？　俺が渚さんと初めて会った日……」

×　×　×

フラッシュ（回想・#2）喫茶「SCANDAL」。
渚「父に、早く花嫁姿を見せたいっていうのもあって。阪神淡路の年に、母が死んじゃったんですね……」
市郎「はんしんあわじ？」
秋津「ググるの、そういう時は、こうやって（検索して見せる）」
市郎「（見て）えー!?　なにこれ、1995年て、9年後じゃん！　こんな大っきい地震あるの！　ありがと、覚えとく」

×　×　×

秋津「渚さんのお母さんが、自分の娘だって分かった時点で、亡くなったことは」
渚「……」

×　×　×

回想。カウンセリングルームで、ピンクレディーのビデオを見る市郎の悲しげな表情。

×　×　×

渚「……え？　知ってて、騙されたフリしてたってこと？」

49　調布・テーラー犬島・店内

市郎「……そうか。……でも良かった、ちゃんと打ち解けて、仲直りして、酒飲んだり、孫抱っこしたり、そういうの、一通りあるんだ、これから、ハハハハ、楽しみだ」
ゆずる「……」
市郎「で、背広は？」
ゆずる「……はい、神戸から持って来ました」
ゆずる、立ち上がり奥へ歩きながら、

ゆずる　♪これが　初めて仕立てた背広
（Daddy's　Suit）
♪お義父さんの　背広
（Daddy's　Suit）

50　神戸・テーラー犬島（1995）

ユズル、歌いながら型紙を合わせ、裁断し、ミシンで縫合する。

ユズル　♪初めて仕立てる背広
（Daddy's　Suit）
♪お義父さんの　背広
（Daddy's　Suit）

51　調布・テーラー犬島・店内（2024）

ゆずる、スーツの箱を抱え戻って来る。

♪体型が変わってなければ
市　郎　♪変わってないさ
ゆずる　♪きっとお似合いでしょう
箱を開ける市郎。

市　郎　「……」

52　同・前

駆けつけた渚、秋津。テーラーの扉が開く。
濃いグレーの、オーダーメイドスーツを着た市郎。遅れてゆずるが出て来る。

秋津・渚「……」
市　郎「よう、どうだい」
秋　津「似合う」
渚　「当たり前だよ、父さんが仕立てたんだから」
ゆずる「(笑)」
市郎、ボタンを外して裏地を見せる。『小川市郎』の刺繍。内ポケットからタバコを取り出し、火を点ける。

つづく

#6 昔話しちゃダメですか?

1　EBSテレビ・カウンセリングルーム

同期の羽村由貴に付き添う渚。

渚「ドラマ部の由貴ちゃん、私の同期なんです」

市郎「どうした不倫しちゃった？」

渚「ちょっと！」

市郎「してるよ、みんな、不倫ぐらい、すげえぞ昭和60年の不倫ブーム、板東英二ですらモテたんだから、知らない？　金妻。♪ダイヤル～、回して～、手を止め～～た～～」

羽村が帰ろうとするので、

渚「大丈夫、最終的には親身になってくれるから。春から、大物脚本家と組んでドラマ作るんですって」

羽村「江面賢太郎《えもけんたろう》さん、ご存知ですか？」

市郎「脚本家はジェームズ三木しか知りません」

渚「いいからググってほら、エモケンで」

タブレットを差し出す羽村。以下、セリフとシンクロして。

江面賢太郎の経歴を紹介。

羽村「90年代後半から2000年代初頭、若者に絶大な支持を受けた時代のトップランナー。代表作は『目には目を……』」

渚「『兄には愛を』出たぁ！　高校の頃、みん～な見てた」

羽村「有名な放送室のシーン」

渚「放送室の名シーン！　8話だっけ？　9話だっけ」

羽村「それが5話なのよ！『先生は君の愛には応えられない、なぜなら僕は……』って言った瞬間、主人公のハルカはマイクがオンになってることに気づくのよ」

渚「そう、気づくのよ！」

羽村「ハルカは慌てて先生を押し倒すのよ」

渚「そう、押し倒すのよ、でも先生は言っちゃうのよ」

羽村「『僕は君の兄さんだから』それが校内放送で流れちゃうの」

渚「流れちゃうのよぉ、全校生徒が聞いちゃうのよ」

羽村「その時、体育館で誰かが投げたバスケットボールがスローモーションでゴールに……入んないのよぉ！」

渚　「入んないのよぉ！　あれメタファーよねえ」
羽村　「メタファーなのよぉ、メタファーの魔術師って呼ばれてた」
渚　「……あれ、ピンと来てない」
市郎　「……んん、そんなことない、楽しいよ」
渚　「あとエモケンと言えばカラーギャングのやつ、新橋の」
羽村　「SSLP、新橋SLパーク。マネしたよね、SLボーイズのファッション」
渚　「なんだっけ、主人公の決め台詞あったよね」
羽村　「当たり障りねえ――！」
渚　「そうそう当たり障りねえ――！　そんなに使うチャンスないんだよね（笑）。あ、ごめんごめん放ったらかして」
市郎、スマホで純子が赤ん坊を抱いてる写真を見ていた。
市郎　「……ううん、だいじょぶ、大丈夫よ」
羽村　「とにかく私にとっては青春そのもの、ていうか神？　創造の神？　この仕事してる以上、いつかご一緒したい……けどまだ会えない、好き過ぎて、イタいファンだと思われたくなくて」
市郎　「じゃあ夢が叶ったわけだ」
羽村　「はい。今日、打ち合わせだったんですけど、結論から言うと……会わなきゃよかったです」

2　同・会議室（回想・数時間前）

サングラスしたまま席に着く江面賢太郎。
江面　「EBS来んの、ひっさびさー、なに以来？」
羽村　「2003年の『ラブナビゲーション』以来です」
江面　「ラブナビかぁ、え、じゃあ知らないっしょ、君ら俺のこと、つーか、生まれてないっしょ」
30代の監督、20代のAD、APらが愛想笑い。
羽村　「改めまして、この度は私どもの企画に……」
江面　「ラブナビの打ち上げで面白い話があってさぁ」
羽村　「……ええ」
江面　「六本木のイタメシ屋でぇ、ジョニーとすったもんだあって、ジョニーってのは今でいうギバちゃんなんだけど、止めに入ったのが哀川の翔ちゃん。で、店出ようとしたら会計済んでたのね、誰が払ったと思う？　加賀まりこ」
羽村（OFF）「アイドリングトーク……って言うんです

か？」

×　×　×

羽村　「自慢話をダラダラ2時間近く、しかもそれがなんか……」

渚　「古い？」

羽村　「そう、話題もワードセンスも、昔話って感じ。で、いざ企画の話になったら急に黙っちゃって」

×　×　×

腕を組み、微動だにしない江面。

羽村　「数字にとらわれず、江面先生が今、この時代だからこそ描きたい世界を……」

江面　「……」

羽村　「……私、この世界を志したきっかけが先生の『目には目を』」

江面　「昔話するやつ嫌いなんだよね」

羽村　「（はあ!?）」

江面　「今を生きてるクリエイターがさ、自己摸倣しちゃったら終わりでしょ、過去の自分を超えてかないと」

羽村　「……ですよね、失礼しました」

江面　「……女性用風俗っての、あるんでしょ？」

羽村　「え？」

江面　「ひょんなことから、平凡な主婦が女性用風俗の存在を知るわけよ、でも、ひょんなことから娘にバレて」

羽村　「……それって……ラブナビですよね」

江面　「……」

羽村　「ラブナビの、確か3話（慌てて取り繕う）さすが、時代の先いってるなって驚いたんで、鮮明に覚えてます」

江面　「……シェアハウスなんかどう？　ひょんな事で出会った本屋の男と女優がさ、ひょんな事から一緒に住んで、ひょんな」

×　×　×

羽村　「その『ひょん』をくれよ『ひょん』！　『ひょん』考えるのが作家でしょ？って、もちろん言わなかったけど」

渚　「つーか、女優と本屋って」

羽村　「ノッティングヒルの恋人なのよ」

×　×　×

江面　「やっぱ探偵物語の優作は超えられないよね、知らないの？　終わってるぅ」

慌てて若いスタッフが検索すると。

江面「出たよZ世代はすぐコレ（スマホ）」

羽村「かと思えば、急に若者に媚び出して」

江面「壁ド〜ン、とか入れといた方がいいんじゃない？　きゅんきゅんしたいんでしょ、女子は壁ド〜ンで」

AD「ド〜ンじゃなくてドン……」

羽村「そういうの、江面先生には求めてないと思います」

江面「だな、スピンオフでやればいいか、てーばでな（反応がないので）ボケだよ、ティーバーぐらい知ってるよ、突っ込めよ」

一同「あはははは……」

江面「主題歌は米津がいいよ、米津源」

3　同・カウンセリングルーム（回想戻り）

渚「ひどい、なんでそんなことになってんの？」

羽村「実は江面さん、2008年に休業宣言してるの」

YouTube風動画『江面賢太郎、休業の真相』。

羽村「突然、環境問題に目覚めて、沖縄に移住してエコロジー&スローライフをブログで発信したり、私生活では19歳下のモデルと電撃結婚して1年半で破局して、ロンドンの美大に留学して絵本書いて私生活では19歳下の通訳と付き合ったかと思えば、クラウドファンディングで金集めてサロン開いたり閉じたり、最近は19歳下のインフルエンサーと公私にわたって仲良くしてる様子を発信」

渚「ん〜、恋愛遍歴以外は、ブレブレだな」

羽村「実際、上からは、今さらエモケンじゃ数字取れないって言われてるんです」

渚「自分がオワコン化してるなんて、認めたくないだろうしね」

羽村「だからこっちも指摘しづらくて」

市郎「俺、言ってやろうか？」

渚「なんて言うの？」

市郎「昔話やめてください、古いです、みんな迷惑してますって」

渚「いやいやいやいや」

市郎「年長者が言うのが一番だろ、こういうのは、次の会議いつ」

羽　村　「今週の水曜日、16時からです」
市郎のスマホのスケジュール先々まで予定が入っている。
市　郎　「ちょうど空いてる」
渚　「だいじょぶ？」
市　郎　「ん？　なにが？」
渚　「……なんでもない」
渚の声　「この人、EBSテレビの専属カウンセラー、小川市郎さんは、私の、死んだ母方のお爺ちゃんだったんです」

☆　タイトル『不適切にもほどがある！』

〜#6　昔話しちゃダメですか？〜

4　小川家・近くの道（夕方・1986）

純子とキヨシ、並んで歩いている。
純　子　「キヨシってさあ、いつまでこっちいるの？」
キヨシ　「わかんないよ、母さんに聞いてみないと。え、迷惑？」
純　子　「ううん。……社会学者なんだよね」
キヨシ　「一応、論文とか書いてるみたい」

5　同・リビング

パソコンのキーに手を乗せたままテレビを見ているサカエ。

『金曜日の妻たちへⅢ』第3話。

サカエ（心の声）「奥田瑛二が森山良子と不倫しそう。森山良子と小川知子は親友同士……ざわわだわ。なんなの？　奥田瑛二の色気、子供の頃はピンと来なかったけど……ざわわじゃなくても、ざわわだわ……そして」

板東英二　「この人のこと、世界でいっちゃん好きや」

サカエ（心の声）「板東英二の好感度、爆上がり」

板東英二　「親同士が仲良うしてんのが、子供にはいっちゃん幸せや、子供同士が仲良うしてんのが、親にはいっちゃん幸せや」

サカエ　「……こんなの……泣いちゃう」

板東英二　「お父ちゃん、好っきゃで、お母ちゃん、大好きや」

玄関から、キヨシと純子が冷めた目で見ている。

サカエ「……おかえり（ティッシュ取り、涙拭き）なによ」
キヨシ「いつまでいるのって、純子先輩が……」
サカエ「金妻が続く限りよ」
純　子「それ再放送だよ」
サカエ「キヨシが帰りたがらないのよ。ご飯まだだよ、なに？」
純　子「（両手を上げる）連絡あった？」
サカエ「お父さん？　ああ（スマホ見て）今日はない」

6　同・キヨシの部屋

純　子「今日は、じゃなくて今日〝も〟だよ。あいつ本当、未来とか行ってんのか？　どっかで遊んでんじゃねえの？」
キヨシ「静かにして！」
ラジオからズッキーこと鈴木福助の声が聞こえる。
ズッキーの声「もう一枚読めるかな？　ペンネーム、謎の転校生」
純　子「うそ！」
キヨシ「読まれた！」
ズッキーの声「ズッキーさん、チョメりんご、はいチョメりんご。実は僕のクラスに、会ったことない同級生がいるんです」
純　子「すごいすごいすごいじゃん！」

7　道（夕方）

喜びを爆発させ、走るキヨシと純子。
ズッキーの声「その子はSくんと言います、僕が転校して来る前から学校に来てないみたいで、電話にも出ません。そんなSくんに伝言があります。バカお前、聴いてるとは限らないだろ。おーいSくん、テレビのブラウン管の下から覗くと、伊代ちゃんのパンツ見えるかもしんないぞー……バカだなぁコイツ（笑）」

8　佐高家（マンション）

呼び鈴を押すキヨシ。
声「はい」
キヨシ「あ、僕、第六中学3年B組の……」

純子　「謎の転校生です」
　　チェーンがかかったままドアが数センチ開いて。
佐高の母　「ごめんね、会いたくないって」
ズッキーの声　「謎の転校生くんには、構成作家エモケンの、私物のサングラスをプレゼントしまぁす（笑）」
純子　「……帰ろっか」

9　EBSテレビ・会議室（日替わり・2024）

　　江面のトークを我慢して聴いている羽村らスタッフ。
江面　「サングラスはまだいい方で、腕時計とかスニーカーとか、私物どんどんプレゼントしちゃうんだぜ、たまんないよ」
羽村　「人に歴史ありですね……じゃ、そろそろ企画の話を。今日中にタイトルと、あらすじ固めたいんで」
江面　「ズッキーさんには、ずいぶん可愛がってもらったなぁ。知らないか『早くしないとチョメチョメしちゃうぞ』っていう、今だったらコンプラ的に完全アウトな番組とか」
市郎　「『しないと』じゃなくて『寝ナイト』ですね、早く寝ないとチョメチョメ」
江面　「……なに、いるじゃん、話通じるヤツ」
羽村　「弊社の専属カウンセラーの小川さん」
市郎　「早チョメの公開収録、見に行ってました」
江面　「じゃあチョメチョメガールズの主演ドラマは？」
市郎　「金曜日はチョメ、土曜日はもっとチョメ」
江面　「俺のデビュー作だよ！　すごい、ウィキにも載ってないのに、なに？　昭和オタク？」
市郎　「昭和61年までなら何でも聞いて下さい（スタッフに）ここは任せて、みんな自分の仕事に戻って、帰れる人帰って」
　　すかさず席を外す若いスタッフたち。
江面　「あのドラマ、大変だったのよ、相手役が大根でさ、急遽……」
市郎　「尾美としのり」
江面　「そうそう、尾美くんが演ってくれたの、主題歌が～」
市郎　「大江千里」
江面　「大江千里！　そう！」

市郎　「違います、オメガトライブです」
江面　「なんなの、俺より詳しいじゃん！　ちょっと霞町で飲もうよ」
羽村　「待ってください」
江面　「だいじょぶ、ガソリン入れたら、降りて来るって」
羽村　「先生！」
江面　「なぁによ」
羽村　「……なんでもないです」

10　秋津のアパート（深夜）

酔って帰って来た市郎の背広を、秋津が脱がせ。
秋津　「遅かったですね、何軒行ったんすか」
市郎　「3軒、俺も懐かしくてね、つい盛り上がっちゃったよ」
秋津　「帰りたくなったんじゃないですか？」
市郎　「昭和に？……無理だよ、忙しいしね、おかげさんで。今度よ、テレビ出んだよ」
秋津　「市郎さんが!?」

11　麻布のバー（回想）

プロデューサーの瓜生も合流して。
江面　「なぁんだ、二人、顔見知りなら話早いわ」
瓜生P　「ちょうど解答者探してたんですよ。長嶋一茂さんがね、すぐハワイ行っちゃうんで（笑）どうです？」
企画書『常識クイズ！　令和Z世代VS昭和おやじ世代』
市郎　「俺が？　いやダメだろ、口を開けば不適切だぜ」
江面　「だからいいんだよ、今つまんないじゃんテレビ、当たり障りないヤツばっかでさ、なあ瓜生ちゃん、出ちゃいなよ」

12　秋津のアパート（深夜・回想戻り）

市郎　「そんなわけで当分こっちだな」
秋津　「会いたくないんですか？　純子ちゃんに。あ、すいません『ちゃん』てことはないか」
市郎　「会ったら顔に出ちゃうと思うんだよ、分かりやすいから俺。つーかもう出ちゃってんだろ」

秋津「ですね」

市郎「純子も困ると思うんだよな。9年後、俺もお前も死んじゃうよなんて言われても……寝るわ」

秋津「……」

13 小川家・純子の部屋（深夜・1986）

サカエのスマホを持って来る純子、馴れない手つきで電話のマークを押す。

純子「……あった」

『小川先生』の名で登録されている番号をタップし、両腕を高く上げる純子。

14 秋津のアパート（深夜・2024）

市郎のスマホの着信音で目を覚ます秋津。
しかし市郎の姿はない。

秋津「……」

ベランダで佇んでいる市郎。
あまりに淋しげな表情に声もかけられず。

15 小川家・純子の部屋（深夜・1986）

純子「……ふん、バカみたい」

と、諦め、タバコを吸う純子。

16 首都工業大学・研究所・ガレージ（日替わり・2024）

秋津が市郎を無理やり連れて来る。

市郎「離せっ！　離せって！　なんだよここ、何大だよ」

秋津「首都工業大学理工学部のラボです」

市郎「聞いたことねえ名前の大学は嫌いなんだ、離せ！」

秋津「純子さんのところに行ってあげて下さいっ！」

市郎「……」

秋津「いやなんか……なんか、分かんないけど、なんか、市郎さんなんか、なんかから、なんか逃げてるって思って、なんか」

市郎「『なんか』が多いな」

秋津「俺が親なら、少しでも娘と一緒にいたいだろうなって」

市郎　「会ってどうする、本当のこと言えないんだぞ」
秋津　「言えばいいじゃないですか」
市郎　「言ってどうなる、未来は変えられないんだぞ」
秋津　「変えちゃえばいいじゃないですか！」
井上　「それは困るんです」
井上と渚がバスから降りて来る。
渚　「……早く着いたので、中を案内してもらいながら、タイムマシンの原理について話を伺ってました」
秋津　「どうでした？」
渚　「頭が痛くなって……井上さんのことが嫌いになりました」
井上　「残念です」
秋津　「理屈はいいんです、市郎さんを過去に送り届けてください」
市郎　「いいよ、乗りたくねえよ」
井上　「プロジェクトは政府公認ですが、現段階で試運転は極秘裏に行われています。土曜日の1便のみです」
市郎　「土曜日……」
井上　「行きは早朝4：55分、帰りは3：55分」

×　×　×

フラッシュ（回想・#1）
バス停の時刻表、土曜日の欄に貼られた白いテープ。
剥がすと『3：55』の数字。

×　×　×

市郎　「土曜日だ！　部活終わりだった！」
井上　「息子が忘れないように時刻表に書き足し、テープで隠したそうです」

×　×　×

フラッシュ（回想・#3）EBSテレビ・廊下
市郎　「渚ちゃん」
渚　「小川さん、会いたかった！」

×　×　×

渚　「土曜日だった、プレサタの日！」
井上　「搭乗者は私の妻子も含め、現時点でのべ50人、事前に顔認証システムで登録しています」

×　×　×

フラッシュ（回想・#1）※新撮・別アングル
サカエが「乗ります！」と叫んで乗り込もうとすると、顔をセンサーが察知、認識してドアが開く（キヨシも）。

×　×　×

市郎「え？　俺は？　なんで乗れたの？」
井上「それがですね（ニヤニヤ）顔認証システムを構築する際のサンプルとして、先生の顔写真を使わせて頂いたんです」

と、野球部時代の集合写真を見せる。

×　×　×

フラッシュ（回想）※新撮
大きく引き延ばした市郎の写真をお面のように装着し、認証システムのチェックを行う井上。

×　×　×

市郎「……どれだけ好きなんだよ、俺のこと」
渚「気持ちわる」
井上「生まれつき三半規管が弱くて私がい――っ！てなんで同乗できず、自動運転に切り替えました……」

×　×　×

フラッシュ（回想・#1）
女子高生や老人、サラリーマンが乗り込んで来る。

×　×　×

市郎「だから普通に乗客が乗って来たのか」
秋津「すごいなんか、伏線が次々回収されてますね」
井上「他にご質問は？」
市郎「過去に戻る時、2回とも便所に落ちたのは？」
井上「それは……わかりません」
市郎「なんで、そこだけ分かんないんだよ！」
秋津「どうして未来を変えちゃダメなんですか？」
井上「それは……もっと難しい問題ですね」
市郎「知ってたのか、お前は、俺が死ぬこと」
井上「もちろんです、毎年、お墓参り行ってますから」
市郎「お墓にいるのか俺……早く言えよハゲ」
秋津「例えばだから、純子さんが、ディスコの黒服と出会うのを回避すれば……」
市郎「それはダメだ」
秋津「なんで、純子さんも市郎さんも助かるのに……」
市郎「渚っちが生まれてこないだろう！」
秋津「あ……」
渚「……」

1995年1月16日に撮られた写真を出す市郎。

市郎　市郎に抱き上げられ号泣する渚（5歳）。
「必然なんだよ、しょうがない、死ぬのがマイナスなんじゃなくてさ、むしろ大人になっ渚っちに、こうして会えたことがプラスなんだよ。死んでるんだから、ほんとは」
渚　「……お爺ちゃん」
市郎　「……久しぶりに会って来るか、お前の母ちゃんに」

17　同・ガレージ前・道（#3と同じ・日替わりＡＭ４：55）

ゆずるが仕立てた背広を着た市郎、大荷物を抱えている。
秋津　「大丈夫ですか？」
井上　「うん、酔い止め飲んだから、行きましょうか」
耳栓して運転席に乗り込む井上。
渚　「お母さんによろしくね！」
市郎　「来週の土曜日には帰って来るから」
ドア閉まり、エンジン音。
井上の声「いいいいいいいいいいい――――っ！」
ドアが開き、井上がフラフラ降りて来て、
井上　「……はぁ……はぁ……自動運転に切り替えました……」
走り出し、一瞬にして消えるバス。
井上　「……ちきしょう」

18　バス停（土曜日・１９８６）

到着したバス。下車する市郎。
市郎　「……（感慨深げに辺りを見渡す）」
野球部の練習着姿のイノウエが自転車で通りかかり、
イノウエ「あ、小川先生！」
市郎　「……なんでだよ」
イノウエ「朝練です、大会前だから。出て来れたんですか？痴漢で捕まったって聞きましたけど」
市郎　「……もういいから行け（去ろうとして）あ、イノウエ」
イノウエ「はい」
市郎　「三半規管、鍛えといたほうがいいぞ」
イノウエ「……⁇」

19　小川家・前（朝）

寝坊したキヨシが自転車で出て行く、サカエが追いかけ、

サカエ「キヨシ、ほら、おにぎり忘れてる！」

おにぎり受け取ると自転車を飛ばして去るキヨシ。

だるそうに出て来る純子、待っていた友美、明美。

明美「おはよー、今日、錦糸町の駅で松村雄基見ちゃった」

純子「うっそー、川浜一のワル！　なんでなんで？」

友美「ポニーテールは振り向かないのロケじゃない？」

明美「ばっくれちゃう？」

純子「ばっくれ決定！……あ」

ダークグレーの背広を着た市郎が立っている。

市郎「純子……」

純子「おかえり……どうしたの？　それ」

市郎「オーダーメイド（とボタン外し刺繍見せ）どうだ」

純子「……い～んじゃない？」

市郎「……純子」

市郎、抑えていた感情が噴出し純子を抱きしめ。

純子「……うん」

市郎「ただいま……ただいま純子」

純子「……うん、あの、友達が見てるから」

市郎「おお、そうか」

離れるが収まりがつかず友美とも抱擁。

友美「え、なに？」

市郎「純子のこと、頼んだぞ」

明美とも抱擁。ちょうどサカエが戻って来て、

サカエ「え、小川先生？　何してるんです⁉」

市郎「ああ、サカエさん、留守中ありがとうね！（抱擁）」

サカエ「……ちょ、やめてください、朝から」

市郎「んん、んん（何度も頷き）学校行って来る」

20　葛飾区立第六中学校・校長室

市郎「御心配おかけして、申し訳ありませんでした」

校長「心配……はそんなにしてないけど」

机の上に未来からのお土産、各種。

昭和61年度
出席簿
第2学年B組
東京都葛飾区立
第六中学校

安森　「先生、どこ行ってたんですか？」

市郎　「へへへ、ちょっとね。あ、校長これ、すごいですよ！」

と、VRゴーグルを勧める市郎。

安森　「困るんです、副担任とは言え、無断欠勤が続くようだと……」

市郎　「まあまあ、安森先生、阪神ファンでしょ？　これ38年ぶりの優勝記念、岡田のマグカップ」

安森　「38年？　38年ぶりってなんです？」

校長　「（ゴーグル着け）わああっ！　なにこれえ、女！女がいる！」

21　小川家・リビング（夜）

すき焼きを囲む市郎、純子、サカエ、キヨシ、ムッチ。

市郎　「ほら食え、どんどん食えよ純子！」

ムッチ　「なんかすいません、自分までゴチんなっちゃって」

市郎　「お前とはな、長い付き合いになるからな」

ムッチ　「あ、はい、そうなんスか？」

純子　「未来の旦那さんだったりしてぇ」

市郎　「（真顔になる）」

純子　「え、本当にそうなの？」

市郎　「……いいから食え、純子、葱なんかいいから肉2枚ずつ食え」

純子　「未来人もすき焼き食べるんだ」

サカエ　「食べる物はだいたい一緒、さんまが小さくなるくらいよ」

純子　「ふ～ん」

市郎　「なんだよ、ふ～んて」

純子　「なんか怪しい、本当は行ってないんじゃないの？」

ムッチ　「あのすいません、さっきから自分……置いてかれてる気がするんスけど」

サカエ　「なにが？」

ムッチ　「話題が。未来がどうとか、小川家では当たり前なんすか？　俺はなんつーか……話半分で聞いてればいいですか？」

サカエ　「卵、もうひとつ出そうか？」

ムッチ　「お願いします！」

純子　「本当は未来じゃなくてススキノ行ってたんで

市　郎　しょ」
　「純子！……いや違うの、ケンカしたの女房と昔。
　純子がまだガキの頃、熱出して泣いてんのに、
　俺そこで11ＰＭのススキノ特集見てて気づかな
　くて（笑）お前、よく覚えてるなぁ」
純　子　「昔話で誤魔化さないで、騙してるんでしょ、ドッ
　キリカメラでしょ、キヨシとサカエさんもグル
　なんでしょ！」
サカエ　「どうしたの、純子ちゃん」
純　子　「証拠は？　本当に行ったなら、うちらがビック
　リするような、未来の話してよ、38年後の世界
　がどうなってるか教えてよ」
市　郎　「三原じゅん子が国会議員になってた」
ムッチ　「えええええ──っ⁉」
純　子　「ハイ、ウソだねー！」
キヨシ　「ウソじゃないよ、バリバリ政治家だよ」

22　テロップ

　「この作品には不適切な台詞が多々含まれていま
　すが、あくまで1986年当時の常識や、若者
　の感覚を忠実に再現しようとしたものです」

純子（OFF）「なわけないじゃん！　ウチらの憧れ、ア
　バズレの祖先、山田麗子だよ、顔はヤバいよ、
　ボディやんなの山田麗子が、政治家⁉　ありえ
　ない！」
サカエ（OFF）「金八先生の世界線とごっちゃになってる」

23　小川家・リビング

市　郎　「もう一コ、これ聞いたらぶったまげるぞ。加ト
　ちゃん、80歳にして、35歳の嫁がいた」
ムッチ　「えええええっ──────！」
純　子　「何それぇ！　38年後に35歳ってことは……まだ
　生まれてないじゃん！　やだ、なんか怖い、Ｓ
　Ｆ！」
市　郎　「欽ちゃん82歳、78の時、大学中退してた」
純　子　「もうやめて！　時空が……時空が歪んでる」
ムッチ　「マッチさんは？　俺たちのマッチさんは？」
市　郎　「ん〜……色々あってレーサーになってた」
ムッチ　「さっすが！」

24 同・純子の部屋&キヨシの部屋（数時間後）

寝息を立てているキヨシ、純子も眠っている。
その寝顔を見ている市郎。

25 同・ダイニング

サカエ「……ごめんなさい、言葉が見つからない」
市郎「いや、俺はいいんだ。別に、いつ死んでも、だが純子は……まさか26でなぁ」
サカエ「早過ぎるわね、いくらなんでも」
焼酎を割らずにあおり、次第に感情を抑えられなくなり、
市郎「本当だよ、女房が病弱だったから、健康にだけは気を配って育てたのに、全部ムダじゃねえかよ、くそ、どうなるか分かってる人生なんか、やる意味あんのかよ、くそ」
サカエ「……しょうがない、これぱっかりは（と、背中をさする）」
市郎「……ごめんね、あんたくらいしか話せる人いないから」
サカエ「で、どうするんです？」
市郎「あんたならどうする？　息子があと9年しか生きられないと分かったら、言うかね」
サカエ「変えられない運命なら、言ってもしょうがない……って思う、かな？」
市郎「本当に変えられないのかね」
市郎、渚を抱っこした写真を見せ、
市郎「渚ちゃんが生まれるところまでは悪くないんだよ、純子の人生。上出来。ほら笑ってる、純子も俺も。この後なんだ問題は、このあと……どうなるか知ってるから……知ってるのに俺は」
サカエ「その時になったら考えるって、ことじゃないかな」
市郎「……」
サカエ「今考えても、その時考えても、大して変わらないなら、今は日々を楽しく、好きなように生きたらどうだろう」
市郎「だよな、すぐって話じゃない、まだ9年ある……余命9年だ」
サカエ「……」

トイレのドアが開いて、ムッチが現れる。
めちゃめちゃ泣いている。

市　郎　「おまえ……」
ムッチ　「……（嗚咽）」
市　郎　「いたのか」
ムッチ　「なんでいないと思った⁉」
サカエ　「しっ！　静かに」
ムッチ　「お腹痛くてぇ、食べ過ぎちゃってぇ、トイレ入ってたら、なんか、すげえ話になって、なんか、俺、いないことになってるみたいで、なんか、出るに出れなくて、なんかぁ」
市　郎　「お前も『なんか』多いな」
ムッチ　「黙って帰るようなヤツじゃねえから！　帰る時はちゃんとお邪魔しました言うから！　ケジメあるからこう見えて！」
サカエ　「うんうん、ごめんね、気をつけて帰ってね」
ムッチ　「純子、死ぬんすか？」
サカエ　「外出ましょうか！」
無理やり外へ連れ出すサカエ。純子が起きてきて、
純　子　「なあに？　どうしたの？」
市　郎　「ん？　なんでもないから、寝なさい」

26　同・前（夜）

取り乱すムッチを鎮めようとするサカエ。
サカエ　「落ち着いて、秋津くん、聞いて、あれは芝居よ！」
ムッチ　「……しばい？」
サカエ　「そう芝居、あなたを男にするために、わざと聞こえるようにウソついたの」
ムッチ　「俺を……オトコにするために、すか」
サカエ　「そうよ、今、純子ちゃんに、蛙化現象が起こってる」
ムッチ　「純子が？　カエル？」
サカエ　「ずっと好きだった相手が、こっち向いた途端、興味がなくなるの、女ってそうなの、だから、今はちょっと距離を置いて、不安にさせた方がいい」
ムッチ　「そういうの自分……嫌いじゃないっす（笑）」
サカエ　「（安堵）最終的には守ってバシっと、純子ちゃんのこと」
ムッチ　「純子、守る、俺、男、漢字の字と書いて男っす！」
サカエ　「漢字の『漢』ね、オトコは」

27　同・リビング

純子、コップに注いだ水を飲みながら、

純　子「ねえ、沢口靖子はどうなってた？」

市　郎「……ん？　ああ、科捜研で働いてた（外が気になる）」

純　子「斉藤由貴は？」

市　郎「捜査一課で働いてた」

純　子「スケバン刑事が？　すごい……純子は？」

市　郎「え？」

純　子「あ、いい、聞きたくない、楽しみが減るから……おやすみ」

市　郎「……おやすみ」

28　喫茶「すきゃんだる」内（日替わり）

難しい顔で考えごとしてる市郎。

市郎（心の声）「楽しみにしてるのか……尚更言えないよ（カレンダー見て、ため息）木曜か。まだ2日ある。せっかく帰って来たのに、一週間が長い」

マスター「小川先生、タバコやめたの？」

市　郎「……ああ、そうか、ここ吸っていいんだ」

マスター「1本もらうよ」

二人、タバコに火を点けながら、

市　郎「マスター、この店あと何年ぐらいやるつもり？」

マスター「なに急に。そうだな……5年がいいとこじゃない？」

市　郎「（思わず笑い）なんでよ」

マスター「潮時だよ、客減ってるし。東京オリンピックの頃が一番良かったな」

市　郎「64年、見に行ったな、アベベ靴履いててガッカリしたな（笑）……ダメだ、また娘に怒られる」

マスター「純子ちゃんに？」

市　郎「昔話ばっかりすんなって、なんでだろうね」

マスター「楽だもん。この歳で先のこと考えると辛くなるからね」

フラッシュ（回想）嬉々として昔話するエモケン。

市　郎「未来に希望が持てなくなると、昔話すんのか、ジジイは」

マスター「純子ちゃんは、これからだもん、輝く未来が待ってるよ、羨ましいね」

市郎　「……」

29　小川家・純子の部屋（日替わり）

寝ている純子の布団をはぎ取る市郎。

市郎　「起きろ！　ブス！　いつまで寝てんだこの野郎」

純子　「うっせえな、勝手に入ってくんじゃねえよチビゴリラ！」

市郎　「俺がチビゴリラなら、娘のおめーはブスゴリラだな」

30　同・リビング

市郎と純子、キヨシ、サカエ、朝食を食べながら。

市郎　「純子、今日の予定は」

純子　「は？　学校だけど」

市郎　「土曜日だろ、半ドンだろうがよ」

純子　「放課後って言えよ」

市郎　「ちょっと付き合え、見せたいものがある（サカエをチラと見て）3：55分のバス乗るから10分前に六中裏バス停集合」

キヨシ　「……え？」

サカエ　「小川先生……」

純子　「行かねーよ、何なんだよ気持ち悪い、見せたいものって」

サカエ　「行きなさい、純子ちゃん、行った方がいいわ！」

キヨシ　「僕も行きたい」

サカエ　「アンタは明日、試合でしょ、ほら朝練（おにぎり渡す）」

31　六中裏バス停・前

サカエ、純子、市郎の手には看板の『S』の文字。

サカエ　「気をつけてね、純子ちゃん、キャッチとか、コンカフェとか、ホストの売り掛けとか……」

純子　「え、なに？　ぜんぜん分かんない、どこ行くの？」

バス停まり、市郎の顔を認識して、ドアが開く。後に続きステップに足をかける純子、運転席にマネキン。

純子　「……え？（思わずたじろぐ）」

市郎、腕を掴んで引っ張り上げる、閉まるドア。

サカエ「私人逮捕系ユーチューバーには気をつけて！」

32　バス・車内

エンジン音が轟く。市郎、鼻を押さえて耳抜きしている。

純子「おい、何してんだよ！」

市郎「いいからお前も、やれ、いーってなるから！」

純子も鼻を押さえて耳抜き。

市郎「よし、もう大丈夫だ。ハハハ。久しぶりだな、純子と出かけんの、としまえんの流れるプール行ったのが最後か」

純子「知らねえよ」

33　バス通りの道（2024）

停車したバスのドアが開き、純子、市郎が降りる。

純子「……」

×　　　×　　　×

市郎「どうだ」

純子「……どうって、どうってことねえよ、別に」

市郎「後ろ見てみろ」

純子「……（振り向き）うわ」

そびえ立つスカイツリー。

市郎にくっついて歩く純子、目に映るもの全てが新鮮。

純子「……耳から、なんか垂れてる、あの人も、あの人も」

市郎「AirPodsな」

純子「ううわ、あの娘お腹出てる、ほっそ！　お腹ほっそ！」

市郎「向こうも見てるぞ、スケバン珍しいってよ」

34　喫茶「SCANDAL」前

秋津が脚立に上り看板の『S』の文字を戻している。

脚立に寄りかかって押さえるマスター。

35　同・内

渚、ゆずると対面している純子。

市郎「……」

純子「純子。この人達はな、父さんが、こっちの世界で色々とお世話になってる人だ」

渚「犬島渚です」

純子「いい名前、渚のはいから人魚の渚?」

渚「そう、この人は、私のお父さんで……」

ゆずる「(嗚咽)……ううっ……ううっ……うううううっ」

渚「泣かないの、ほら、純子ちゃん怖がってる」

ゆずる「……お父さんから聞いてる、あばずれの純子ちゃん」

純子「あ? なんだおめえ、ブッ殺されてえか」

ゆずる「……あばずれてるぅ」

ちょうどマスターと秋津が戻って来る。

純子「マジで今2024年なの? どっきりカメラじゃなくて?」

市郎「じゃなくて令和6年、見ろマスター、ヨボヨボだろ?」

純子「え、ムッチ先輩?」

秋津「それは父さん、僕は息子の真彦」

純子「マッチじゃん(笑)」

渚「純子ちゃん、お父さんのお仕事、見学しに行こっか」

36 EBSテレビ・収録スタジオ・前室

市郎らが来ると、瓜生Pと江面が待っている。

江面「遅いよぉ、小川ちゃん、心配で応援に来ちゃったよ」

渚「(小声で)そんなのいいから、早くドラマ書きなよ」

瓜生P「小川先生、今回ね、2人1組で対戦してもらうんですけど、こちら今日のパートナー」

松村「松村雄基です」

純子「えええっ! 川浜一のワルじゃん! ええっ! 本物じゃん!」

渚「……娘さんです」

市郎「見学していいかな? 大人しく見てるから」

純子「ポニーテールは振り向かない見てますぅ、え? お父さん、テレビ出るの? え!? イソップは? 一緒じゃないんですか?」

37　同・収録スタジオ・内

司　会「常識クイズ！　令和Z世代VS昭和おやじ世代！」

司会者が仕切る。

スタジオの隅で見守る、純子、渚、江面。

司　会「さっそく、一組目の対戦いきましょうか！　令和チームは、人気TikToker、ポチョムキンズの2人」

TikToker「フォロー、おなしゃ〜す」

司　会「対する昭和チーム、俳優の松村雄基さん、小川市郎さん。資料によると小川さんは、EBSテレビ専属のカウンセラーだそうですね、お仕事、大変ですか？」

市　郎「まあね、テレビ局なんか頭のおかしい連中ばっかだから」

瓜生P「ふぅ〜、ナマじゃなくて良かったぁ」

司　会「では1問目、昭和チームお答え下さい、インスタ……」

市　郎「(机叩き) サッポロ一番！」

司　会「……インスタントラーメンじゃないですよ」

スタッフから笑いが起こる。

市　郎「サッポロ一番、味噌！　しょう油！」

司　会「あと早押しではないです、落ち着いてください、インスタグラムの機能で、24時間以内に投稿が」

松　村「……ストーリーズ？」

司　会「正解！　なんですが、小川さんがやらかしてるので得点ナシ」

TikToker「いえ〜〜い」

純　子「……」

司　会「続いて2問目、こちらのグループ名は？」

大人数の女子アイドルグループの写真を見せられ。

松　村「あー僕ムリです、こういうの、全部同じに見えちゃう」

市　郎「38人！」

司　会「人数じゃなくてグループ名です」

市　郎「おニャン子だろ？　あ、わかった、スクールメイツ！」

司　会「古い！　ヒント、坂道」

市　郎「坂道発進！」

瓜生P　「ご長寿クイズみたいになって来ましたね（笑）」
純　子　「……」
司　会　「令和チームの問題、行きましょうか。本日のゲスト松村雄基さんにちなんだ昭和の不良カルチャーから。通学中の不良に集団で襲いかかり、穿いている特殊なズボンを奪うことを◯◯狩りと言います。さあ、何狩り？」
T・T女　「オヤジ狩り！」
T・T男　「それだ！」
司　会　「今日はですね。小川さんが穿いてくださっているので。ちょっとそれ見てみましょう」
市　郎　「はい、こちらです」
市郎、回答者席から出でくる。
T・T女　「え？　なにあれ？　見たことないんだけれど。袴じゃん⁉　めでたい」
純子、面白くない。
司　会　「タイムアップ！　ボンタン狩りでした」
T・T男　「こんなダサいバンツ、穿きたくねえし」
市　郎　「パンツじゃねえよ、ボンタンだよ」
T・T男　「小川さんに聞いてねえから」
松　村　「確かにダサいけど不良のメンツっていうか、当時はここの部分（太もも辺り）の太さを競いあったんですよ」
T・T女　「マウントとる、的な？」
市　郎　「マウント？　なんだそれ？　山か？　山か？」
T・T女　「それ、マウンテンな。噛み合わねー」
司　会　「時代ということで。両者、得点ならず！　じゃ、次の問題」
純　子　「おい！　なんだよ今の！　親父の話ちゃんと聞けよ！」
堪まらず前に出て来る純子。
渚　「純子ちゃん……」
純　子　「さっきから若い方ばっか贔屓して、ひとの親父、小バカにしやがって、謝んなよ、失礼じゃん！」
司　会　「いや、僕は台本通り進行しているだけで……」
瓜生P　「お嬢ちゃん、これ、そういう番組だから……」
純　子　「は、どういう番組？」
瓜生P　「だから、時代遅れのおやじ世代を笑いつつ、若者の無知を笑いつつ、双方のカルチャーへの気づきと学びを深めつつ、古い価値観をアップデートしつつ」
純　子　「わかんねえ！　要するに晒し者じゃん、ふざ

市郎　けんな！　うちの親父を小バカにしていいのはなぁ、娘の私だけなんだよ！」
純子　「純子……」
市郎　「どうせコケにすんなら面白くやれよ、笑えねえ、ぜんぜん面白くねえ！　38年経って、こんなもんなのかよ！」
純子　「もういい純子、ありがとう」
市郎　「離せ、ジジイのためじゃねえし（松村に）あんたもさぁ、川浜一のワルなら、なんか言い返せよ！」
松村　「……あれもう40年前のドラマだから」
純子　「私こないだ見たんだもん、泣いたんだよ、感動したんだよ」
市郎　「17歳だから、真剣に受け止めちゃうんだよ、ねえ先生（江面に）17の時は、そうだったよね、今のアイドル、見分けつかないけど、アグネス・ラムのスリーサイズなら」
江面　「90！　55！　92！」
市郎　「覚えてるんだよねぇ」
江面、戸惑いながら歌い出す。

【17歳】※ミュージカル
江面　♪17歳　ハマったドラマは優作の　探偵物語
♪ベスパが欲しくて　新聞配達
「工藤ちゃん、工藤ちゃん、知らないの？　終わってるぅ」
市郎　♪昔話じゃない　17歳の話　してるだけ
渚　♪17歳　ハマったドラマはエモケン先生の
♪どっかの駅前にカラーギャングが群れるヤツ
一同　♪昔話じゃない　17歳の話　してるだけ
松村　♪17歳　もう子役でデビューしてました
♪加賀まりこさんに良くしてもらいました
T・T男　♪知らねーし
T・T女　♪生まれてねーし
市郎　♪そんな君らも歳を取る
♪TikTokも　いずれ昔話になる
一同　♪おじさんが（おばさんが）昔話しちゃうのは
♪17歳に戻りたいから
♪おじさんが（おばさんが）昔話しちゃうのは
♪17歳には戻れないから
純子　♪私は今　17歳　まだ何者でもない

♪私はまだ　17歳　昔話のネタがない

市郎「……純子」

純子「……けど、今見てるこの景色、これが昔話になるんだね……なんちゃって(笑)」

渚「小川さんが17歳の頃は?」

市郎「俺?　ああ、17の時はまだテレビなかったもんね」

江面「えっ?」

市郎「だから映画と、もっぱらラジオかなぁ」

38　喫茶「すきゃんだる」内（日替わり・1986）

ラジオが鳴っている。コーヒーを挽いているマスター。

パソコンを開いているサカエの前にムッチ先輩。

ムッチ「ねえ、純子どこ行ったんすか?　ねえ、蛙んなっちゃったんスか、お姉さん、お母さん、おばさん!」

サカエ「うるさい、今、集中してる!」

大沢悠里「続いて、おハガキ紹介します。ペンネーム、謎の転校生さん、悠里さん、初めてお便りします。僕のクラスには一度も会ったことない同級生がいます」

サカエ「え?」

39　佐高家・前

玄関で待っているキヨシ。

悠里（OFF）「僕も中学の頃、学校に行けない時期があったので、Sくんの話し相手になりたくて、いろんな番組にこうして、お葉書を出しています、Sくん、もしこれ聞いてたら……」

ガチャっと鍵が開く、チェーンがかかっている。

キヨシ「あの、何度もすいません、僕……」

ドア、閉まり、再び開く。今度はチェーンかかってない。

佐高くんの声「どうぞ入って」

キヨシ「(嬉しい)お邪魔します」

40　喫茶「SCANDAL」内（日替わり・2024）

羽村が勢いよく飛び込んで来て、

羽村「いた！　わんちゃん！　わんちゃん！」

渚と純子が向かい合ってナポリタンを食べている。

羽村「来た！　江面先生から、タイトルと物語のプロット」

渚「すごいじゃん、え、どうだった？」

羽村「読んでないよ、まだ」

PCを開き、ファイルを開くとタイトルが目に入る。

羽村「……『17歳～この景色、忘れない～』

渚「学園ものじゃん！」

羽村「ヤバい吐きそう！　え、でも、つまんなかったらどうしよ」

渚「つまんないわけないよ」

羽村「だよね、うちらの青春、エモケンだもんね！ありがとう！」

離れた席であらすじを読む羽村。

純子「渚さんって、子供いるんだって？」

渚「え？」

純子「親父に聞いた、すごいね、そんな風に全然見えない」

渚「……ありがと」

純子「旦那さんは？」

渚「気が合わなくて別れたばっか」

純子「へえ、カッコイイね、バリバリ働いて、尊敬しちゃう」

渚「……ねえ純子ちゃん、子供好き？」

純子「うん、大好き」

渚「……そう（嬉しい）ねえ、食べたら服買いに行かない？」

純子「え？」

渚「私、プレゼントしたい、純子ちゃんに服、原宿行こうよ！」

純子「うんっ！」

つづく

#7 回収しなきゃダメですか?

1　佐高家・子供部屋（1986）

ファミコンのカセットに息吹きかける佐高ツヨシ。

キヨシ「……」

TV画面、懐かしいゲーム。

コーラの1リットルサイズとうまい棒（サラミ味）。

カセットを入れ替え、息を吹きかけるツヨシ。

キヨシ「それ、やんない方がいいみたいだよ」

ツヨシ「え？」

キヨシ「フーってやつ、意味ないって、Yahoo！知恵袋に書いてあった。うまい棒のカス、入っちゃってるしね」

黙って差し込み、新しいゲームを始めるキヨシとツヨシ。

2　原宿・おシャレなブランド店（2024）

渚と選んだ服に着替え、姿見の前に立つ純子（数ポーズ）。

純子「えー、どうしよう、迷う、ねえ渚さん、幾らまで？」

渚「ていうかさ、髪の毛、重くない？　切っちゃおっか」

純子「えー、でも、いっぱい買ってもらっちゃったし」

渚「いいの、可愛くなって欲しいの純子ちゃんに、行こ！」

3　青山・美容院

純子と渚の前に、若い美容師ナオキが現れ。

渚「ごめんね急に、ナオキくん、この子なんだけど」

ナオキ「あ、カワイイ、本日担当します、ナオキです」

純子「……」

渚「じゃあね純子ちゃん、向かいのカフェでリモートしてるから」

去る渚。ナオキ、純子を鏡の前に座らせ鏡越しに、

ナオキ「どんな感じがいいかな」

ナオキの手が髪に触れる度、ドキドキが止まらない純子。

ナオキ「純子ちゃんは、好きな髪型とかある？」

純子「あー、んー、おまかせで?」

4 PC画面(リモート)

渚と、羽村&市郎のリモート会議。

渚「出てたねー、ドラマの記事」

羽村「今、共有画面出しまーす」

芸能ニュース『江面賢太郎16年ぶり新作ドラマ!』

『17歳〜この景色、忘れない〜』『令和の純愛物語』

5 カフェ

渚『待った甲斐ありました』『エモすぎる〜』『エモケンで、しかも学園もの! 期待しかない』

コメント欄も今んとこ好意的」

6 EBSテレビ・カウンセリングルーム

羽村「だから心配なの、これからアンチも出て来るだろうし、エゴサなんかしたら、先生、また筆が止まる……」

市郎「あんち? えごさ?」

渚の声「小川さんがこないだ出たクイズ番組、なんだっけ」

市郎「常識クイズ?」

羽村「常識クイズハッシュタグ検索して下さい、それがエゴサーチ」

『#常識クイズ』の検索結果を読み、怒りに震える市郎。

「この小川とかいうチビ最悪」「ぎゃんぎゃんうるさくてムリ」「体育教師かｗｗ」「オガワ消えろ」「死ね小川」

市郎「やかましいわボケぇ! (スマホぶん投げ) お前に俺の何が分かる! お前に俺のあークソ! 誰だてめえは! (スマホに) 出て来いコラ! 体育教師か? 体育教師じゃあ! (我に返り) はっ」

テロップ「この主人公は1086年から時空を超えてきたため、現在では不適切な発言を繰り返します。言語表現の時代による変遷を描くというこのドラマの特性をご理解の上ご鑑賞下さい」

羽村　「今のが、エゴサとアンチによって起こる副作用です」

市郎　「こわっ、エゴサ、こええよ」

渚　「1話の台本、締切いつだっけ」

羽村　「金曜日、けど絶対まだ書いてないですよね？」

市郎　「え？　なんで俺に訊くの……ええっ!?」

羽村　「19歳下のインフルエンサーがあげてました」

江面と市郎と美女ミナミ（加工済み）の3ショット。

3人　「せーの、じゅーななさーい！」

7　バー（回想）

ゴキゲンで自撮りする市郎、江面、ミナミ（加工ナシ）。

江面　「ワインもらおうか、今度は軽めの赤を」

市郎　「書くんじゃないの？　先生、書かなくていいの？」

江面　「キーボードを打ってる時だけが『書く』じゃないから（グラスを回し）ワインが開くのを待つようにさ、アイデアが熟成するのを待ってるこの時間も、俺は書いてるわけよ」

ミナミ　「……深い」

江面　「書いてる書いてる、ハーヴェイ・カイテル」

市郎　「ミナミちゃんは写真より少し……ぽっちゃりしてるね」

江面　「来た。17歳の少女と……メモって、家出少女と、身分の違う男……ウェブライターが一夜限りの恋に落ちる、これだ！」

8　EBSテレビ・カウンセリングルーム（回想戻り）

市郎　「……つって帰ったんだけど、書けなかったのかな」

羽村　「たぶん元ネタ、ローマの休日」

渚　「やっぱりあの人、オワコンなのかなぁ」

市郎　「あれ？（PC覗き込み）純子？」

9　カフェ

渚、振り返ると、髪を切り激変した純子が立っている。

純子「……いいじゃん」

渚「どうしよう、デートに誘われちゃった」

市郎の声「なにぃ!?」

ワイヤレスヘッドホンを外す渚。

純子「スカイツリー？　のぼってみたいって言ったら、6時に終わるから案内してあげるって……へへへへ」

渚「……やるじゃん」

PCに向かって叫んでいる市郎の声が漏れ聞こえる。

市郎の声「デートってなんだ純子！　おい！　返事しろやコラー！」

渚「行って来なよ、お父さんにはテキトーに言っとくから」

純子「よろしくね、なるべく早く帰ります！」

スカートを翻して去って行く純子。

市郎「待てコラー！　あばずれ！　出会って5秒で合体か？　早えだろ！」

渚、パソコンを閉じ、手を振り、

渚「行ってらっしゃい。……お母さん」

☆　タイトル『不適切にもほどがある！』

〜#7　回収しなきゃダメですか？〜

10　葛飾区立第六中学校・校舎裏（夕方・1986）

ムッチ「俺の純子、どこ行ったんだよ……」

ムッチ、キヨシをバックネットに押しつけベルトを外す。

キヨシ「俺の純子って、先輩、俺の純子ってことになりましたよね」

フラッシュ（回想・#4）

ムッチ「その手を二度と離すなよ、分かったか！」

ムッチ「あん時はあん時だ！（ベルトで打つ）言え！　どこだ！」

11　スカイツリー（夜・2024）

スマホで入場チケットを買うナオキ。

純子「……」
天望デッキから眺める。
×　×　×
ナオキ「うわ、高っ、車、小っちゃ！」
純子「……本当に初めてなんだね」
ナオキ「はい、うち、すっごい田舎なんで、バスが一週間に1本とか」
純子「そんなに!?　じゃあ、思う存分見てよ、あっちお台場」

12　小川家・玄関～リビング（1986）

玄関を開けズカズカと上がり込むムッチ先輩。
サカエ「ちょっと、なに？　なんなんです？」
ムッチ「タイムマシンどこだ！」
ムッチ、押し入れや、引き出しを開けまくる。
サカエ「話したの？」
キヨシ「ごめん」
ムッチ「よくも騙しやがったな！　純子が死ぬとか、蛙だから距離を置けとか」
サカエ「蛙じゃない、蛙化現象」
ムッチ「うるせえ未来人！　確かによく見たらアンタら親子、顔つきが未来っぽいぜ。くそ、俺が中卒のヤンキーだからってバカにしやがって（引き出しを開け）純子ぉ！　聞こえるかぁ！」
サカエ「なんであっさり信じるの！」
ムッチ「……だって、タイムマシンが無かったら、ドラえもんは、のび太に出会えません」
サカエ「……ドラえもんの世界に生きてたとはね」

13　テーラー犬島・居間（2024）

純子「写真撮りたかったなぁ、あの景色」
渚「まさか、こんな展開になるとはね、明日は？」
純子「ナオキくんちにお泊まりかもぉ」
市郎・ゆずる「ダメだ！」
市郎、ゆずる、たこ焼きパーティ。
純子「なんでだよ！」
市郎「チョメチョメしに来たんじゃねえぞブス！　男のくせに美容師？　ロクなもんじゃねえよ、チャラチャラしやがって」

テロップ『※あくまで昭和における個人の価値観です』

ゆずる「同感ですね、お義父さん、ディスコの黒服の方がよっぽど地に足着いてますよ、社員寮もありますしね」

渚「デジカメ貸してあげよっかぁ」

渚、3人の写真を撮って液晶画面を見せる。

渚「ほら、現像しなくても写真が見れるよ」

純子「ううわっ！　何これ！」

市郎「ほどほどにしとけよ、純子」

奥で正人の泣き声。

純子「ああっ、ごめんね、まちゃと起こしちゃった」

純子が奥の部屋へ。笑顔で見送った三人、顔を寄せ合い、

市郎「確認なんだけどね、アンタが純子と結婚することは」

ゆずる「言ってません、言いません」

渚「だったらやめてよ『ディスコの黒服』とか『お義父さん』とか、なに？　匂わせ？」

ゆずる「すまん……妻の顔見てたら色々思い出しちゃって（嗚咽）」

渚「やめてって！　お母さん、引いてるから」

市郎「お母さんじゃない！　妻でもない、俺の娘だ」

ゆずる「はい。その代わりお義父さん、今夜、純子と一緒に寝ても」

渚「いいわけないでしょ！」

ゆずる「だって夫婦だよ、今夜は、久しぶりに行けそうな気がする」

市郎「なに言ってんだテメエ、ブッ殺すぞ」

正人を抱っこして来る純子。

純子「まちゃと可愛い〜、私も早く子供欲しい〜」

3人「あはははははは……」

渚「……孫なんだけど」

14　EBSテレビ・応接室（日替わり・金曜日）

取材を受ける江面。

江面「原点回帰……とはちょっと違うんですよね、たまたま今、ティーンエイジャーの物語を紡ぎたい気分というか」

立ち会う羽村、市郎、宣伝スタッフ。

市郎「よく喋れるよな、書いてねえくせに」

羽村　「取材大好きなんです、承認欲求の権化だから」
市郎　「しょうに？　なに？」
羽村　「存在を認めて欲しい、褒めて、労って、チヤホヤして欲しい」
江面に寄り添い、サングラスしたまま頷くミナミ。
江面　「エゴサーチ？　しませんね、顔も名前も知らない百万人ではなく、たった一人の孤独な人間のために書いてるから」
ミナミ「……深い」
市郎　『深い』しか言わねんだよアイツ」
カメラマン「お話中のお写真、よろしいですか？」
ミナミ、急に立ち上がり、江面の髪型を神経質に直す。
市郎　「まるでオノヨーコだな」

15　同・会議室orドラマ部（夜）
テレビに現在放送中のドラマ。
羽村　「これ、今他局でやってるドラマ（アプリを立ち上げ）で、これが視聴者のリアルタイム実況です」
大量の書き込みが更新され、それを3人のADが音読。
AD①　『来た！　1話からの伏線がここで』『お見事』『鳥肌！』」
AD②　『伏線回収すご！』『考察あってた』『フラグ立った』」
AD③　『今の表情もしや伏線では？』『あれって回収された？』」
市郎　「いやっ！　いやっ！　怖い！　一人ずつ！　聖徳太子じゃない！」
羽村　「最近の視聴者は展開を考察して、呟きながら観るんです」
市郎　「そいつら、観てねえだろ！」
羽村　「でも、大事なお客さんだし、この人達の承認欲求はここで満たされてるわけですから」
AD③　「でたこれ、流れ弾（読む）『今のエモケンにここまでの伏線回収を期待できるか』」
市郎　「……どした羽村ちゃん」
羽村　「（鬼の形相）江面先生が今、SNSを更新しました」
市郎　『締め切り、1週間のばしてもらえないかニャア』!?」

16　同・会議室（日替わり）

江面「どうも伏線がねえ……1話の伏線を最終話で回収できるか……」
羽村「エゴサしました?」
江面「してません」
羽村「……1週間延びたら、そのぶん準備も遅れるんです」
市郎「どんな伏線よ」
羽村「小川さん、それはさすがに失礼……」
市郎「たった一人の孤独な人間のために書いてんでしょ?　こう見えて、わりと孤独なんだ、聞かせてよ」
江面「……17歳の、田舎から出て来た女子高生と、若いウェブライターが恋に落ちるんだよ」

17　点描・純子とナオキのデート

大きな階段に座ってジェラートを食べる純子、ナオキ。

カラオケボックスで昭和の歌謡曲を歌う純子。

江面（OFF）「だけど、実は少女にはある秘密があって、二人は決して結ばれない運命なの、あらかじめ決まってるんだよ」

18　会議室

羽村「ある秘密……」
江面「『ローマの休日』なら、実は少女は王位継承者だったとなるんだけど、今時、家柄とか身分の違いってリアリティないし」
羽村「恋愛の障害って、作りづらいですよね、多様性の時代だし」
市郎「ブスだからじゃダメなの?」
羽村「ダメに決まってるでしょ」
市郎「だったら余命は?」
江面「余命?」
市郎「長く生きられないんだよ、そのブスは、死ぬ日が決まってる」
羽村「……どうして?」

市　郎「それは、おたくらプロでしょ、考えてよ、事故でも病気でも」
ミナミ「浅い」
江　面「……深い」
ミナミ「深い」
羽　村「そのことを彼女は知ってて」
江　面「いや、男が先に知る方がいいだろ、悲劇のセオリーとしては。少女の秘密を知った男の葛藤……うん、書ける、今度こそ！」
羽　村「1週間ですよ、来週の金曜がデッドラインですから」
市　郎「……」

19　バス停（1986）

ムッチ先輩を促し、時刻表のテープを剥がさせるサカエ。
ムッチ「3時55分……」
キヨシ「タイムマシンが来る時間です」
サカエ「現代人に悟られないように、隠しました、未来人の秘密」
ムッチ「これに乗ったら、本当に行けんだろうな……なんだよ」
笑いを堪えるサカエ。ムッチ、眉毛を濃く描いている。
ムッチ「描いてねえよ描いたよ、未来でナメられねえようにだよ！」
バスが来る。腕時計を見せるサカエ。PM3：55。
ムッチ「必ず純子、連れて帰るぜ、あばよ！」
乗り込むムッチ。手を振り見送るサカエ、キヨシ。走り去るバス。サカエ、時計の針を25分戻して3時半に。
安森が通りかかる。
サカエ「あら、安森先生」
安　森「あ、どうも。キヨシ、お前、佐高ん家、行ってんだって？」
キヨシ「はい、今日もこれから行きます」
安　森「そうか、そろそろ学校来いって、伝えてくれ」

20　少し先のバス停

バスが到着し、ドアが開く。

ムッチ（心の声）「俺は今、未来にいる。この一歩、ムッチにとっては小さな一歩だけど、人類にとっては……」

地上に降りるムッチ。マスターとイノウエが通りかかる。

マスター「五月みどりって、なんであんなにエロいんだろうな」

イノウエ「まだ中学生だから分かんないですよ」

ムッチ「うわ、ぜってえ昭和、騙された！」

21　喫茶「すきゃんだる」内

サカエ「佐高ツヨシくんのお母さんから、お礼言われました」

サカエと安森。

サカエ「息子さんに訊いたそうです、どうしてキヨシくんとだけ仲良くするの？って。そしたら息子さん『今までも友達、何人か来てくれたけど、学校来いよって言わずに帰ったの、キヨシが初めてなんだ』って」

安　森「はい」

サカエ「それ、話したんですねキヨシに、そしたら」

フラッシュ（回想）小川家・ダイニング。

キヨシ「アイツが学校来なくても、俺がアイツん家行けば遊べるし」

安　森「……はい」

サカエ「わかるんです、学校行かなきゃって思ってるところに『学校来いよ』って言われる辛さが、あの子も不登校だったから」

安　森「しかし、学校生活でしか学べないこともありますから」

サカエ「安森先生……」

安　森「勉強以外にも、修学旅行、体育祭といった共通の思い出がないと、社会へ出てから……」

サカエ「先生、ご結婚は？」

安　森「まだです、それが何か？」

サカエ「ご自分の息子が不登校になっても同じこと言います？」

安　森「言いますね、何がなんでも学校へ行かせます」

サカエ「刺されますよ、へたしたら」

安　森「……そんなバカな。……なんですか？」

サカエ　「露骨に不機嫌になりましたね、今。結婚しなきゃって思ってるところに、結婚の話されたから」
安森　「……」
サカエ　「お先に失礼します」
立ち上がり、伝票を掴んだサカエの手を安森が掴む。
安森　「ちょっと待って下さい」
サカエ　「!?」
安森　「……確かに私は保守的で型にはまった、冗談のひとつも言えない面白みのない不人気教師です」
サカエ　「そこまで言ってません……離して」
安森　「しかし、こんな見た目にもかかわらず人気の面で小川先生に大きく水を開けられているのが、どうにも解せない、なぜ担任の僕ではなく副担任の小川先生と、8頭身の僕ではなく5頭身の」
サカエ　「ちょっと待って、小川先生の話なんか私、ひと言も」
安森　「付き合ってるんですよね」
サカエ　「いいえ」
安森　「……あ、違うんだ」
サカエ　「……」
マスターおよび店内の客が聞き耳を立てていることに気づいて、再び座るサカエ。ラジオの音だけが聞こえる。
ラジオ音声「続いて、今週の第9位でぇす……」
サカエ　「私が誘ったんで、ここは私が」
安森　「好きです」
サカエ　「……」
ラジオから偶然、小林明子『恋に落ちて』が流れ。
サカエ　「……ウソでしょ?」
安森　「どうしよう、言ってしまった（頭抱え）」
マスターが気をきかせてボリュームを上げる。
サカエ　「ウソでしょ!?　上げないで、下げて下げて……」
安森　♪If my wishes can be true
サカエ　「ウソでしょ」
安森　♪Will you change my sighs
♪To roses, whiter roses
Decorate them for you
サカエ　♪会えない日には
♪部屋中に飾りましょう
「日本語ですいません」

♪あなたを想いながら……

イノウエが窓から中を覗いている。

イノウエ「……」

22 カラオケボックス（夜・2024）

同じく『恋に落ちて』を歌う純子。

純子 ♪ダイヤル回して、手を止めた〜

♪I'm just a woman fall in love

ナオキ「すげえ、さっきから1曲も知らない」

純子「ごめんね、最近の歌、知らなくて」

ナオキ「全然いいよ、逆に新鮮」

純子「トイレ」

席を立つ純子。ソファの上に生徒手帳があり、何気なく手に取るナオキ。生年月日が昭和43年になっている。

ナオキ「⁇」

スマホを取り出し生徒手帳の写真を撮り、渚に送信。

『なんすかこれ』

純子が戻って来る。

純子「なんか入れた？」

ナオキ「……ううん」

渚から返信『ごめん』『信じないと思うけど』『その子、私のお母さん』

ナオキ「⁉」

純子が赤ん坊を抱いている写真が届く。

『あとでちゃんと説明するね』

純子「じゃあ私、杏里歌おうかな」

23 テーラー犬島・居間（夜）

純子、恐る恐る中を覗き、

純子「親父は？」

渚「どっちの？」

純子「うちの」

渚「今日は秋津くん家泊まるって、うちのも寝た、どうだった？」

純子「うん、すっごい楽しかった、いっぱい撮っちゃった」

渚「写真？　見せて見せて」

ナオキと純子のデート写真の数々。

純子「みんな優しいよね、純子に、なんでかな」
渚「可愛いからだよ」
純子「やめてよ、調子狂っちゃう。親父みたいにブス！ブス！って言われてた方が気がラク」
渚「私も言われた、お父さんと初めて会った時、ブスって」
純子「好きなんだよ、渚さんのこと」
渚「小川さんが？　そうかな」
純子「そうだよ、渚さんは？　どう思ってる？　親父のこと」
渚「……好きだよ」
純子「本当!?　よかったあ、アイツが幸せにならないと、私も親離れできないからさ。口は悪いけどバカじゃないんだよ、だからどうか、小川市郎をヨロシク頼んますね」
渚「はいはい、お休みなさい」

24 **喫茶「SCANDAL」内**（日替わり）

井上、市郎の話をカルテに記録する。
井上「戻られてから体調に変化ありませんか？　眩暈とか、発熱とか」
市郎「俺はないね（マスターに）ピザトーストくれ」
井上「俺は？」
市郎「ああ……実は娘も一緒なんだ」
井上「はあ!?　純子先輩も？　そんな無断で……」
市郎「土曜日には向こう帰すよ。あと、お前の嫁、元嫁か？　PTAの役員になってたよ」
井上「……それなんですが（声落とし）一体いつまで向こうに居座るつもりなんでしょう、サカエは」
市郎「知らねえよ、俺に聞くなよ」
井上「どうも怪しい……向こうで男でも出来たんでしょうか」

25 **喫茶「すきゃんだる」内**（1986）

マスターがピザトーストを運んで来る。
マスター「……ごゆっくりどうぞ」
安森「板東英二」
サカエ「ええ、板東英二だと、思うことにしました」
安森「……ちょっとよく分からない」
サカエ「まず……見た目がドンズバでタイプなんです」

安　森　「板東英二が」
サカエ　「あなたがです。考えれば分かるでしょう」
安　森　「ああ、はい、すいません」

【あなたは板東英二】　※ミュージカル

サカエ　♪見た目で　人を　判断しちゃいけない
マスター　♪でも　見た目がドンズバ
サカエ　♪ルッキズム反対　大切なのは　中身
マスター　♪でも　中身はコンサバ
サカエ　♪なのに　見た目がドンズバ
サカエ　「その見た目のせいで、どうしても採点が甘くなってしまう。これはフェアじゃない。だから見た目以外にあなたの良い所が見つかるまでは」
サカエ　♪バンバンバン　あなたは　板東英二
マスター　♪バンバンバン　あなたは　元中日ドラゴンズ
２　人　♪バンバンバン　ババンバン　板東英二
サカエ　♪ルッキズムとドラゴンズの　間で
♪揺れてる私　I'm just a woman
安　森　「……それが、こないだの、お返事ですか？」
サカエ　「お返事？　まあ、そうですね」

26　EBSテレビ・カウンセリングルーム（日替わり）

取り乱した羽村とADが、パソコン抱え乗り込んで、
羽　村　「小川さんこれ見ました？」
市　郎　「見てない、今見た、なにこれ!?」
ネット記事の見出し『エモケン断筆宣言！』『自身のSNSで発表』『16年ぶりドラマ降板』『金曜に会見か？』
羽　村　「びっくりしちゃって、あたし、スカーフ巻いたつもりがパジャマのズボン巻いてきちゃった（ほどく）」
市　郎　「今日って（カレンダー見て）金曜！」
羽　村　「『会見か？』じゃないの、締切です！　先生どこ」
AD①　「シェラトンホテルのスウィートに４日前から滞在しています」
市郎・羽村　「なあぁにぃ!?」

27　シェラトンホテル・スウィート

ソファにふんぞり返る江面、ミナミはいない。

羽村「エゴサしましたよね」

江面「してません」

羽村「嘘！　絶対してる！　昨日、媒体向けに、イメージ動画を公開しました（と、再生する）」

28　横浜・大桟橋

名残惜しいのか、目に映る全てをデジカメに収める純子。

ナレーション「2024年春。東京の片隅で17歳の少女と、新米ライターが出会い、一夜を過ごす」

ナオキが訝しげにじっと見ているので、

純子「なぁに？」

ナオキ「（笑って）撮ってあげるよ」

純子「二人で撮りたい」

みなとみらいをバックにスマホで2ショットを撮る。

29　シェラトンホテル・スウィート・応接室

ナレーション『だが少女には……ある秘密があった。予測不能、新感覚ラブストーリー……』

羽村「で、記事を下にスクロールするとコメントが」

コメント欄『病気じゃね？』『余命〇年パターン？』

市郎「あーあー、いきなり当てられちゃったな！」

羽村「エゴサするから、見なくていいもの見ちゃうから」

江面「見なくていいかどうか、見なきゃ分かんねえじゃねえかよ」

羽村「せめて書いたとこまででいいので見せて下さい」

江面「……」

羽村「先生を信じて、ここまでやったんです。それくらいの権利はあると思う、出来てるとこまで読ませてください」

江面、鞄の中からプリントアウトした原稿を出し、カサカサと小刻みに震わせながら渡す。

羽村「たくさんあるように見せなくていいから」

江面「……」

市郎「これだけ!?」

江面　「……もっと早く、降板するべきだった、申し訳ない」
羽村　「……（原稿に目を落とす）」

30　横浜大桟橋

純子　「楽しかった、お仕事がんばってね」
ナオキ　「明日さ、休みとったから江の島行かない？」
純子　「あー。……明日は土曜日だから無理かな」
ナオキ　「え？」
純子　「そろそろ帰んなくちゃ、楽しすぎて罰当たっちゃう」
ナオキ　「……バスで？」
純子　「バスで」
ナオキ　「もう、会えないってこと？」
純子　「……たぶん」
ナオキ　「じゃあ今行っちゃおっか」
純子　「江ノ島？　今から!?」
ナオキ　「行こう、オレの知ってる絶景ポイント、全部見せたいんだ」
純子の手を握って走り出すナオキ。

江面（OFF）「早く自分の老いを認めて、道を譲るべきだった」

31　シェラトンホテル・スウィート・応接室

江面　「けど……いいの書けたら嬉しいし、オンエア楽しみだし、過去の遺産で食いつなぐだけじゃ、生きてる感じ、しないんだよ」
羽村　「（舌打ち）なんで面白いの……」
江面　「……え？」
羽村　「つまんなかったら帰れるのに、この5ページ……素晴らしいじゃないですか！」
江面　「……でしょ？　そうなんだよ、分かってんじゃん……あ」
羽村、奥の部屋のドアを開けると、PCの前でミナミが猛然と文字を打ち込んでいる。
市郎　「アンタが書いてたのか！」
ミナミ　「違う、私は、打ち直してるだけ！」
床やベッドやそこらじゅうに散乱する原稿用紙。
羽村　「ひょっとして、先生……パソコン使えないんですか？」

江面　「……お恥ずかしい、デジタル弱者で」
手書きの原稿を拾って読む羽村。推敲と試行錯誤の痕跡が生々しい。挿し込み、入れ替え、書き損じ、線で消した横に太字で書かれた文字が赤で囲んであったり。
市郎　「……案外、努力の人だったんだね」
羽村　「すごいです……まるで、先生の思考回路を辿ってるみたい」
市郎　「よく読めるね」
羽村　「私もアイデア出すんで今日中に完成させませんか？」
ミナミ　「は？　マジで言ってんの？」
羽村　「たった5ページ書くのに、こんなに書き直して……こんなの見ちゃったら、手伝わないわけにいかない」
江面　「……だったら」
タイトル『17歳〜この景色、忘れない』の『この景色』を赤い丸で囲んで、
江面　「この景色を……最終回に見せるとしたら、どんな景色かな」
羽村　「……ありきたりですけど、沈む夕陽、とか？」

32　江の島（夕景）
夕景をデジカメで撮る純子。

33　江ノ島水族館（夕方）
江面（OFF）「水族館とか」
スマホでチケットを買って中に入るナオキ、純子。
×　×　×
大水槽の前で写真を撮る純子。

34　神社（夕方）
江面（OFF）「高台の神社……」
社務所で絵馬を買おうとするナオキ。
ナオキ　「電子マネーで」
売店の人「すいません、現金のみなんです」
ナオキ、財布から千円札出す。
×　×　×

ナオキ「第一志望は決まってる？」
純子「うーん、国公立は、共通一次が面倒くさいからぁ」
ナオキ「きょうつう、いちじ……」
純子「青山かな」
純子『青山大学に合格しますように』と書くが、
純子「なんかヘン」
ナオキ「……青山学院じゃない？」
純子「そっかそっか（と脇に『学院』と足す）」
江面（OFF）「ローマは？」

35　シェラトンホテル・スウィート

落ち着きなく歩き回る江面。
江面「記者会見で王女がさぁ『印象に残っている場所はどこですか？』って訊かれて、オードリー・ヘップバーンが、グレゴリー・ペックの顔見て『ローマ』って答えるわけ。観てないの？『ローマの休日』」
市郎「観てないね、ここ数年は寅さんとトラック野郎しか観てない」
江面「お話にならない！（ベッドに倒れ込む）もうローマでいいよ、羽村ちゃん、行けないの？　イタリアロケ」
羽村「無理です」
市郎「……素人だからよく分かんないけど、先生、これだけ考えて出てこないってことはさ、まず、納得のいく第1話を書き上げろって事じゃないかね」
羽村「私もそう思います」
江面「1話だけ見て切り捨てるようなニワカは相手してらんない。江面賢太郎の引退作だよ。完璧な起承転結！　1話からの伏線を最終回で全て回収して最後のピースがラストシーンでバシっとハマってエンドマーク、これしかないよ」
市郎「回収しなきゃダメかね」
江面「ダメだね、完璧主義なんだ、ずっとそれでやってきた、ゴールさえ決まれば道筋が見える、そしたら一気に書ける」
市郎「あんた神様かね」
江面「自分のドラマに対してはそうだね、神の視点を持ってるよ」

市郎　「……悪いがそんなのは傲慢だと思うね、どうなるか、いつまで続くか、分からないから面白いんじゃないの？」

羽村　「……」

市郎　「最終回が決まらないと書けない？　冗談言うなよ、オレと純子の最終回はな、決まってんだよ！」

36　海岸（夜）

嬌声を上げ、波打ち際を走る純子とナオキ。

純子がナオキを押す。ナオキ、後ろ向きに倒れる。

二人　「あはははははは」

37　シェラトンホテル・スウィート

市郎　「……あ、ごめんね、偉そうに。けど、いつか終わる、ドラマも人生も。だから、そのギリギリ手前まで、とっ散らかっててていいんじゃないかね？　最終回が決まってないなんてさ……最高じゃん、オレに言わせりゃ、最高だよ」

市郎のスマホが鳴る『渚ちゃん』。

市郎　「（電話に出て）はい、もしもし……なに!?」

38　犬島家（夜）

渚　「ごめんね、10時過ぎても帰って来ないから。……そうナオキくん……ていうのは一緒にいるコなんだけど、彼も電話に出なくて」

39　海岸（夜）

純子　「見て！（遠くを指差す）」

海岸通りに一軒だけ、灯りの点いているレストラン。

ナオキ　「やった……やっと見つけた！」

砂浜から傾斜を駆け上がる二人。

40　シェラトンホテル・スウィート・応接室

市郎　「（電話切り）男といるのか、くそっ！」

羽村　「どうしたんです？」

市郎　「娘が……チョメチョメしちゃってるかも、しん

江　面　ない」
「そりゃ大変だ」

41　海岸通りのレストラン（夜）

窓際の席、ウェイターが料理を並べる。
テーブルいっぱいの料理、明らかに多い。

純　子「いや、頼みすぎ」
ウェイター「ラストオーダーですけどぉ」
純　子「お酒飲まないの？」
ナオキ「ああ、じゃあこのワイン、純子ちゃんは？」
純　子「ちょっともらう」
テロップ『未成年者の飲酒は法律で禁じられています』
二　人「いただきます！」
空腹を満たすように手も口も止まらない二人。
ナオキ「やってみたかったんだ、こういう、青春ぽいの、夜中に砂浜走ったり、めちゃくちゃなヤツ」
純　子「ナオキくん、彼女は？」
ナオキ「……」
純　子「そっか、聞かなきゃ、わざわざ言わないよね」
ナオキ「……ごめん」
純　子「いいよ、私も彼氏いるし」
ナオキ「どんな人？」
純　子「一人はねえ、地元のヤンキーの先輩」
ナオキ「一人じゃないのか」
純　子「もう一人は、おっぱい好きの中学生」
ナオキ「ヤバいじゃん」
純　子「けど、二人ともいいヤツ、バカだけどいいヤツ」
ナオキ「へえ」
純　子「優しいんだよね、みんな純子に、親父も最近うるさくないし、渚さんも、なんでかな、全然いい子じゃないのに」
ナオキ「いい子だよ、純子ちゃん」
純　子「(笑) ……あ、写真」
ナオキ「撮ってあげる」
デジカメをナオキに渡す純子。
純　子「料理もぜんぶ入れてね」
ナオキ「(撮り) オレも撮ろう」
純　子「いい子はこんな時間まで遊び歩かないけどね……どうかした？」

ナオキ「ううん大丈夫……あれ？……あれ!?」
ナオキ、焦ってポケットを探し、床や椅子の上も探し、
ナオキ「スマホがない」
純子「なに？　なに、どうしたの」
ナオキ「終わった（呆然）」
ウェイターがワインと伝票を置いて、
ウェイター「先にお会計お願いしま〜す（と去る）」
純子「え、お財布は？」
ナオキ「あるけど、さっき絵馬買っちゃったから（と小銭出す）」
純子「……そっか、ぜんぶアレでピッって払ってたもんね」
ナオキ「純子ちゃんお金持ってる？」
純子「ごめん、帰りの電車賃しか」
ナオキ「……終わった」
純子「待って待って思い出そう……神社で絵馬買ったあと……」

×　　×　　×

波打ち際でじゃれ合う二人。ナオキが後ろ向きに倒れた拍子に尻のポケットからスマホが落ちる。

二人「あははははは……」

×　　×　　×

窓の外、真っ暗な砂浜を見て、
純子「見つからないか」
ナオキ「終わった（呆然）」
純子「お金借りれる人いない？　職場とか、彼女とか親とか」
ナオキ「いるけど、連絡先わかんない」
純子「そっか、アレ（スマホ）に入ってるんだもんね」
ナオキ「実家の番号も忘れた、終わった（呆然）」
純子「アレがないと終わるんだ」
不審そうに見ているウェイター。
ナオキ「警察呼んでもらおうか」
純子「……あ、すきゃんだる！」
ナオキ「え、なに？」
純子「昔からある、学校の近くの喫茶店、番号知ってる、変わってなければ……」

42　喫茶「SCANDAL」内

市郎、渚、正人を抱いたゆずる、秋津、井上。

市郎「ちゃんと見張っててくれって言ったよね」
ゆずる「すいません、昨日までは9時には帰って来てたんですが」
市郎「やらしい目で見たんだろ、純子のこと、アンタのせいだ！」
ゆずる「そんな……こんなに澄んだ目をしてるのに」
秋津「歌舞伎町とか行ってなきゃいいけどな」
井上「トー横、治安悪いっていうからね」
市郎「東横？　のれん街か」
井上「家出少女が集まるスポットがあるんですよ」
市郎「なんでいるんだよ、井上！」
渚「しっ！」
ソファで居眠りしているマスター。その寝息と交互に、か細い鈴のような「チリリ……」という音が断続的に聞こえる。
渚「これ、なに？　なんの音？」
秋津「……でんわ？」
カウンター側、開店当時から使っている古い電話。ベルが故障しているのか、小さな音で鳴っている。
秋津「(出て) もしもし」
声「もしもし？　こちら、神奈川県湘南警察署ですけど、小川純子さんの親族の方ですか？」

43 神奈川県湘南警察署・外観

44 同・留置場

駆けつける市郎、渚、ゆずる（正人）、秋津、井上。
市郎「純子！　純子ぉ！」
井上「純子先輩！　純子先輩！」
鉄格子の中に純子。
市郎「何やってんだお前は！」
警官「無銭飲食です、従業員が捕まえようとしたら、暴れて……」

45 海岸通りのレストラン（回想）

ウェイター「痛い痛い痛い！」
ウェイターの腕に噛みつく純子。
ナオキ「(唖然)」
駆けつけた警官に羽交い締めにされ、四肢をバタつかせ抵抗する純子。

純子「離せぇ！　離せよポリ公ぉ！　てめぇ金玉潰すぞ！」

46　神奈川県湘南警察署

市郎「……情けない、このアバズレが！」
ナオキ「僕のせいなんです」
渚「ナオキくん、美容師の」
ゆずる「なんでお前は牢屋じゃねえんだ！」
警官「彼は反省して、素直に応じてくれたので」
ゆずる「……そうなんだ、すいませんでした」
ナオキ「僕がスマホを落としちゃったせいで、お金払えなくて」
ゆずる「スマホ落としただけなのか、スマホ落としただけなんだね」
市郎「チョメチョメしてねえだろうな！」
純子「まだしてねえよ」
ナオキ「じゃ、僕はこれで」
市郎「『まだ』って何だ！」
秋津「ちょっと待って！……え？　か、帰る？　このタイミングで？」
ナオキ「はい、親御さんも来たんで」
市郎「……どこまで知ってんだ、純子のこと」
ナオキ「どこまで？　あー、昔の歌、いっぱい知ってる女の子？」
市郎「……それだけか」
ナオキ「そっすね」
市郎「好きなんだろ、もっと知りたくねえのかよ」
渚「（純子を気遣い）やめて小川さん……」
市郎「ドラマで言ったらオマエ、途中の回だけ観たようなもんだぞ、好きなら1話からちゃんと観たいって思わねえか？　普通」
ナオキ「僕、ドラマって全部通して観たことないんですよね」
市郎「……なに？」
ナオキ「たまたまテレビ点けたらやってて、6話とか7話とか？　だけ観て、その回が好きなら、僕にとってそれは、好きなドラマです……って、なんの話？」
純子「……」
渚「もういいよ帰って、ごめんね」
ナオキ去る。

市　郎「……ごめんな、父ちゃん忙しくて、ほったらかして」
渚「楽しかった？」
純　子「すごい楽しかった。ほったらかしてくれて、ありがとう」

47　シェラトンホテル・スウィート

完徹し、化粧も落ちかけた羽村が、原稿を束ねる。ワード文書と、解読できない書き殴り原稿が混在している。

羽　村「……確かに頂戴しました、お疲れっした」

立ち去る羽村。死んだように燃えつきている江面。

48　佐高家・子供部屋（1986）

ファミコン（2プレイ）で遊ぶ純子と佐高くん。
キヨシが、純子の顔をマジマジと見るので、
純　子「なんだよ」
キヨシ「なんか感じ変わった」
純　子「別に、2週間学校休んだだけだし。……さて、そろそろ帰ろっかな。そうだ、佐高くんこれ、おみやげ～」
エビマヨ味のうまい棒。
ツヨシ「え、えびまよ!?　何これ、初めて見た！」
キヨシ「帰って何すんの？」
純　子「勉強（ニヤリと笑って）いい子になろうと思って」
ツヨシ「うまいっ！　何これ、エビマヨの味がする！」

49　帰り道

純子とキヨシ、歩きながら、
キヨシ「ねえ、未来でいちばん印象に残ってる場所って、どこ？」
純　子「ええ？　なんだろぉ」
デジカメの写真を確認するが、何も写ってない。
純　子「……消えちゃった」
キヨシ「どうかした？」
純　子「……そうだなぁ。スカイツリーも江の島もキレイだったけど、いちばん良かったのは……」

×　　×　　×

フラッシュ（回想）神奈川県湘南警察署・留置場
鉄格子越しにキスする純子とナオキ。
市郎の声「純子！　純子！」
慌てて離れる2人。

×　　×　　×

純子　「ろーや（牢屋）かな」
キヨシ「なにそれ」

50　EBSテレビ

渚のスマホに、ナオキからメッセージ。
『スマホ無事でした』『お母さんにヨロシク（笑）』
純子とナオキの2ショット写真。
渚　「……かわいい」

51　バス停

ドラマ『17歳〜この景色、忘れない』の宣伝ビジュアルでデコレートされたバス停。
到着したバスから降り立つムッチ先輩。
ムッチ　「……え？」
バスに乗り込もうとしていた秋津。
秋津　「え？」
ムッチ　「え!?」
秋津　「ええっ!?」

つづく

#8　1回しくじったらダメですか?

1　喫茶「SCANDAL」前（2024）

駆けつける井上、入口付近で待ってた秋津に、

井上「お父さんは？」

奥の席で、ムッチ先輩がタバコをふかし、

ムッチ「よう！　ムッチでえーす！　ビックリした？」

秋津「……なぜ来れたんでしょう」

2　バス停（回想・1986）

バスのセンサーがキヨシの顔を察知し、ドアが開く。

ムッチ「どけ！（と押しのけ）ヒューヒュー！　行くぜ未来！　待ってろ純子！　♪おーれは怖いもの知らーず！」

キヨシ「耳抜き、耳抜きを忘れずに」

3　喫茶「SCANDAL」内（回想戻り）

秋津と井上の前でご機嫌なムッチ。耳から血が垂れている。

ムッチ「まーそんなわけで2024年の東京に1986年からムッチ参上！　その証として、壁にサイン書いちゃったぜ！」

壁に『MUTCHY～SINCE 1986～』のサイン。

秋津「FROMじゃないかな」

ムッチ「（秋津をマジマジ見て）それにしても似てんなぁ、我が息子、こっち来いよ！（隣の席をポンポン）」

井上に促され、恐る恐るムッチの隣に移動する秋津。

ムッチ「硬くなってんじゃねえよコノコノ（と肩を掴んで）写真撮ってくれよ、持ってんだろ？　ツルッとしたの、よっ！　未来人」

井上、スマホを取りだして写真を撮る。

ムッチ「で、純子どこ？」

井上「今朝5時のバスで帰りました」

4　商店街（1986）

明美「え、純子!?」

標準的な長さのスカートにボブカットの純子。

純子「あ～久しぶりぃ」
友美「どしたの、ぶりっ子して、ムッチ先輩探してたよ」
明美「ヤンヤン歌うスタジオの観覧ハガキ当たったけど、行くよね」
純子「ああ、うん、そういうの、もういいかな、うん、ばいばーい」
明美・友美「??」
純子の手に学習塾のパンフレット。
純子「あー、なんか耳がまだ、ツンとする」

5　喫茶「SCANDAL」内

ムッチ「……はあ!?　帰った？　なにそれ入れ違い？　色違い？」
井上「何違いでもいいですけど、そういうことです」
ムッチ「ふざけんな、純子いねーんじゃ未来に来た意味ねえよ」
井上「本当にタイムスリップして来たのならね」
ムッチ「……あんだって？」
井上「あなた、今が2024年だって、本気で信じてるのかね」
ムッチ「……違うのかよ、え？　じゃあ、こいつ誰だよ！」
井上「ドッペルゲンガーってご存知ですか？」
ムッチ「どっ、どっ、どっ、ぺる？」
井上「この世には、同じ顔をした分身が、自分を含めて3人いるんです。彼はまさにその一人、あなたのドッペルゲンガー」
ムッチ、急に怖くなり、秋津から離れ、井上の隣の席へ。
ムッチ「どっ、ぺる……（凝視し）えっ？　息子じゃねえのかよ」
秋津「……（どうしていいか分からず）」
井上「ドッペルゲンガーは意思を持たない、鏡合わせのような存在」
そう言われたので、秋津、急にムッチと動きを合わせる。
ムッチ「や、やめろ、気色悪ぃぜ」
井上「好きな乗り物は？　せーの」
ムッチ・秋津「バイク」
井上「ペアで揃えた」
ムッチ・秋津「スニーカー」

ムッチ「怖えよお！」
井　上「ドッペルゲンガーに遭遇した者の肉体は既に蝕まれていて……やがて死が訪れる」
ムッチ「ウソだ、俺はどこも悪くねえぞ！」
マスター「耳から血が出てるよ（ティッシュ持って）」
ムッチ「（触り）ぎぃやあああ！」
パニックに陥り飛び出して行くムッチ。
井　上「これ以上、タイムマシンの存在を知られては困るので」
秋　津「お父さん！（追う）」
ムッチ「来るなあっ！」

☆　**タイトル『不適切にもほどがある！』**

〜#8　1回しくじったらダメですか？〜

6　EBSテレビ・カウンセリングルーム（日替わり）
市郎、井上から届いた秋津とムッチの2ショット見て、
声「先生、小川先生」
市郎「……（我に返り）どうしました？」
入口のところで倉持猛（29）マスクを取る。
倉持「僕のこと、ご存知ですか？」
市郎「いえ」
倉持「……よかった」
市郎「みんなはご存知みたいだけどね」
廊下の社員、よそよそしく歩き出す。
倉持「倉持タケル、入社7年目のアナウンサーです」

7　YouTube風動画『倉持猛・ナゼ干された』

AI音声（男）「1年目から、新人アナとしては異例の、プライムタイムのスポーツコーナーを担当」
AI音声（女）「順風満帆、だったんですねェ」
AI音声（男）「その端正な顔立ちで、2年目で、好きな局アナランキングで堂々1位を獲得、したんだァ」
AI（女）「イケメン、ですもんねェ、そんな倉持タケル、最近、どうして、見かけないのかなァ」
AI（男）「それはねェ、3年前のある事件が原因、なんだァ」
AI（女）「女性アスリートとの、密会不倫騒動、ですよねェ」

8　EBSテレビ・カウンセリングルーム

たまらずテレビの電源を切る倉持。

市郎「（AI口調で）どうして、消すのかなァ」

倉持「……東京オリンピックの強化合宿に同行取材させて頂いて……」

市郎「なに⁉　東京でオリンピック？　3年前！　クソ見れねえ……で？」

倉持「弊社の、メインキャスターを務めさせて頂くことになり……」

市郎「（AI口調で）大抜擢、だったんですねェ」

倉持「……はい、スケボー競技の実況を……」

市郎「なに⁉　オリンピックでスケボー⁉」

倉持「はい、東京大会から正式種目に」

市郎「で？（AI口調）不倫の相手は、どんな人かなァ」

倉持「忙しくないですか？」

市郎「忙しいね、なんか、しばらく黙っとくわ」

倉持、不倫相手の画像をスマホで出し、

倉持「木戸聖羅さんという、ストリート競技の選手を取材させて頂き、SNSにDMを送らせて頂き、いいね、させて頂き、フォローして頂き、お食事させて頂き……酔った彼女をホテルまで送らせて頂きその夜……しました」

市郎「そこはさせて頂かないのか！」

倉持「はい？」

市郎「させて頂けよ、むしろそこ、一番させて頂いたとこだろ」

倉持「確かに……初めての出張で舞い上がり、二回戦させて頂き……」

市郎「回数は聞いてねえよ、で？　なんでバレた？　撮られたのか」

倉持「……」

答えない倉持。リモコンでテレビ点ける市郎。

AI（男）「これが、その時の写真なんだァ」

倉持「ああっ！」

快活に笑いながらじゃれ合っている倉持と木戸。

AI（女）「こんな近くで撮られても、気づかないものなんだねェ」

AI（男）「たった1回の浮気でェ、彼は全てを失ったんだァ」

市郎「（AI口調）正確には2回、だけどねェ」

倉持「……その通りです。オリンピック期間中は自宅謹慎……」

9　点描・倉持の禊ぎの日々（回想）

報道部デスク、ラフな服装で資料を運ぶ倉持。
台本のコピー、弁当を運び、楽屋に演者を迎えに行くetc.

倉持（OFF）「復帰後も資料集めや台本コピーなどAD業務を2年半。反省文を定期的に提出し、コンプライアンス講習を受け」

10　EBSテレビ・カウンセリングルーム

倉　持「ようやく禊ぎが済んで、復帰の目処が立ったんですが……この春リスクマネジメント部の部長が変わり、白紙に戻されました」

11　同・リスクマネジメント部・デスク

市　郎「アンタか……」
デスクで険しい顔でVチェックする栗田。

栗　田「リスキー！　V止めて、シートベルト締めてないでしょ」
関　根「あー、衣裳が同系色なんで分かりづらいけど、締めてます」
栗　田「締めてないように見えたら、それはもう締めてないんだよ、撮り直し、あるいはカットで、なんだね」
市　郎「人相が変わったね」
栗　田「一日中Vチェック台本チェックしてたらこんな顔になっちゃったよ……リスキー！　この役者テンションおかしいな、尿検査！」
渚　「アナウンス部の倉持タケルくんの件でお話があるみたいです」
栗　田「ダメだよ、私がこのポストにいる限り、彼に復帰の目はない」
市　郎「渚っち、2024年において不倫は法に触れる行為かね」
渚　「犯罪ではないですね」
市　郎「要するに家庭の問題、許す許さないを決めるのはカミさんでしょ？　アンタらに裁く権利ないんじゃないの？」

瓜生　「(失笑) こんなこと言ってますよ」
市郎　「お前もコンプラ部長の手下か」
瓜生　「考査部ポリティカルコレクトネス及びSDGs推進課サブリーダーの瓜生です」
市郎　「もういっぺん言ってみろ」
瓜生　「いやです」
市郎　「浮気は男の甲斐性ってね、ヒロシ&キーボーも言ってますよ、モテない男が好きなら♪俺も考え直すぜ〜」
栗田　「馬鹿言ってんじゃないよ、不倫した人間の肩持つのか」
市郎　「不倫が悪いってことくらい分かってるよ。けど1回だよ、たった一度の過ちで、3年も閑職に追いやるなんて、権利乱用による不当な配置転換と過少要求、すなわちパワーハラスメントに該当するんじゃないのかね」
渚　「……すごい」
市郎　「カウンセラーっぽいだろ (瓜生に) もういっぺん言おうか?」
栗田　「確かに、奥さんの対応は早かった」
市郎　「……そうなの?」
渚　「料理研究家のヨウコ@homeさん、不倫報道が出る4時間前にインスタに謝罪コメント出しました」
インサート①コメントと仲睦まじい夫婦2ショット、ハンバーグの写真など。
ヨウコNa　「この度は、ワタシの夫くんのつまみ食いで世間の皆さんに御心配おかけしました。我が家は大丈夫ですヨ。胃袋がっつり掴んでますからね(笑)今後もタケルとヨウコを温か〜く見守ってください、LOVE&EAT」
一同　「う〜〜ん」
瓜生　「怒ってないのに、なんか怖いでしょ」
市郎　「これが4時間前に?」
渚　「早過ぎて、なに謝ってるのか分からなかったっていうね」
栗田　「遅いよりマシだよ、20日後だっけ、倉持の謝罪会見」
インサート②フェイスシールド着用で謝罪する倉持。
渚(OFF)「立って謝罪、座って謝罪、中腰で謝罪、斜に構えて謝罪、色んなバリエーションで謝ったけど」

倉持　「申し訳ございませんっ」
渚　「裏でオリンピックの開会式やってて誰も観てなかった」
瓜生　栗田、写真誌の記事を広げ見せる。
「昨今の不倫の中ではアッサリしてたもんね。男は初犯、アスリートは独身、LINEの流出ナシ匂わせ投稿ナシ」
市郎　「ナシナシのシングル一発で1000点通しってとこだ」
渚　「発覚後も夫婦の仲は円満で、去年待望の第一子が生まれましたヨウコさんおめでと〜」
インサート③インスタの育メンアピール写真の数々。
市郎　「お膳立て出来てんじゃん、残るは夫くんの復帰じゃん」
瓜生　「小川さん、テレビの影響力、舐めてもらっちゃ困るよ」
市郎　「なにが？　タダなんだから、観たくないやつは観なくて結構、それぐらい強気な姿勢でいいじゃない」
栗田　「（ため息）……じゃあ、試しに『朝ッパラTIME』の街頭ロケに突っ込んでみるか」
市郎　「やったぜ渚っち！」

12　汐留付近（日替わり・AM5：45）

近代的なビル群に迷い込んだムッチ先輩。
ムッチ　「ぜってえ未来だよ、こんなの、俺の知ってる新橋じゃない」
『朝ッパラTIME』のスタッフがやって来て、
スタッフ　「お兄さんお兄さん」
ムッチ　「（高い所を指し）あれ、なんすか？」
スタッフ　「ゆりかもめ、ですね。お兄さん、もうすぐ中継来るんで、端っこに寄ってもらっていいですか？」
退場させられるムッチ。倉持が入って、全スタッフに挨拶。
倉持　「おはようございます！　アナウンス部の倉持です、本日よりお世話になります！　よろしくお願いします！」
スタッフ　「10秒後、中継来まーす」

13　秋津のアパート

5：45になり架空のビーフンのCMに続いて『朝ッパラTIME』が始まる。

倉持「おはようございます！　朝5：45になりました。汐留駅前の気温は11度、朝晩は冷えますので薄手の上着が必要ですが……」

秋津が部屋に入って来て、

秋津「んん!?」

倉持の背後、ムッチがフレームインしてVサイン。

秋津「市郎さん起きて、親父、親父がテレビに出てる……起きて！」

ムッチ「ムッチでぇ〜〜っす！」

市郎「ZZZZZ……ああっ、しまった！」

倉持「それではスタジオ、お返ししまーす！」

OPタイトルに切り替わる。

14　EBSテレビ・リスクマネジメント部

出社して来た市郎。フロア騒がしい。渚を見つけ、

市郎「おはよ、オンエア見逃しちゃった、どう？　反応」

渚「ん〜……あんまり芳しくない、ていうか、最悪かも」

渚、パソコン画面の書き込みを見せる。

渚「まずSNSにこんな投稿が」

市郎「『え？　今の倉持だよね』『スポーツ不倫、普通にテレビ出ていいんだっけ？』……なんだ、観たの2人だけ？」

渚「この書き込みが『#朝ッパラTIME』で検索したであろうウェブライターの目に止まり、コタツ記事その1を書きます」

市郎「『女性アスリートと不倫騒動後、表舞台から消えていた倉持猛アナが、3年ぶりに朝の情報番組に出演した……』」

瓜生「マジ、コタツ入ってても書けるヤツ」

渚「この薄っぺらい記事をコピペした投稿がSNSで拡散され、それを抜粋してウェブライターがコタツ記事その2を書く」

市郎「『不倫アナ突然の復帰に、世間は戸惑いを隠せない「倉持イケメン」など好意的な書き込みがある一方「不倫野郎の顔見て朝から不愉快」にゃどの意見もみりゃれ……』」

瓜生　「コタツにもほどがあるだろ！」
市郎　「語尾がな、もう、眠くなってるもんな」
渚　「その記事のコメント欄『復帰、早くなぁい？』に共感した人が2万7千人」
市郎　「見てないよねコイツら！　誰も！……ま、俺も見てないけど」
渚　「『私は観てないけど不快すぎる』『そもそも観てないけど倉持が出るなら今後も一切観ない、観てないけど』『私もサレ妻です、夫の不倫相手も人妻、許せません、番組は観てません』」
栗田　「（一段と険しい顔）わかったでしょ、もはやテレビが向き合う相手は視聴者じゃない、観てない連中なんです」
市郎　「どうやって向き合う？　だって観てないんだよ」
栗田　「だから不毛なの、観る人はまだ好意的、観ないで文句言う人間には最初から悪意しかない、これがバッシングの実態です」
渚　「ですけど、いつ復帰したって誰かは文句言うんだから、どこかで腹括らないと」
栗田　「今じゃないのは明白だろ、なあ倉持くん、君がテレビ出ると、見てない連中が騒ぐんだ」
隅っこの席でうな垂れていた倉持。
倉持　「辞めます、これ以上皆さんに迷惑かけられないし」
声　「わかるけど今じゃないわね」
人事部長の九品仏が険しい顔で現れ、
九品仏　「人事部長の九品仏です、なにくんだっけ」
倉持　「倉持です」
九品仏　「あなたのせいで、ビーフンの不買運動が起こりかけてる」
市郎　「びーふん？」
栗田　「朝っパラTIMEのスポンサーだよ」
瓜生　「（検索し）『#ビーフン買わない』がトレンド入り！」
九品仏　「『不倫アナ使う番組にCM流すビーフン好きだったのに残念』『そもそもビーフン好きじゃないけど嫌いになりました』」
渚　「コタツ記事出ました！『ビーフンはお湯で戻るけど、一度離れた視聴者は戻りません、といったところか』」
瓜生　「うまい！　コタツのくせにうまいこと言いやがって！」

市郎「ビーフンなんか食わなくたって死なねえよ!」
渚「(声を落とし) お爺ちゃん! (周囲に) 失礼しました〜」
テロップ「※あくまで個人の見解です」
九品仏「他は? (台本めくり) 化粧品とキムチと回転寿司ね、近日中にスポンサー各社から営業にクレーム来るでしょうから、辞めるならそのタイミングでお願いします (去る)」
市郎「辞める自由もないってのっ? 待ってよ、たった1回のミスだよ」
九品仏を見送りに出る栗田ら。
九品仏「このご時世、自社のスキャンダルにも触れないと、やれ忖度だとか叩かれるかもね」
栗田「朝ッパラで特集組んで、街頭インタビューやるか」
市郎「……心配すんな倉持、必ず復帰させてやるから」
倉持「……もう結構です」
市郎「諦めるな! たった1回の過ちも許されない、そんな世の中、間違ってる (歌う)」
♪JUST ONCE たった一度のぉ……」
ミュージカルに突入せず、恥ずかしい市郎。

15 佐高家・子供部屋 (1986)

イノウエ、スナック菓子を袋から出し、
イノウエ「鈴木くん売り切れ、佐藤くんでいい?」
キヨシ「ありがと、適当に座って」
キヨシらクラスの男子10人程が入り浸り、ゲームしたり立って漫画読んだり思い思いに過ごしている。
佐高「……俺、学校行こうかな」
級友A「なんで?」
級友B「なんで? って……」
佐高「なんかもう、学校にいるのと、あんま変わんない感じだし」
一同「あ――」
イノウエ「女子いない、女子いないけどね」

16 小川家・リビング

純　子　リビングで受験勉強している純子。
「うそ、佐高くん学校来るの？　すごいじゃん山動いたじゃん！」
キヨシ「まだ分かんない、けど、いきなりだとビックリするから安森先生には前振りしといた」
サカエ「先生なんだって？」
キヨシ「『なに!?』ってすごい驚いて、オシッコあっちこっち飛ばしながら『でかした、ありがとうキヨシ！』って……あ、トイレで話したんだけど」
サカエ「……それを先に言いなさいよ、ビックリしちゃうじゃない」

×　×　×

フラッシュ（回想）教室。トイレから戻って来た安森が、
安　森「みんな！　ついに佐高が学校に来る、普段通り接するんだ、いいか、プレッシャーかけるなよ！絶対！」

×　×　×

純　子「良かったじゃん、キヨシ」
サカエ「お風呂入っちゃいなさい」
去るキヨシ。勉強を再開した純子の様子を見るサカエ。
純　子「なあに？」
サカエ「向こうでいいことあった？」
純　子「（手を止めず）……なんで？」
サカエ「だって、わかりやすくいい子になって帰って来た」
純　子「別に、カワイイ子でいた方が得だって気づいただけ」
サカエ「……どういう意味？」
純　子「スケバン、絶滅してた。どんきほーて？のパーティグッズコーナーで、シワくちゃになってた」

17　繁華街（回想・2024）

未来へ来たばかりの純子、横断歩道に立ち、行き交う同年代の女子にガン飛ばしながらも、不安と焦燥感が隠せない。
純子（OFF）「そりゃそうだよね、あんなカッコして、タバコ吸って唾吐いてガン飛ばして喧嘩して、じれったいじれったい、そんなの関係ねえって、どうかしてるもん」

18　小川家・リビング（回想戻り）

サカエ　「冷めちゃったんだ」

純子　「つっぱりって反抗の証だと思ってたけど、反抗って結局、甘えなんだよね。心から放っといて欲しいなら、放っといても大丈夫そうな服着ればいいし、実際着たら……」

フラッシュ（回想）美容師ナオキとのキラキラした思い出。

サカエ　「放っとかれなかったんだな〜」

純子　「んぐふふふふ（笑）」

サカエ　「そっか、やっぱりいいことあったんだ、よかったね」

純子　「うん、楽しみ」

サカエ　「……」

純子　「年取るの、イヤじゃなくなった。どんな人と知り合って、どんな仕事して、結婚するとかしないとか、分かんないけど、ぜんぶ楽しみみたいから、今は勉強するの」

サカエ　「……そうだよ、つっぱってる時間、もったいない」

純子　「本当そう、一人一台電話持って、写真撮れて音楽も聴けて電車も乗れてさ、こういうの（PC）もあって、ポチってしたら欲しいもの家に届いて最高じゃん、不満がないからツッパリ絶滅したのかな」

サカエ　「……どうかな、不満はなくなってないと思うけど」

純子　「（ふと手を止め）親父、すごいよね」

サカエ　「小川先生が？　あそう」

純子　「あんなに怒りっぽくてオナラ臭くてCCBとチェッカーズの見分けもつかないジジイがさあ、ちゃんと未来について行けてた、それどころか未来人に頼りにされてた……私も頑張るんだ」

19　EBSテレビ・カウンセリングルーム（深夜）

パソコンに向かい、両の人差し指だけで打ち込む市郎。

※以下コメント、字幕フォロー。

市郎　「『彼の不倫で、貴様は具体的に迷惑をこうむったのか？』」

投稿者　「『実害はないが、不愉快です』」

市郎「『それ、本人に面と向かって言えるか』」
投稿者「『……言えるけど、別に言いたくない』」
市郎「『今から電話させるから直接言ってやってくれ』」
渚がドアを開け、
渚「まだ帰らないの？」
市郎「今、誹謗中傷と戦ってる！　『じゃあお前の家に謝りに行く』」
投稿者「『それは……勘弁して下さい』」
渚「それ、一人ずつやるつもり？」

20　ファミレス

慣れた手つきでタブレットを操作し注文する市郎。
渚「純子ちゃんと一緒に帰ると思った」
市郎「昭和に？　俺が？　あそう」
渚「（頷く）残ってくれて嬉しいけど、心配じゃないの？」
市郎「純子は大丈夫だよ、俺がいなくても」
渚「……そうだね、お母さんは大丈夫」
市郎「まだ9年あるしね。けど今の時代には、俺みたいな異物が混入してないとダメだと思うんだよ」
渚「異物……」
市郎「そう、不適切なヤツ、世の中が多少マシになって、渚っちや秋津や、倉持みたいな若い連中が幸せになるまで見届けねえとさ、昭和戻ってもあんな未来のために働きたくねえって思っちゃうでしょ」
配膳ロボットが酎ハイのジョッキ5、6コ運んで来る。
市郎「おい！　頼んでねえよバカロボコン！」
渚「いいよ、どうせ飲むし、乾杯しよう」
市郎「（笑）乾杯」

21　葛飾区立第六中学校・廊下（日替わり・1986）

登校して来るキヨシと佐高。パンッと破裂音。
キヨシ「!?」
クラッカーを手にした安森の音頭でクラスメイトが、
安森「佐高くん！　ようこそ、3年B組へ！」

佐　高　「……」

入口まで生徒がアーチを作っている。

安　森　「(手拍子) はい！　はい！　はい！　はい！

佐高！　佐高！」

くぐる佐高、アーチの先に校長が両手を広げ、

校　長　「佐藤ツヨシくんっ！　おかえりっ！」

キヨシ　「佐藤じゃなくて佐高……」

校　長　「おかえりっ！」

佐　高　「……ただいま」

黒板には手書きの歓迎メッセージ。

安　森　「よし、1時間目はマラソンだ！」

22　校庭&教室

佐高を1位にするためのマラソン。

「がんばれ！　佐高！　佐高！」

×　　×　　×

給食の時間、女子がゼリーやバナナを佐高にプレゼント。

女子A　「これ、休んでる間の英語のノート」

女子B　「これ、古文！」

男子C　「これ、修学旅行のおみやげ！」

佐　高　「……ありがと、もう、ありがと」

×　　×　　×

安　森　「みんなあ！　一緒にゴールしようぜ！」

マラソンの続き。佐高と一緒にゴールする生徒たち。

23　佐高くんの家・前（日替わり）

呼び鈴を鳴らすキヨシ。ドアが2センチだけ開いて、

佐高の母　「ごめんね、休むって」

24　喫茶「すきゃんだる」内

安　森　「……普段通り接したつもりなんだけどな」

サカエ　「だとしたら、普段がどうかしてたんでしょうね！」

安　森　「すいません……??」

サカエの後ろの席、本を読んでいる少女（顔は見えない）。

サカエ　「台無しです。せっかくキヨシが、時間をかけて佐高くんの心を解きほぐしたのに……聞いてます？」
安　森　「あ、すいません」
立ち上がり、レジに向かう少女。
マスター　「!?」
サカエ　「不登校児の親からしたら、よその子がみな学校へ行って、同じ時間割で勉強できていることの方が奇跡、いえ、異常なんです」
安　森　「……しかし、朝起きれないとか、学校にすら来れない子には、教師も為す術がないわけで」
サカエ　「ASDってご存知ですか？」
安　森　「……??」
サカエ　「自閉スペクトラム症。他にもADHDすなわち注意欠如多動症やLD限局性学習症などが原因で、学校の授業や集団生活についていけない子供が昭和……つまり今ね、現代では、単なるサボり、怠慢、甘えと判断されて、根性がないとか家庭の問題とか言われ……なんなんです？」
マスター　「今の見た？」
安　森　「見ました、ですよね！」
マスター　「だよねえ、絶対そうだよねえ」
サカエ　「今、大事な話してるんですけど！」
マスター　「キョンキョン」
カランカランと音がして少女が出て行く。
サカエ　「え!?　うそ！」
安　森　「顔、小っちゃかったですね」
マスター　「な、文庫本で隠れるサイズ。あーサインもらえばよかった」
安　森　「……あ、すいません。佐高の件は、改めて明日以降の対応を考えます。時にサカエさん、このあと、空いてます？」
サカエ　「……空いてますよ。もともと今日は、新宿のディスコのサラダバーに連れてって下さる約束でしたから、とてもそんな気分じゃないけど」
安　森　「そうなんですよ！　サラダが食べ放題なんです！」
サカエ　「……サラダバーですからね」
安　森　「行きましょう！」
サカエ（OFF）「って急に妙なテンションでさ、お店出る時に」
安　森　「どうぞ」

入口のドアを開け、サカエを先に通す安森。

25 松戸みどり公園

少女時代のさかえと、パン食べながら話し込むサカエ。

さかえ「レディーファースト?」

サカエ「よく知ってるわね、さかえちゃん。もちろん、男女同権に反するって、ヨーロッパじゃ廃れつつある文化なんだけど、昭和61年だし、それに……なんか嫌味じゃないのよね」

さかえ「さりげないんだ」

サカエ「そうなのぉ。エスカレーター、下りの時は前に、上りの時は後ろに立ってくれたり、重い荷物、持ってくれたりしたらさ、やっぱりあの見た目だし、悪い気はしないのよ」

さかえ「好きになっちゃったりして」

サカエ「ん〜、どうかな〜、わかんないの」

26 ディスコ（回想）

80年代ディスコサウンドで踊る安森、サカエ。

サカエ（OFF）「ディスコでは、サラダ食っちゃ踊り、サラダ食っちゃ踊り、ウサギか? 高身長のウサギかって感じなんだけど」

安森「最高! サラダ食べましょうか! 奥どうぞ」

サカエ（OFF）「って、ふかふかのソファの席譲ってくれるし。私、聞いたの、どうしてそんな事が自然に出来るの?って」

安森「ああ、父がそういう考え方の人間なんです」

サカエ「お父様が?」

安森「ええ。いずれ女性が活躍する時代が来る、男も家事に参加して点数稼いでおかないとモテない し時代に取り残されるぞって」

サカエ「……素晴らしいわね」

安森「父は料理が得意で、子供の前でも平気で『パパはママを愛してるんだ』って言える人で、それが自然で嫌味じゃなくて」

サカエ（OFF）「なにそれ……板東英二じゃん、金妻の」

安森「今度父に会ってください、パティオで食事しましょう」

サカエ（OFF）「パティオって……金妻でしか見ないヤツ」

27　松戸みどり公園

サカエ「見た目がドンズバ、しかも中身が板東英二って、控えめに言って、好物件だと思わない？」
さかえ「カッコばっかり気にしてる男子って、最低だよね」
サカエ「それで思い出したの、別れた旦那がさ……（ハッとなる）」
さかえ「おばさん、離婚したことあるんだ」
サカエ「……うん、ごめんね」
さかえ「なんで謝るの？」
サカエ「……うん。そいつがね、酔うと偉そうでさあ」

28　居酒屋など（回想・数年前）

ソファ席にふんぞり返る井上、通りに面した席にサカエ。
井上「いずれノーベル賞を獲る研究者なんだよ僕ぁ、歴史に名を刻む男の伴侶として相応しい振る舞いを君に期待しているんだよ」
サカエ「冷えるから、席代わってって、言っただけじゃない」
井上「リスペクトが感じられないんだな、君の態度からは！」

29　葛飾区立第六中学校・グラウンド（回想戻り）

イノウエに詰め寄るサカエ。
イノウエ「僕がですか？」
サカエ「そう、内面がハンサム過ぎる。見た目は板東英二寄りなのに、メンタルが奥田瑛二なの！」
イノウエ「……ありがとうございます」
サカエ「褒めてない！　もっと謙虚に生きないと、大人になって後悔するわよ」
イノウエ「あの、おばさん」
サカエ「おばさん!?」
イノウエ「おばさんは、僕に時々つらく当たるけど」
サカエ「そうだっけ？」
イノウエ「はい、みそ汁がどうとか」
サカエ「ミソジニーかな？　うん、言った気がする」
イノウエ「まだ中学生なんで、お手柔らかにお願いします」

SUPER LUCKY NIGHT
BEAR
LOVE
TAKASHI
TAKE-A-BREAK

サカエ　と、帽子を取り頭を下げて去って行く。
「井上……」

30　夜の道（2024）

看板（ホストの求人）を発見するムッチ先輩。
『職業、イケメン』『年収1億突破！』の謳い文句に、

ムッチ　「い、いちおく!?　おい、待て待て、1億!?」

31　ワイドショーのカメラ（日替わり）

『倉持アナの復帰、許せる？　YES or NO』と書かれたフリップ（NOの方が圧倒的に多い）を手に、若い女子二人を取材するリポーター。

女A　「謝罪の動画見たけどぉ、なんか誠意が感じられないしぃ」
女B　「そもそも謝って済む問題じゃなくなぁい？」
女A　「もう無理、フツーに見たくないって思う〜」
市郎の声「ちょっといいかい？」

32　駅前

市郎がカメラの前に割って入りながら、

市郎　「怖くない怖くない（カメラマンに）止めないで、回して（女子に）謝るってのは？　誰に謝るってこと？」
女B　「だから……迷惑かけた人とかぁ」
市郎　「カミさんとスケボー姉ちゃんにはすぐ謝ったんだろ？」

後ろに控えていた倉持、現れ、

倉持　「はい、許して頂きました」
女A　「やべ、本人」
市郎　「だったらもう、復帰してよくなぁい？」
女B　「……え？　でも世間的には、許されてないですよね」
市郎　「世間て誰のこと？　おたくらのこと？」
倉持　「お騒がせして、申し訳ありませんでした！」
女A　「（トーンダウンし）……別にウチらは、ねえ？」
女B　「うん、元々ファンとかじゃないし」
女A　「ぶっちゃけ、この人がどうなっても、うちら関係ないし」

市郎　「だよね、じゃあなんで彼、バッシングされてるんだろ」
女B　「……みんな溜まってんじゃない？」
女A　「それな、書き込むとさ、なんかスッキリするんだよね」
女B　「安心するよね、みんなそう思ってんだぁ的な？」
女A　「確認だよね、本気で怒ってる人なんか、いないっしょ」
市郎　「だったらYESに2票、入れてあげてよぉん」

33　EBSテレビ・会議室

栗田　「ヤラセだよ、こんなの、流せないだろ！」
栗田、瓜生、渚、他報道部ら社員の緊急会議。
市郎　「だっておかしいじゃん、普通に働くだけなのに、世間の許しが要るってさあ」
瓜生　「報道は諦めろ、バラエティで需要ないかね」
社員A　「うーん、芸人だったら、先輩のYouTubeなんかで盛大にイジってもらって活路を見出すとか」
社員B　「局アナは、サラリーマンだからなぁ」
渚　「タレントパワー上位の人にイジってもらうと、あ、イジっていいんだ〜って空気になりません？　さんまさんとか」
八嶋　「俺やろうか」
市郎　「八嶋じゃないよ、さんまだよ！」
渚　「いつから!?」
八嶋　「あいっす、こないだのロケ、エコノミーだったよ、いいけど」
渚　「すいません、最近、予算が厳しくてぇ」
市郎　「眼鏡にいじられてもなぁ」
八嶋　「奥さん、プレサタ出てるよね」
渚　「あ、そうだよ！　料理コーナー始まったんです、ヨウコさんの」
八嶋　「出ちゃいなよ、しれっと。キッチンスタジオで年上の奥さんとお揃いのエプロンして『あ〜ん、ぼくメレンゲできなぁい』『んもう、貸してっ、シャカシャカ』『さっすがヨウコた〜ん』そんなミニコーナーを2、3年やってさ」
市郎　「いいぞ眼鏡！　器用な眼鏡！」
八嶋　「ドジっ子キャラがお茶の間に浸透して、不倫の記憶が上書きされた頃、しれっと駅伝の実況かなんかで復帰すればいいよ」
市郎「さすが、不倫眼鏡」
八嶋「してないわ！　どう栗田氏、不倫してないわ！」
栗田「ありえませんね」
市郎・八嶋「なんでよ」
栗田「印象操作で記憶は上書きされない、レイヤーが変わるだけ」
市郎「れいやぁ？」
八嶋「階層だね」
栗田「誰かが不倫の話題を持ち出したら、そっちのフェーズに戻る」
八嶋「フェーズ、段階だね」
栗田「昨日の不倫も10年前の不倫も同じ熱量でバッシングされる」
八嶋「バッシング、見せしめ、社会的制裁だね」
市郎「うるせえ！　だいたい理解できてる！」
倉持「……やっぱり会社辞めるしかないのかな」
市郎「ダメだ！　そんな前例を作っちゃいけないんだよ、絶対」
倉持「だけど、自分が一般人ならここまで叩かれないわけで」
市郎「1回だよ、たった1回、踏み外した人間がさ、元いた場所に戻ることさえ許されない社会なんてさ、おかしいだろう絶対。あれだよ、寛容じゃないよそんなの。麻雀だって初心者のちょんぼは見逃してくれるよ。それが寛容でしょ！」
栗田「一般人だって一緒だよ」
市郎「なにぃ？」
栗田「倉持、明日の夜、飯でもどうだ、小川さんもどうぞ」

34　住宅街（夕方）

高級建売住宅の門に『栗田』の表札。

35　栗田家・玄関

ドアが開いて栗田の妻〝おカヨ〟こと加世子が、
加世子「ごめんなさい、主人いま取り込み中で……」
台所からエプロン姿の栗田、ボウルでソースを混ぜながら、
栗田「（別人のようなスマイル）やあ！　いらっしゃ

市郎　「い！　カヨちゃん、ブイヤベース見てて（市郎らに）入ってホラ！　紹介するから」
「……ここ（眉間）の皺、なかったな」

36　同・リビング

加世子の幼馴染とその夫、子供たちが集まっている。

栗田　「皆さん注目ぅ、弊社アナウンス部の倉持と、カウンセラーの」
市郎　「小川市郎でーす、ワイン買って来ました」
ポッキー「おカヨと栗田くんの結婚記念日にぃ、幼稚園時代からの？　幼馴染みと、その旦那と子供たちが集まる会なんですぅ」
加世子「彼女ポッキー、昔、ポッキーみたいに痩せてたのよね」
ポッキー「今は、きのこの山ぁ？（笑）」
市郎　「あっはっはっ、あっはっはっはっは、は〜面白い」
高島　「その夫の高島です、千葉で三代続く美容外科の院長です」
加世子「この子タイコ、本名夕エ子なんだけど、中学の時、通学路で変質者捕まえたの」
タイコ「や〜め〜てぇ、恥ずかしい」
ポッキー「だから変態のタイを取って、タイコ」
平塚　「変態のタイコの夫、平塚です、建築家です」
もう一人、淡色のセーターの女性がバジルを刻んでいる。
市郎　「なんかこの感じ、金妻みたいですね、知らないか（笑）」
栗田　「パティオに出ましょうか」
窓を開けると小さな中庭。
市郎　「ぱーてぃーお！　金妻以外で初めて見たぁ！」

37　喫茶「SCANDAL」内

ホストの面接を受けているムッチ先輩。

ホストA「本気でテッペン目指してぇなら、とりあえず髪切れ」
ホストB「せめてストパーかけろ、1億の男になりてぇなら」
ムッチ「は、はい！」

ホストA「じゃあ、座右の銘は？」
ムッチ「あー、突っ走る愛に、ブレーキは、ない」
ホストA・B「……いいじゃん」

38　栗田家・パティオ

料理もあらかた食べ終え、酔いが回った参加者たち。

平塚「そうですか、中学校の先生からリクルートでねぇ」
市郎「まあテレビ局の連中なんて中学生みたいなもんだから」
ポッキー「ねえ、栗田くん、どこ行くの？」
栗田「冷えてきたから、ブランケット持って来ようかと」
ポッキー「いいから座ってー」
加世子「座ろうか」
栗田「……はい」
不穏なムードを察知する倉持、市郎は意に介さず、
市郎「しかしアレだね、栗田さん、家と会社じゃキャラ違うんだね」
タイコ「わかってるよね、20回目の結婚記念日……ということは？」
栗田「はい……例の件から17年……です」
ポッキー「例の件って、なんか軽いよね」
加世子「もういいからポッキー、昔の話」
高島「私も言ったんだけどね、もう17年も経ったんだし」
ポッキー「『もう』とか、そういうんじゃないから」
市郎「どうした？　どうしました？」
タイコ「倉持くんてさ、不倫したんだよねえ」
倉持「あ……（気圧され）えっと……はい」
タイコ「それについて栗田先輩から、なんか言われたわけ？」
倉持「はい、叱咤激励して頂いております」
ポッキー「ふ～ん、他人のことだと言えるんだね」
タイコ「自分の時は、なかなか認めなかったけどね」
苦笑するしかない栗田。
加世子「もういいって、ほら、小川さん、驚いてる」
市郎「うん、だいたい、理解できてます。……中、入ります？」

平塚「だいじょぶ、子供たちも分かってますから」
子供たち、リビングのテレビでアニメを見ている。
ポッキー「大変だったんだから、おカヨ、取り乱しちゃって」
タイコ「そうそう、相手が幼馴染みの仁美だって分かってね」
加世子「ごめんごめん」
タイコ「すっかり痩せちゃって、あんなおカヨ、二度と見たくない」
平塚「それ以来、僕ら2組の夫婦が、毎年こうして集まって、栗田夫妻の円満を確認するのがルーティーンになってしまってね」
高島「今年は大丈夫だろうね、栗田くん」
平塚「何しろ芸能界はホラ、枕営業とか、あるそうだから」
栗田「ないですよそんなのぉ、家内も許してくれましたし、もう大丈夫、二度とあのような過ちは犯しません」
ポッキー「(激高し)何を言ってるの!? おカヨが許しても、私たちは許しませんよ、あんな裏切り!」
高島「うん、今のはちょっと……酷いな、失言だよ」
タイコ「栗田さん、あなたやっぱりなんにも分かってないのね。どんなに謝っても、あなたのした事は消えないの、おカヨと仁美の友情は修復できないの、1は0にはならないの! 取り返しのつかない事をしたの!」
平塚「さすがに理解してると思ったんですけどね」
高島「こりゃ来年も来なきゃダメかな?」
ポッキー「大切な親友を傷つけて、ヘラヘラしてるアンタが許せない、社会に溶け込んで、部下に説教して、冗談言ってるアンタが許せない! だから悪いけど、テレビも見ない!」
市郎「きもちわりぃ」
ポッキー「なんですか?」
市郎「なんでもないです(小声で)これが世間か」
ポッキー「ほら謝って」
加世子「いいってもう、ポッキー」
タイコ「謝んなさいよ、おカヨと仁美に!」
市郎・倉持「!?」
台所でバジルを刻んでいた女性=仁美、お茶を飲んでいる。

39 帰り道(夜)

倉持「まさか呼んでるとは……」

市郎「な、紹介しないから家政婦さんかと思ったら
……不倫相手かよ」

40 栗田家・パティオ（回想）

栗田「カヨちゃん、それから、仁美さん」

仁美「……」

栗田「申し訳ありませんでした」

ポッキー「（ため息）……本当にもう、勘弁してよね」

41 帰り道（パティオとカットバック）

市郎「なんか芝居がかってたよな」

タイコ「（ティッシュで涙拭き）ありえない」

倉持「自分に酔ってる感じでしたね、でも言っていいのかな」

市郎「言っちゃえよ」

倉持「あの人たち、関係ないですよねえ」

市郎「関係ないんだよ！ 関係ないのにコメント書き込む連中と一緒、蒸し返して、騒いで、ついでに旦那にプレッシャーかけて」

平塚「我々は頑張りましょうね」

倉持（OFF）「からの、奥さんの、勝ち誇ったような笑顔」

加世子「（微かに笑い）はい、デザート食べよっか」

市郎「怖かったぁ！」

再び笑顔でデザートを振る舞う栗田。

倉持（OFF）「バッシングする人間の心理を誰よりも分かってる栗田さんだからこそ、リスクマネジメント部長は適任なんだな」

倉持「小川さんは、浮気したことないんですか？」

市郎「ない、いや、ある、ないある、ない」

倉持「どっちですか」

市郎「それこそ結婚して3年目だよ、浮いた話のひとつもないと、モテない男みたいでカッコ悪いと思ったんだろうね」

42 小川家・市郎の部屋（1960年代）

赤い口紅を塗っている市郎（30半ば）Yシャツの胸のあたりに自ら跡を付ける。

声　「ただいまー」

43　同・リビング

市郎　「おかえり（Yシャツを脱ぎながら）ボタン取れかかってる」
ゆり　「そこ置いといてー」
市郎（OFF）「浮気の偽装工作、つーか捏造？　その時の反応が……」
妻ゆり（20代）がYシャツを手にして、
ゆり　「……いやあああああっ！」
激しく動揺して、膝から崩れ落ちるゆり。
×　×　×
市郎　「あんなの見ちゃったら、浮気なんかできないよ、怖くて」
×　×　×
市郎　「ごめん、ウソ！　違う違う違う！　見て、ゆりちゃん、4月1日」
ゆり　「4月1日？」
市郎　「エイプリルフール、四月バカ、知らない？」
ゆり　「えいぷる？」
市郎　「あーごめん！　とにかく浮気してないの！　ウソ、冗談！」
ゆり、縫い針の先を市郎に向け、
ゆり　「刺すからね！　浮気したらこれで刺して私も死ぬから！　してないの？　本当にしてないのね？　良かったあああ！わあ――ん！」

【三年目の四月バカ】※ミュージカル

市郎　♪バカなことして　ごめんよ
♪魔がさしたのさ
♪浮気なんか　悲しいウソさ
♪パッパッパヤッパ〜
ゆり　♪バカなことして　ごめんね
♪取り乱したのよ
♪浮気されたら　死んでやるって
♪パッパッパヤッパ〜
市郎　♪1回くらいは大目に見てよパッパッパヤッパ〜
ゆり　♪謝ったって許してあげないパッパッパヤッパ〜
市郎　♪パッパッパヤッパ〜「ゆりちゃん」
ゆり　♪パッパッパヤッパ〜「市郎さん」

二　人　♪だって二人は三年目の四月バカ
　　　　♪パヤッパ　パヤッパ　パッパー　パヤッパ
　　　　　パヤパヤ……

44　栗田家・パティオ

　　　　客が帰り、後片付けしながら鼻歌を唄う栗田。
栗　田　♪バカなことして　ごめんよ　魔がさしたのさ
　　　　……
　　　　視線を感じ振り返ると、家の中から加世子が見
　　　　ている。
加世子　「……」
栗　田　「……」

45　EBSテレビ・スタジオ（日替わり）

　　　　仲睦まじく、料理コーナーに出演している倉持
　　　　とヨウコ。
栗田（OFF）「神妙な顔してれば『辛気くさい』と叩かれ、
　　　　騒動をネタにすれば『調子に乗ってる』と叩か
　　　　れる。どっちみち叩かれる、ほとぼりが冷めれば、
　　　　誰かが必ず蒸し返す」
八　嶋　「もうお腹いっぱい！　ごちそうさま〜」

46　EBSテレビ・リスクマネジメント部

　　　　オンエアを見ている栗田。
　　　　SNSの書き込み「キモい」「消えろ」など散々で、
栗　田　「君や私が生きるのは、そういう場所だ、心して
　　　　やりたまえ」
市　郎　「たった1回だぜ、たった1回なのに……」
栗　田　「今はダメなんです」
市　郎　「……はい」

47　喫茶「SCANDAL」内（日替わり）

ムッチ　「……」
　　　　遠くの席で文庫本（怪盗ルビィ）を読んでいる
　　　　女性、小泉今日子さん。
小　泉　「……なんですか？」
ムッチ　「キョンキョンですか？」
小　泉　「……はい」

ムッチ「……ウソだあ」
小　泉「……なんなんです？」
ムッチ「だってキョンキョン、俺より年下だもん……てことは、ドッペルゲンガー⁉」
小　泉「は？」
カランカランと音がして市郎が入って来て、
市　郎「……あ、てめえムッチ、なんでこっち来てんだよ！」
ムッチ「見て見て、このおばさん、キョンキョンなのにキョンキョンじゃない」
市　郎「あ？　何言ってんだよ（見て）ほんとだ！　キョンキョンなのにキョンキョンじゃない！　マスター見て、キョンキョンなのに」
小　泉「なんなの、さっきから、失礼過ぎる！」
ムッチ「ドッペルゲンガー！　キョンキョンのドッペルゲンガー！」
市　郎「違う違う、落ち着けムッチ、今キョンキョン58。こんな感じ。あ、40周年おめでとうございます」
小　泉「……どうも」
インサート（回想・#1）トイレのくだり。
市　郎「ポスターがね、貼ってあってトイレに。それベロンと剥がしたら穴空いててさあ、向こうに行ったら昭和61年でさあ……うわあ、本物、かーわいいねえ！」
小　泉「今さら嬉しくないです」
そこへ秋津、井上、見知らぬ50代の男性が入って来る。
秋　津「いた！　親父いました！」
ムッチ「くるな！　ドッペルゲンガー！」
井　上「はいはい、落ち着いて、外出ましょうか！（連れ出す）」
小　泉「劇団？　劇団かなんかの方？」

48　首都工業大学・研究所・ガレージ前の道

ムッチを無理やりバスへ押し込む市郎、井上。
ムッチ「結局、ここは未来なんすか？　未来なんすよね」
市　郎「いいから、お前は純子のことだけ見張ってろ」
ムッチ「いやいや、面接受かったんで、ホストの、ストパーかけて1億の男になるんで……」
ドア閉まり、走り出すバス。

秋津　「じゃあな、親父、元気でな！」
井上　「で、こちらは？」
秋津　「あ、親父です」
　　　50代男性＝現在の秋津睦実、団子屋の前掛けしている。
睦実　「どうも、ご無沙汰してます、ムッチです」
　　　消えるバスと現在のムッチを交互に見て、
市郎　「……何て言っていいか分かんないよ」

つづく

#9 分類しなきゃダメですか?

1　EBSテレビ・廊下（2024）

普段より少し高級な服装の渚、プロのカメラマンにポーズを要求され、戸惑いながら応じる。

渚（OFF）「なんか照れますね、私なんかが表紙って」

2　同・カフェテリア

渚「（取材者の声に）ワーママ特集……けど他にもいますよ、私より若くて、ワンオペで子育てしてる社員」

3　同・スタッフルーム

お散歩カーが来て、シッター山上が正人を渚に渡す。

山上「ほら、ママだよお」

渚（OFF）「社内のムードは変わりましたね、本当に必要なサポートを過不足なく受けさせてもらって」

カメラマンから「笑顔で」とリクエストが入る。

山上「連絡帳、正人くん今日もお昼寝できましたよ」

4　同・カフェテリア

渚「……え？　8つのわがまま？　やぁだ、4つですよ4つ」

5　同・制作部デスク（回想・#2シーン41）※ミュージカル

渚「♪いつつ　ランチは最低1時間保証して

市郎「4つって言ったよね」

渚「♪むっつ　シフトは仕事を覚えてからにして

6　同・カウンセリングルーム

渚が表紙の社内報を音読する市郎。

市郎「『ジャンヌダルクは大袈裟だけど（笑）これからも先輩ママとしての役目は果たしたいですね』犬島さんの瞳は輝く未来を見つめていた」

目の前にAPの杉山ひろ美（30）。

杉山「どう思います？」

市郎「誇りに思います」

杉山　壁一面に渚が表紙の社内報が飾られている。
　　　「(冊子の中程を指し) ここ、読んで下さい」
市郎　「(読む)『私の周りにも、計画的に妊活してる女子社員いますけど、そういう子たちに言いたいのは……』」

7　同・カフェテリア (回想)

渚　「人生なんて思い通りにならなくて当たり前なんだから、ある程度流れに身を任せる心のゆとりっていうか〝あそび〟を持ってたほうが良いと思うんです」

8　同・カウンセリングルーム

市郎　「……え?　わかんない、これのどこがハラスメント?」
杉山　「私のことなんです」
市郎　「そうなの?」
杉山　「絶対そう、私が妊活してること、犬島先輩にしか打ち明けてないから、これってアウティングですよね!」
市郎　「あ、あ、あ、あう、あう、あう」

9　喫茶「SCANDAL」内 (カットバック有り)

　　　秋津、スマホで検索し、
秋津　「アウティング、本人の了承を得ずに性的指向やプライバシーを暴露すること」
市郎　「覚えても覚えても、知らない言葉が……」

×　×　×

杉山　「許せない!　マタハラになりません?　この発言、あそびが必要?　ざけんなよ!　こちとら遊びじゃねんだよ!……すいません」

×　×　×

渚　「……ショックだな、特定の誰かについて喋ったつもりもないし、ましてマタハラなんて」
市郎　「だとしたら渚っち、気をつけた方がいいよ、前々から思ってたんだが、ちょっと言い方キツい時、あるから」
渚　「はぁ?　そおかな」
市郎　「その『はぁ?』って顔、純子そっくり、リスペクトが感じられません」
市郎　「その『おじいちゃん』だって『祖父』って意味で言ってんのか、『年寄り』って意味で言ってんのかで印象違うしね」
渚　「そっか、次、杉山ちゃんに会ったら謝っとこ」
秋津のスマホに通知音、チラ見しながら、
秋津　「それマズくないですか？」
渚　「そっか、今度は小川さんが訴えられちゃう」
市郎　「俺が？　なんでなんで？」
渚　「守秘義務、駄目だよ、カウンセラーが外でベラベラ喋っちゃあ」
市郎　「言うでしょ！　身内なんだから。だいたい隠しごと多すぎるよ。妊活だってさあ、コソコソしねえで堂々とやりゃあいいんだよ。させん、今晩ダンナとチョメチョメするんで帰りまぁす」
渚　「おじいちゃん、妊活イコール、チョメチョメだと思ってない？」
市郎　「ちがうの？　チョメチョメしないから少子化なんだろ」
秋津　「（苦笑）1回、訴えられた方がいいかも（スマホに通知音）」
渚　「そんな単純な話じゃないの、妊活始めると出世コースから外されるってイメージ、まだあるし」
秋津　「それこそマタハラですけどね（スマホをチラ見）」
市郎　「おい、さっきから何チラチラ見てんだよ！」
秋津　「あ、すいません、これ弊社の新しいマッチングアプリ」
スマホ画面『UN-MAY』秋津のプロフィール写真。
市郎　「うん、めい？」
渚　「……やだ、婚活!?」
秋津　「いやいや、社内モニター、今ひとつセールス伸びないから、意見聞かせてくれって」
渚　「そっかー、秋津くんもついに本気出すか」
市郎　「秋津が結婚できたら俺も心おきなく昭和に帰れるよ」
渚　「（スマホ出し）私もやろう！」
市郎　「え、渚っち」
渚　「だって彼氏欲しいもん、女は無料なんだね」
秋津　「はい、男は2000円です」
市郎　「（スマホ出し）なんでだよ」

秋津　以下、3人ともスマホ操作しながら。
『ウンメイ』の特徴はですね、ハイパー属性モードを導入したことで、タイパとコスパが他社より全然いいんです」
市郎　「ぞくせい?」
秋津　「年齢、性自認、最終学歴、年収、性格、趣味、行きたいお店、好きな焼肉の部位まで、細かく分類することで、属性の違う相手とのマッチングを事前に回避できるんです」
渚　「そこまで分かってたら、マッチしても喋ることなくない?」
市郎　「マッチしましたっ」
渚・秋津　「え!?」
市郎　「秋津の写真でな（と見せ）シシシシシシ」
秋津の写真を使った偽造プロフィールに「#とりあえずチョメチョメ」のコメント。
秋津　「ちょっと小川さーん!」

☆　タイトル『不適切にもほどがある!』

~#9　分類しなきゃダメですか?~

10　EBSテレビ・エントランス~エレベーター内

昼食を買って帰って来た渚、羽村と合流し、
渚　「見たよぉ2話、『17歳』、最高じゃん」
羽村　「ありがとー、3話まだ撮ってるけど（笑）」
渚　「海岸でさ、指輪渡すじゃん、その指輪が……」
羽村　「入んないのよぉ!」
渚　「入んないのよぉ!　あれって、メタファ?　むくみ?」
エレベーター開いて、杉山が降りて来る。
渚　「おはよー」
と声かけるが、目を伏せ足早に去る杉山。
羽村　「(乗り込みドア閉まるの待って)……今の子、妊活してるでしょ」
渚　「ちょっと……(驚き) それ、知ってても言っちゃダメだよ」
羽村　「つーか、隠してないしね（と、スマホ見せる）」
渚　「え、そうなの!?」
杉山のインスタ「#妊活メニュー」で料理がアップされている。サプリの写真も。

羽村「子育てする前提で、郊外のマンション買ったらしいよ」
渚「……そっか、頑張ってんだね」

11 同・ロビー

杉山、交際相手に送った『今日、なん時に帰って来る?』というメッセージに返信がなくイライラ。

12 EBSテレビ・エレベーター内

羽村(OFF)「ドラマ部にいた頃から、彼氏ができると妊活始めて、ロケ弁食べない、無断欠勤と遅刻ばっかで」
渚「え、結婚してないのにマンション買って妊活って……」
羽村「ヤバいのよ、見かねた上司が注意したら、ハラスメントだって騒いでバラエティ班に移ったの、わんちゃんも気をつけて」
渚「ありがと(手を振る)」

13 秋津のアパート(夜)

スマホ片手にハイテンションの市郎。
市郎「はい6人目ぇ! 証券会社勤務の恭子さんからメッセージ。どうする? そろそろ一人に絞って……」
秋津「会いませんよ」
秋津、至って冷静、手の込んだ料理を作るのに集中。
市郎「なんでよ」
秋津「アプリの問題点が明確になったので」
市郎「確かに……(写真)加工しすぎて『可愛い』の向こう側行っちゃってるコも少なくないけどね」
秋津「小川さんが僕になりすましてる事にも気づかない、それが弊社のアプリの限界です」
市郎「じゃあ、六人一首で決めよう(スマホを読み札代わりに)
♪春日部の~、パティシエ見習いナツミさん~」
秋津「小川さん」
市郎「♪趣味は料理と~、ホットヨガかな~」

秋津「恋愛しなきゃダメですか？　そもそも恋愛ってなんですか？　付き合うまでが恋愛ですか？付き合ってる状態をキープするのが恋愛ですか？　付き合って、結婚するまでの期間が恋愛ですか？」

市郎「♪世田谷のぉ〜」

秋津「人を好きになった事がないんです」

市郎「いねえよ、そんなヤツ」

秋津「います、ここに」

市郎「それはまだ出会ってないだけ、運命の人に」

秋津「運命の人と出会うために、非運命の人と何回も会うなんて、コスパもタイパも悪すぎ」

市郎「うるせえな、男だろ、チョメチョメしてえだろ」

秋津「チョメチョメしたい相手が好きな人ですか？」

市郎「知らねえよ、イライラするぅ、何？　この女が記念日に作りそうな手の込んだ料理」

秋津「アクアパッツァとケールのサラダです」

市郎「イライラするぅ、作んねえよ、男は、こんなの、マグロのブツとモツ煮だよ。誰かのことを思ってさあ、眠れなくなって、夜中に部屋飛び出してうおおっ！　て叫んだり、股間に枕挟んでうおおっ！　って叫んだりしたことねえのか！」

秋津「……それが恋愛ですか？」

市郎「いいからやってみろ！　ほら、枕挟んで、うおおおお！」

秋津「（仕方なく）うおお〜」

市郎「そんなもんじゃねえよ！（スマホ見ながら）『押上の喫茶店、ググりました。レトロで素敵なお店ですね、では5時に……』わっ、証券会社の恭子さん、明日SCANDAL来るって！」

秋津「うおおおっ！　うおおおおおっ！」

市郎「……そんなに嬉しいか」

14　喫茶「SCANDAL」前（日替わり）

気の進まない秋津を連れて来た市郎。

市郎「先見てくる、お前は5時ちょうどに入って来い」

15　同・店内

客は3、4人。恭子を探し確認する市郎だが、

市郎「……（フリーズ）」

奥の席にサカエが座っている（眼鏡をかけていない）。

サカエ　「（市郎に気づいて）……」

16　同・前

ドアを開け、出て来る市郎。

秋　津　「どうでした？」

市　郎　「違う女がいる」

秋　津　「……まあ、写真は多少盛るのがデフォルトですから」

市　郎　「歳も違う、ていうか、今なん年？」

17　同・店内

市郎と秋津の前にサカエ。

サカエ　「……ごめんなさい」

市　郎　「ダメじゃん、こっち来ちゃダメじゃん、マスター！　クリームソーダ2！　あ、こいつ秋津」

秋　津　「向坂サカエさんですよね、フェミニストの」

サカエ　「フェミニストなんて滅相もない。私なんか男に依存しなきゃ生きられない、ふしだらな、愛のコリーダなんです」

市　郎　「何だ何だ何があった訳を話せちょっとキレイになりやがって」

サカエ　「恐れ入ります」

市　郎　「褒めてねえわ」

サカエ　「3年B組の、安森先生」

市　郎　「ああ、股下90センチの安森がどうしました？」

サカエ　「彼と、お……お付き合いさせて頂いております」

市　郎　「（呆れ）……させて頂くねえ。これだよ秋津、放っといたら付き合っちゃうのが男と女。離婚して、ぽっかり空いた胸の奥に、詰め込む飯を食べさせるだよ、ねえマスター！　早く！」

秋　津　「ていうか……そろそろ来ちゃうんで、恭子さん」

市　郎　「スマホもXもDMもメールすらない。足りないツールを補って余りある、昭和の男性の、求愛行動たるや……」

18　安森の求愛行動の数々（1986）

サカエ（OFF）「約束もしてないのに帰ったら家の前で待

ち伏せ」

安森「やあ、急に会いたくなって」

サカエ（OFF）「今日はいない？と思ったら後ろから目隠し」

安森「だ〜れだ」

サカエ（OFF）「そのまま抱きしめられ反転、人目も憚らず頭なでなで、腰に手を回す、足挫いたらお姫さま抱っこ、ダンス、ダンス、サラダバー、目を見て弾き語り」

19 喫茶「SCANDAL」内

市郎「メモれ秋津、人を好きになるってこういうこと！」

秋津「どうかな、モラハラ男のストーカー行為じゃないすか？」

サカエ「けど……嫌じゃなかったんです、そういうの久しぶりだし、最後かもしんないし……もうずっと昭和でいいかもって」

市郎「（身を乗り出し）チョメチョメしたのかね」

サカエ「……」

秋津「あの、お話し中、すいません、来ました、恭子さんです」

秋津のそばに恭子いるが、市郎、一瞥もくれず、

市郎「御託はいいよ、コンプラおばさん、チョメチョメしたのかね」

20 ラブホテル（回想）

サカエに続いて入って来た安森が、驚いて、

安森「ラブホテルじゃないですか！」

サカエ「今、気づいたんですか？」

安森「いえ……駐車場のビラビラをくぐったあたりから、徐々に」

サカエ「ハッキリさせたくて」

安森「なにを」

サカエ「こういうとこで……そういうことしても……そんな感じなのか」

安森「指示代名詞が多いな」

サカエ「板東英二さんの話、しましたよね」

安森「ええ、見た目がタイプなんですよね」

サカエ「アナタのね！　だから見た目以外に良いとこ

ろが見つかるまで、あなたの見た目は板東英二

安　森　……って自分で言っててバカみたい」

サカエ「見つかりました？（手を広げる）」

安森「見つかりました？（真似て）なに？　その自己肯定感（手を広げ）すしざんまい！　調子狂うの、あなたという人が分からない、保守的なのか紳士的なのか野性的なのか優しいのか打算的なのか……」

安　森　「分類できないとダメですか？」

サカエ　「……」

安　森　「僕はサカエさんを素敵な女性だと思っています、クールなところも激しいところも可愛いところも凛々しいところも全て……」

サカエ　「やめて……」

安　森　「……」

サカエ　「（目を閉じて）続けて」

安　森　「全てが、サカエさんを形成する重要なエレメントだから……」

サカエ　「やっぱりやめて！　そんなに肯定されたら、謙遜しちゃう」

安　森　「もちろん、見た目も好きです」

と、サカエのメガネをそっと外す安森。

サカエ　「（目を開き）……私も」

サカエの視界がすっかりボヤけている。

サカエ　「板東英二でも好き」

安森に体を預け、ベッドに倒れ込むサカエ。

しかし、いい所でサカエの体から電子音が……

安　森　「!?（もの凄く驚く）」

サカエ　「なんでもないの（と続行）」

サカエの胸ポケットが光っている。

安　森　「……か、カラータイマー？」

サカエ　「違う違う、違うんです……ああもう！」

サカエ、観念してスマホを出し、通話ボタン押す。

井上の声　「私だ、問題発生、すぐこっち帰って来て、サカエ」

21　喫茶「SCANDAL」内（回想戻り）

サカエ　「悪いことは出来ないものですね」

市　郎　「悪いことじゃねえだろ別に、独身なんだし、なあ秋津……」

サカエ　「女の人と出て行きましたよ」

市　郎　「なに!?　あの野郎……」

サカエ「あ〜あ、いっチョメぐらいしてくれれば良かった！（笑）」
市　郎「いっちょめって、わお、東村山みたいに（笑）……いやいや、笑いごとじゃねえよ、キヨシは？　純子と二人で、あの家に⁉」
サカエ「翔んだカップル状態ですね」
市　郎「ダメじゃん！　無限チョメしちゃうじゃん！」
サカエ「書き置きして来たから大丈夫、それに、受験で忙しいの」
市　郎「純子が⁉」
サカエ「お父さんのこと見直したって言ってましたよ」
市　郎「……あそお、なんか、ありがとお」

22　小川家・純子の部屋（1986）

キヨシ、ジャバラに折り畳んだ長い長い手紙を手に、
キヨシ「純子先輩、たいへん！」
純　子「なにそれ、紫式部⁉」
キヨシ「母さんの書き置き……ここ読んで」
サカエ（OFF）「『冷凍ごはんの解凍は1分半、ひっくり返して30秒……』」
キヨシ「そこじゃない」
純　子「どこよ」

23　喫茶「すきゃんだる」内

少しだけお洒落したイノウエ、テレビゲームに夢中。
サカエ（OFF）「キヨシが昭和に残ってすべきこと、それは、お父さんとお母さんを引き合わせることです」
キヨシ「聞いてる？　2人が出会わないと俺、生まれて来ないの」
イノウエ「にわかに信じられないね『バック・トゥ・ザ・フューチャー』じゃあるまいし」
純　子「連れてきたよ」
純子の側に、ランドセル背負った少女さかえが立っている。
さかえ「はじめまして、向坂さかえです」
正面に座るが、イノウエはゲームの合間に一瞥するだけ。

純　子　「挨拶ぐらいしなよ、わざわざ松戸から来たんだよ」
イノウエ　「小学生じゃん」
さかえ　「……」
イノウエ　「俺、年上しか恋愛対象として見れないし……あーあ（ゲームオーバーの音）終わった、わざわざデップで固めてきたのに」
純　子　「ほんとだ、頭テカってる（笑）」
キヨシ　「……あのですね、信じないと思うけど二人は……」
さかえ　「年上としか付き合いたくないって言うの、自分が頼りないって認めてるようなもんだし甘えたいって魂胆が見え見えでカッコ悪いからやめた方がいいですよ」
純　子　「……サカエさんだ」
さかえ　「そもそも年上とか年下とか気にする時点で対等な関係は求めてないんだろうし、女は男の装飾品だと思ってるんだろうし、そんな幼稚な考え許してくれる年上の女なんてお母さんぐらいだから、帰ってお母さんに甘えたらどうですか?」
イノウエ　「……（つっ伏して泣く）」

24　喫茶「SCANDAL」内（2024）

井上がいつの間にか来ていて、
井　上　「ダメだよ、君、余計なことしちゃあ！　何度も説明したよね、タイムパラドックスは御法度なの。だいたい僕と君が知り合ったのは、自治体のお見合いパーティーじゃないか」
サカエ　「はい、はい、そうでした」
井　上　「初めましてじゃなくなっちゃうよ、ったく、ちょっとキレイになってるし」
市　郎　「なんでか教えてやろうか」
サカエ　「（慌てて）それより！　何なんです？　問題発生って」
井　上　「小川先生も聞いて下さい、実は……スポンサーが撤退しました」
サカエ　「ジェイソンが!?」
井　上　「そう、ジェイソン、上海を拠点にしているネット通販の企業、そのCEO、中国系アメリカ人のジェイソン・チェンが……」
SNSの画面、漢字だらけの書き込み。

市郎「なんて書いてあるの?」
井上「業績不振につき、タイムマシン事業から手を引くって」
市郎「てことは……え?」
井上「タイムマシンもう、出せません、申し訳ありません」
市郎「……」
井上「♪タイムマシンは、お～しまい～～」
市郎「歌わなくても分かるよ」
サカエ「……危なかった」
市郎「危なかったじゃねえよ、キヨシどうすんだよ」
サカエ「あ!」
市郎「俺だってずっとこっちいるわけいかねえし……いや、ダメだよ井上、何とかしろ! 泣きの1回!」
井上「泣きたいのはこっちですよ、1回も乗れずじまいで」
市郎「幾らだ(財布から万札出し)2万……いや3万なら出せる」
井上「1回の運行には燃料費だけで数百万かかってるんです」
市郎「……」

25 EBSテレビ・階段踊り場(日替わり)

思い詰めた表情で歩く市郎。
市郎(心の声)「……だよな。なんか最近馴れちゃって、長距離バスくらいの感覚で使ってたけど……タイムマシンだもんな」
階段を上る市郎、足早に下りて来る杉山とすれ違うが気づかず「ん!?」と立ち止まり、
市郎(心の声)「昭和に戻れないってことは? 死なずに済むってことか……いやダメだ純子が! 俺だけ助かってどうするバカ」
階段上から踊り場を見下ろし、
市郎(心の声)「あん時……タイムマシン使わず行けたよな」

× × ×

フラッシュ(回想・#2)喫茶「SCANDAL」前。携帯片手に看板に手をかける市郎、うっかり足を滑らせ、
市郎「わあっ!」
『すきゃんだる』のトイレに落ちて来る市郎。
市郎「なん年?」

マスター「昭和61年」

× × ×

市郎（心の声）「（手すりに足をかけ）……行ける気がしない、成功体験が少なすぎるよ」

栗田が下から見上げ、

栗田「何やってんですか！」

市郎「わあっ！」

驚いて後ろに引っくり返り、階段を転がり落ちる市郎。

市郎「（起きて）……なん年？」

栗田「ふざけてないで、一緒に来て下さい。犬島渚が、パワハラの疑いで呼び出されました」

市郎「え!?」

26 同・リスクマネジメント部・会議室（夜）

栗田「……一応、動画も回すからな」

栗田、市郎、瓜生、杉山の弁護士、九品仏による査問。

九品仏「こちら、杉山さんの弁護士さん。彼女が妊活中であることを知りながら、時間外労働を命じたことは？」

渚「そういう認識はありません。アシスタントプロデューサーは彼女を含め3人いるので、話し合ってシフトを組んでいるので」

市郎「ちょっといいかい、他の2人は彼女が妊活してること」

渚「知らないフリしてたんだと思います」

瓜生「んん～妊活は……なかなかデリケートだからねえ」

弁護士「クリニックを紹介したりサプリメントを勧めたことは」

渚「善意です、あくまで。誰にも相談できないのは辛いだろうから」

市郎「ちょっといいかい」

瓜生「……なんですか、小川先生」

市郎「彼女にも問題あるんじゃないかね、会社では秘密にしながら、SNSで匂わせるから、周囲は二重に気を使うんだよ」

九品仏「公にしなかったのは、セクハラを回避するためだそうです、案の定、例の社内報が出てから彼女に対する中傷が……」

市郎「バカな、あの記事じゃ彼女だって特定できないだろ……」
栗田「例えばどんな?」
九品仏「(資料を読む)『よう杉山ちゃん、チョメチョメしてる?』」
一同「(市郎を見る)」
市郎「……いやいや」
九品仏「『三連休だから3チョメだな』『チョメるなら夕方がいいよ』『3チョメの夕陽ってね』」
市郎「申し訳ございませんっ! (土下座)」
瓜生「なんかソワソワしてると思ったら……」
市郎「つい……昭和気分が抜けなくて、すいませんでした!」
栗田「……小川さんが特別なわけじゃない。否むしろ、僕ら一人一人の心に居座っている、小さな小川さんの存在を認めて、駆逐しなくては」
瓜生「放っとくと増殖しますからね」
市郎「悪玉菌みたいに言わないでぇ」
九品仏「妊活で思うような結果が出ない杉山さんには、子育てしながら働くアナタが、全てを叶えた成功者に見えたそうよ」
渚「……そんな」
九品仏「そんな中、先週の収録後の発言、心当たりありますよね」

27 同・スタジオ・前室(回想)

渚を中心に作家やディレクターなどの反省会。
杉山は落ち着きなくスマホを触っている。
氏家「次回どうします? 打ち合わせ、18日のオンエア後とか」
杉山「すいません私、妊活です」
一同、顔には出さないが「言った」という短い沈黙。
渚「(手帳見ながら)……じゃあ明けて月曜日の14時は?」
杉山「クリニックの予約入れちゃってますね、すいません」
渚「ん~火曜日の午前中は? 夕方でもいいけど」
杉山「すいません妊活で……」
渚「いちいち言わなくていいよ」
杉山「いや、言っていこうと思って逆に、急に穴開け

渚　　るとと悪いし」

杉山　「だったら、その週は、いないものとしてシフト組んどくから、来れたら顔出して……じゃあオンエア後に、お疲れさまでした〜」

杉山　「……」

28 同・リスクマネジメント部・会議室

市郎　「いないものとして……」

栗田　「はなから数に入ってない、つまり戦力外通告されたと」

九品仏　「小川さんでも分かりますよね、これはプレマタニティハラスメントに該当します」

渚　「そんなつもりで言ったんじゃないです、むしろ、休みやすいムードを作ってあげようと思って、妊活で女が負い目を感じたり、男の目を気にしたりしなくていいように」

栗田　「わかるけど『そんなつもりじゃない』が通用しないのは、わんチャンなら知ってるよな」

九品仏　「杉山さんもメンタル不調で休職するそうよ」

栗田　「わんチャン、1ヶ月、休んでくれ」

市郎　「なんでだよ！　俺の方がよっぽどダメだろう、なんで俺はお咎めナシなんだ、悪玉だからか！」

渚　「……わかりました（録画を止めようとする栗田に）あ、これ、杉山さんに伝えて下さい。私は成功者でも何でもないし、今も戦ってて、負けてばっかで、周りに助けてもらわないと働けないワーママです。仕事好きで、息子が好きで、今はそれしか誇れないけど、杉山ちゃんがママになる頃には何かの役に立てるといいなって……今回のことで妊活に後ろ向きにならないで欲しいし、言葉足らずだけど、私、あなたの味方だから」

市郎、1人拍手するが誰も続かず。

渚　「失礼します」

29 同・楽屋内

八嶋、ふるさと納税の返礼品をチェックしながら、

八嶋　「そっかー、わんチャン、休職かぁ」

渚　「代理は栗田さんにお願いしましたので、ご安心ください」

八嶋　「まあ、もともと俺も代理だし、いつ誰に変わっ

渚　「ちゃうか分かんないのが芸能界だからね」
八嶋　「……またまた（笑）」
「渋谷とか、いきなりビル出来ててびっくりするけど、じゃあ前なにがあったかって、思い出せないもんねー」
と、言いたいこと言ったら返礼品に興味が移る八嶋。
渚　「……オンエア、拝見します」
八嶋　「あいっすー」

30　秋津のアパート（夜）

矢野恭子とリビングでワイン飲む市郎、秋津。
秋津　「改めまして、えー、証券会社勤務の、矢野恭子さんです」
市郎　「すいませんね、へんなオジさんと同居してて（笑）これ、何回目のデート？」
恭子　「デート？　これ、デートなんですか？」
秋津　「どうですかね、今日はお店の予約が取れなくて」
市郎　「ちょっと待って2人、敬語？」
秋津　「ですね、自分は、これがラクなんで」
恭子　「ですです、同じくです」
市郎　「……おいおい、イライラするヤツが2人に増えたぞ。なんだ、付き合ってるんじゃないのか」
秋津　「それはアプリを通じて、そういう属性ってことで」
恭子　「私も、人を好きになったことがなくてぇ、エッチだけする相手は、なぜか途切れないんですけどね」
秋津　「（うんうんと頷く）」
市郎　「うんうんじゃねえよ、秋津、言ってること滅茶苦茶だぞ」
恭子　「ご飯だけとか、エッチだけとか、ゲームだけとか」
秋津　「自分の時間、大事ですもんね」
市郎　「……あれあれ、俺が間違ってるような気がして来たぞ」
秋津　「ところで市郎さん、そのー……いつまで居ます？」
市郎　「だから言ってんじゃん、お前が結婚して、渚っちが職場復帰したら」
恭子　「トイレお借りしまーす（と外す）」
秋津　「……言いにくいんですけど」

市郎「だいたい察しがつくけどな」
市郎の荷物が、さりげなく1箇所にまとめられている。
秋津「いや居てもらって、全然、逆に、居づらくないかなぁって」

31 犬島家・前（日替わり）

荷物を抱えてやって来た市郎。
正人を抱いたゆずるが満面の笑みで迎える。
ゆずる「いらっしゃい」
市郎「悪いね、せっかく親子水いらずでやってるとこ」

32 同・居間

ゆずる「育児休暇1ヶ月も頂けるなんてねぇ、テレビ局も粋なことしますねえ、お義父さん、ビールでいいですか?」
市郎「元気そうだね」
ゆずる「渚が毎日散歩に連れ出してくれるし、食事もカロリー制限してくれるんで」
渚「インターホンが鳴ってゆずるが出る。
渚「昨日は正人が保育園だったから2人でスーパー銭湯行ったんだよねー（小声で）育休ってことで話し合わせて、心配するから」
市郎「わかってる」
ゆずる、大きな箱を持って来る。
渚「なに？　誰から?」
ゆずる「ふるさと納税の返礼品」
渚「まさか（見て）やっぱり八嶋さんから、北海道のずわい蟹」
市郎「……あいつ、粋なことしやがって」
ゆずる「気持ち悪いから捨てましょうか」
市郎「いやいや頂こうよ、粋な眼鏡の計らいなんだから」
渚「でも、3人じゃ食べきれない」
市郎「あいつら呼んじゃうか」

×　×　×

数時間後。サカエと井上を交え、豪勢な蟹パーティ。
市郎「わっはっはっは!　ゆずるくん、この人ねえ、純子のぉ……」
渚「はい、蟹しゃぶ第二弾通りまーす」

サカエ　「わあ、なんか、すいません！」
ゆずる　「井上さん、こっち来てどうぞ召し上がって」
井上　「だから、アレルギーなんです！」
渚　「なんか、いちいち可哀相ですね、井上さんって（笑）」
市郎　「わっはっは、ゆずるくんはこう見えて、ディスコの黒服だったんだよ、この人はね、純子のぉ……」
渚　「締めは雑炊ですよー」
サカエ　「えーやだ、太っちゃう」
ゆずる　「なんなんです？　純子の、なんなんです？」
市郎　「井上、早く食わなきゃなくなっちゃうぞ」

×　×　×

一段落した団らんの時間。
ゆずる　「そうですか、純子のお母さん代わりで」
サカエ　「市郎さんが留守の間だけですけど」
ゆずる　「どうですか、純子は、元気にやってますか」
サカエ　「ええ、最初はたばこスパスパ吸ってババア呼ばわりで、ぶっ飛ばしてやろうと思ったけど、すごくいい子」
ゆずる　「……そうでしょお……いい子なんです（こらえきれず泣く）」
渚　「いちいち泣かない」
ゆずる　「すびばせん……だって、いるんだかいないんだか死んでんだか生きてんだか、もう……分かんなくて」
市郎　「俺だって泣きたいよ……もう会えないかもしんないんだぞ」
渚　「どうでした？　昭和。みんな、昔は良かったって言うけど本当かなって、私、生まれてないから」
サカエ　「あー、そうねえ。ごはんは今の方が美味しい、これは絶対」
市郎　「俺も思った、こっち来て回転寿司入って声出ちゃったもんね」
サカエ　「水が違うのよ、あ、でも、喫茶店のナポリタンは……」
市郎　「すきゃんだるのナポリタン！　全っ然違う！」
サカエ　「違うね、味落ちたね、ベチャっとしてモッサリして」
市郎　「じじいの握力が限界なんだと思う」
渚　「そうなんだ、私、結構好きだけど」
サカエ　「いやいや騙されてる、じじい金返せのレベル」

井上　「ごはん以外になんかないの？　社会学者でしょ」

サカエ　「ああ……地上波でおっぱいが見れるとか？」

ゆずる　「だよねえ！　みんなポロリしてたよねえ！　ポロッポロ出してたよね！（ピィー！）……ああっ、やだ、ごめんなさい」

ゆずる、酸素ボンベの警告音が恥ずかしく抱きかかえる。

サカエ　「なんか、全体的にうるさかったな」

渚　「街が？　工事してたってこと？」

サカエ　「ううん人が、駅でもスーパーでも、みんなムダなこと喋るから。今はホラ、コレでコレ（ヘッドホンしてマスク）だし、分かんないことは人に聞かず検索するから静かよね」

渚　「気にしたことなかった、セクハラとかパワハラとかは？」

サカエ　「ひどい、ひど過ぎて感覚鈍らせないとムリだね、認定基準もないし」

渚　「鈍いぐらいの社会がちょうどいいのかもな、私には」

ゆずる　「……」

市郎　「……認定して終わりじゃ、しょうがないと思うけどね。これはパワハラとか、パワハラじゃなくてモラハラとか、細かく分類して、解決した気になってるだけじゃないの？」

渚　「そっか、行ってみたかったな、昭和（と台所へ）」

市郎　「……井上、おまえ明日、車出せ」

井上　「はい？」

市郎　「みんなで純子に会いに行こう」

33　見晴らしのいい墓地

『犬島家之墓』そばに墓誌『犬島純子』没年月日と享年が刻まれている。赤字で『犬島譲』の名も。

市郎　「……勝手に小川家の墓に入ってると思ってた」

ゆずる　「すいません」

市郎　「ハハ、享年28だってよ、さすがにグッと来ちゃうね」

サカエ　「でも、ここにいるみんな、純子ちゃんで繋がってる」

市郎　「俺の娘で」

渚　「私の母さんで」

井上　「僕の先輩で」
ゆずる　「私の妻、ですもんね」
手を合わせる5人。

34　喫茶「すきゃんだる」内（1986）

マスターがナポリタンを置いて、
ムッチ先輩の対面に純子、単語帳を手に隠し暗記に集中。
マスター　「ごゆっくりどうぞ」
純子　「……あ、ごめん聞いてなかった」
ムッチ　「ああ……お前が高校卒業したら、結婚しようって、言った」
純子　「うそ……」
ムッチ　「だから、聞いてなかったは、すげえショック」
純子　「ごめんなさい。先輩はずっと憧れの存在で、ずっと背中を追いかけてて……今も好き。だけど世界は広くて、先輩の背中よりもっと広くて、色んな生き方があるって……知ってしまったの」
ムッチ　「俺も知ってる、行ったし、バスで、お前追いかけて」
純子　「未来？」
ムッチ　「……多分」
純子　「たぶん？」
ムッチ　「……YOASOBI、いきなりステーキ、高輪ゲートウェイ、50代のキョンキョンにも会いました（サイン見せる）」
純子　「（困惑）……それなのに、自分のスタイルを貫けるって、やっぱり先輩……カッコいいです」
ムッチ　「職業イケメン、ムッチですッ！」
純子　「……がんばってください（笑顔で去る）」
悦に入るムッチ、ふと我に返り、
ムッチ　「……おれ、フラれた？」
カランカランとドアが開き、矢野恭子が現れる。
恭子　「ごめん、お待たせ」
ムッチの席に秋津がいて、以下、2024年に。

35　喫茶「SCANDAL」内（2024）

秋津　「僕も、今来たとこ、お腹すいてます？」
恭子　「平気平気（マスターに）すぐ行きます〜」
秋津　「……あ、じゃあ僕もナポリタン……（キャンセルで)」
恭子「じゃなくて、秋津くん、ちょっと違ったかな?って」
秋津「え、違う?」
恭子「ごめんね」
秋津「あー……それはー……属性が?」
恭子「属性かな。私そこまでドライじゃないかも。具体的に言った方がいいですか?」
秋津「……お願いします」
恭子「昨夜のやりとり(スマホ出し)『ごめーん後輩と飲んでるー』『はーい』『秋津くん明日早い?』『でーす』『ごめーん』『はーい』『今日ムリかもー』『ですねー』……これ今朝見て、あ、違うって」
秋津「ああ……」
恭子「この人と、結婚? しないなって。特に『でーす』が違う。明日早い『でーす』じゃん、被せてきてんじゃん」
秋津「すいません」
恭子「いいの秋津くんはそういう人だから、むしろ気づけてよかった。妬いて欲しいとか、気にかけて欲しいとか、そういう属性、私にもあるんだ〜って」
秋津「そういうのは付き合って行く中でお互い……」
恭子「ない、理想は、交際0日婚なんで、ごめんね」
出て行く恭子。入れ替わりに市郎、井上。
マスター「ナポリタンどうしますぅ?」
市郎「どうも(と恭子を見送り)秋津、やった、俺、帰れる!」
秋津「……」
井上「大学のラボに残ってたんです、タイムマシンの予備の燃料、1回分だけ、行って来いする分だけ」
秋津、スマホ見ると、もう恭子にブロックされている。
市郎「だからお前が結婚して、渚っちが復職したら……」
秋津「ずっといて下さい」
市郎「え?」
秋津「(天を仰いで四肢をのばし)あー、こういう感じかあ」
井上「なんだ、どうした秋津くん」
秋津「なんでもいいんで失恋の歌、歌ってください」
市郎「失恋つったらレストランだよねえマスター、早く!」
すぐ『失恋レストラン』を入れるマスター。

秋津　「今、気がつきました……俺、好きでした、恭子さん、好きって（胸をかきむしり）……こういう感じなんですね……」
市郎　♪悲しけりゃ……
秋津　「（止め）じゃなくてぇ！　こんなとこにいるはずもない系のヤツで、今なら全部刺さるはず、全集中で聴くんでぇ」

36　夜の道（1986年）

『One more time,One more chance』
悔し泣きしながら歩くムッチ。
♪いつでも　捜しているよ
どっかに　君の姿を
♪向かいのホーム　路地裏の窓
こんなとこにいるはずもないのに

37　喫茶「SCANDAL」内（2024）

市郎　♪いつでも　捜しているよ
どっかに　君の姿を
♪明け方の街　桜木町で
こんなとこにいるはずもないのに
秋津　「うあああぁ――――わあああ――――恭子ぉ！」
井上　「聴いてないよねぇ」
号泣しながらナポリタン食べる秋津。
秋津　「まずいい――――っ！」

38　犬島家・居間（日替わり・朝）

ガウンを羽織り、新聞を読んでいるゆずる、寝起きの渚、ゴミ袋を手に、
ゆずる　「おはよー」
渚　「おはよ、今日木曜だよね（と出て行く）」

39　同・前・ゴミ捨て場

近所の主婦、並木が今、ゴミを捨て帰るところ。
渚　「おはようございますー」
ゴミを出しに来た渚、並木の捨てたゴミが目に入り、
渚　「（努めてソフトに）あの、並木さん、これ」

並木「はい？」
渚「ペットボトル、ラベル剥がさないと持ってってくれないんで」
並木「あーそっかそっか、ごめんなさい」
捨てたゴミを回収する並木……だが、渚が去ってくのを確認して、再び同じ場所に捨てる。
渚「並木さん？」
並木「あー、でも、いつも持ってってくれますよ」
渚、自分が捨てたゴミを掲げて、ソフトに、
渚「これ、並木さんが捨てたの先週、ずっと残ってたから、うちで回収してラベル剥がして今出したんです」
並木「……」
渚「お願いしますね」
並木「……そんな」
渚「はい」
並木「そんな上から言わなくてもいいんじゃないですか？」
渚「……」
並木「うっかりするでしょ、人間なんだから、しない？うっかり、しないんだ」
反論しようとした時、散歩中の犬が小便して行く。
渚「(思わず) そこ、水かけてって！」
並木「出た、そんなだからパワハラで訴えられるんですよ」
渚「……」
踵を返し去って行く並木、渚、何か言いかけるが。
ゆずるの声「そんなだからって、どんなだ！」
渚「!?」
ゆずるが酸素ボンベと共に立っている。初めて見せる憤怒の表情。
ゆずる「あんたに娘の何がわかる、あんた渚の、何を知ってるんだ！」
渚「……やめてお父さん」
ゆずる「渚はパワハラなんかしてない！　絶対にしてない！　もし仮に、万が一、ワンチャン、そうだとしても、お、俺にとってはな、たった一人の大事な娘なんだ！　34年間見て来たんだ、ほんの一部分だけを見て、切り取って、パワハラだなんて決めつけるな！　俺の娘を、社会の基準で分類するな！」
ガウンを脱ぎ捨てるゆずる、市郎、騒ぎを聞き

つけ、

市郎　「なんだ？　ゆずるくん、大丈夫か？」

【決めつけないで】※ミュージカル

ゆずる　♪ワンチャン　決めつけないで
♪誰に聞いたか知らないが
♪ワンチャン　決めつけないで
♪本当のことは　誰も知らない
♪仮に　ワンチャン　そうだとしても
♪あんたがゴミを分類しなくていいって事には
ならない

ピーッ！と酸素ボンベから警戒音。

渚　「お父さん！」
ガウンを肩にかける渚。

並木　「……わかりました、わかりましたよ」

ゆずる　「はぁ……はぁ……わかってたまるか！……妻に先立たれてずっと、渚だけがずっと俺の身内なんだよ」
ゆずる、スマホを取り出し電話する。

市郎　「どうした、ゆずるくん」

ゆずる　「……もしもし、救急車一台、すぐお願いします」

渚　「お父さん、もういいから！」

ゆずる　「こんな体になっても見捨てず、そばにいてくれる、俺の娘を悪く言うな！（ガウンを脱ぎ捨てる）」

市郎　「ゆずるくん！」
散歩中の犬が『ワン！』と鳴く。

ゆずる　♪ワンチャン（ワン！）切り取らないで
♪パワハラ上司も　鬼じゃない
♪ワンチャン（ワン！）切り取らないで
♪セクハラ上司も　人の子だ

渚　「もうやめて！（ガウンをかける）」
サイレン、救急車がやって来る。

市郎　「来た、救急車、早かった！」
救急隊に抱えられてバックドアから乗り込むゆずる。

ゆずる　「……ご近所のみなさん、お騒がせしました。私、しばらく留守にしますが、今後とも娘を、よろしくお願いしま……」

散歩中の犬が『ワン!』と鳴く。
閉まりかけたバックドアが開いて、ゆずるが飛び出し、ガウンを脱ぎ捨てる。

ゆずる　♪ワンチャン（ワン!）傷つかないで
　　　　♪そんなつもりで言ったんじゃない

市　郎「ジェームス・ブラウンみたいになってる!ゆずるくん、ジェームス・ブラウンになってるから!」

　　　　♪ワンチャン（ワン!）決めつけないで
　　　　♪本当のことは　誰も知らない

×　　×　　×

去って行く救急車。

市郎（OFF）「ゆずるくんは緊急入院して、一命を取り留めた」

40　ネットニュースの記事

市郎（OFF）「どこから漏れたのか、渚っちのハラスメントはSNSで拡散された」
『女性社員がマタハラで上司を告訴か!?』
『EBSテレビ「現在、調査中」』

41　喫茶「SCANDAL」内

傷心の渚、ナポリタンを前にため息。

市　郎「渚っち、今度の土曜日、お母さんに会いに行こう」
渚　「また、お墓参り?」
市　郎「ついでに美味いナポリタン食わせてやる」
渚　「……え、最後の1回、だよね」

42　大通り（日替わり）

市郎と渚を乗せたタイムマシンが、走り出し、そして消える……。

つづく

#10 アップデートしなきゃダメですか?

1　コンビニ（2024）

市郎、商品カゴをカウンターに載せ、タバコ棚を指さし、

市郎「56番」

店員「袋どうしますか？」

市郎「いらない箸いらないスプーンいらないPayPayで」

馴れた手つきでエコバッグに精算済みの商品を入れる。

2　喫茶「SCANDAL」前

店内から秋津の歌う失恋ソングが聞こえる。

3　同・店内

秋津「♪恋をしたから　明日が少し怖かった　恋をしたから……」

入って来て演奏ストップボタンを押す市郎。

秋津「はぁ……あいみょん、なんで俺の気持ち知ってんだろ」

市郎「うるせえよ、もう帰れ」

上司の鹿島が帰り支度しながら、

鹿島「失恋した男の失恋ソングって、賄い料理みたいだよね」

市郎「ん？　どういう意味？」

渚「うまくもない、かと言って笑えるほどヘタでもないカラオケって、いちばんストレス」

秋津「じゃあ、締めにドライフラワーを」

渚「やめて！　好きだった曲がどんどん嫌いになる」

秋津「（塞ぎ込み）あの部屋には帰りたくないんです。恭子と過ごした6日間が忘れられなくて……」

市郎「半年一緒に暮らした俺を追い出したことも忘れねえぞ」

秋津「これがロスかあ、キョンキョンのいない世界なんて」

市郎「フラれてからキョンキョンて呼ぶなバカ」

渚「引き継ぎ、終わりました？」

市郎「ああ、後任も無事決まったよ、誰だと思う？」

4　EBSテレビ・リスクマネジメント部（回想）

サカエと栗田、名刺交換する。

栗田「リスクマネジメント部長の栗田です、いや信じられないな、小川さんが向坂先生を紹介してくれるなんて」

市郎「まあ、俺とは真逆だけど、適任だろ」

栗田「大歓迎です、ガバナンス強化もアピールできます」

サカエ「ジェンダー平等にも切り込んでいきますから」

5　喫茶「SCANDAL」内

渚「確かに、収まるところに収まった感、ある」

市郎「そんなわけで、身辺整理、着々と進んでるよ」

渚「……本当にいいの?」

市郎「やれることだいたいやったし、どんな未来か、だいたい分かったし、大人になった孫や、ひ孫にも会えた。面白いこといっぱいあった。捨てたもんじゃねえよ。こんな未来のためなら、お爺ちゃん、もうちょっと頑張れそうだ」

渚「ずっと居てもらって構わないんだけど……そうもいかないか」

市郎「俺はともかく純子が」

渚「……だよね」

市郎「チョメチョメしちゃうから（笑）」

渚「（笑）会うの楽しみ」

市郎「喜ぶよ……あ、でも、娘としてじゃなく」

渚「わかってる、この前みたいに、年上のお姉さんとして」

秋津、トイレの仕切りから半身出して、

秋津「……僕のこと完全に忘れてましたね」

市郎「忘れてたし、願わくば帰ってて欲しかったよ」

秋津「失恋したての人間てのはねぇ、24時間主人公なんですよ！　忘れるとか、無視とか、ないから！」

市郎「（無視して）そう言えば、お父さん具合どう?」

秋津「おがわっ！」

6　病院の中庭（日替わり）

ゆずる、右手で酸素ボンベ、左手で点滴を引きずり、両脇にお茶のペットボトルを挟んで嬉しそうにやって来る。

市　郎「どれか持とうか?」

ゆずる「いいんです、適度な運動が必要なんです」

市　郎「ごめんね、もう会えないと思って」

ゆずる「いよいよお別れですか、お義父さん」

市　郎「タイムマシン、最後の1回は、渚っちのために使おうと思ってさ。ほら、最近、元気ないでしょ」

ベンチに並んで座る2人。

市　郎「(ふと考え)……もう会えなくはないね」

ゆずる「会えますね、お義父さんはむしろこれから、4年後です」

×　×　×

フラッシュ(#4・#5)

銀色の特注スーツ姿のユズルが正座している。

純　子「犬島ユズルくん、私、この人と結婚する」

×　×　×

市　郎「悪いけど、俺は2人の結婚を許さないと思う」

×　×　×

ゆずる「はい、許さないで下さい」

×　×　×

市　郎「そんな肩幅の男に娘はやれん」

×　×　×

市　郎「いいのか? 渚っちが生まれてこないぞ」

×　×　×

ゆずる「ご心配なく(ニヤリ)」

×　×　×

純　子「お腹に赤ちゃんがいるの」

×　×　×

市　郎「この野郎……ん!? てことは、そこで俺が体を張って、2人を引き離せば……」

×　×　×

市　郎「……この野郎!(飛びかかる)」

×　×　×

ゆずる「大丈夫、お義父さんがどんなに反対しても、ゆずる、譲りませんから、ゆずる、六本木の覇者ですから!」

×　×　×

ユズル「♪はーい! はーい! はーい! お義父さん、この通り、お義父さん、ビリーブミー」

×　×　×

市　郎「やがて渚っちが生まれ、俺と純子はこの世を去る」

×　×　×

ゆずる「ところが2024年、お義父さんがタイムマシンで、私の前に現れます」

×　×　×

市郎「初めまして」
ゆずる「(わなわな震え)」

× × ×

市郎「色々あって昭和に帰って4年後、お前が俺に会いに来る」
ユズル「♪はーい！ はーい！ はーい！ お義父さん、この通り」
市郎「俺は許さない」
ゆずる「許さないで下さい」
市郎「……この野郎！(飛びかかる)」
市郎「渚っちが生まれ、俺と純子が死んで」
ゆずる「2024年、お義父さんがタイムマシンでやって来る」
市郎「初めまして」
ゆずる「(わなわな震え)」
市郎「昭和に帰って4年後」
ユズル「♪はーい！ はーい！ はーい！」
市郎「やめよう、吐きそうだ」
ゆずる「はい」

7 喫茶「SCANDAL」内

秋津「♪ぜぇんぶ ぜぇんぶ 嫌いじゃないの どら〜いふらわ〜」
そのまま酔い潰れる秋津。
市郎「どうしたもんかね、この裏声野郎」
鹿島「仕事にも支障が出てます、取り引き先で急に泣き出したり」
秋津「チョメチョメとキョンキョンしてえ〜」
市郎「何とかなんないの？ おたくのアプリで」
鹿島「最新版にはロックオン属性モードが搭載されて、相性99%の相手をロックオンできるんです……ただ、本人じゃないと登録できないシステムなんで」
秋津のスマホ、顔認証モード。市郎、寝ている秋津の顔にかざすと、あっさりロックが解除される。
鹿島「あーそれ、絶対やっちゃだめ」
秋津「……ん？」
市郎「シシシシシ……どうやんの？」

8 犬島家・居間

ソファで寝ている渚の顔にスマホをかざし、ロック解除。
渚「……ん？　ごめん寝ちゃった」
市郎「（スマホ隠し）そろそろ支度しな、4：55分のバスだから」
渚「（奥へ行きながら）着替え何日ぶん？」
市郎「いらない、日帰りだから」

9　首都工業大学・研究所・ガレージ（早朝）

井上とサカエ、秋津とマスターが見送りに来ている。
井上「帰りは十一時間後、3：55分ですから、遅れないで下さいね、自動運転ですから、時間通りにバス出ちゃいますから」
渚「はいはい分かりました」
井上「本当かなあ、心配だなあ、行きましょうか？」
サカエ「やめて、また、い——ってなるから」
市郎「にしても……少ないね、見送りが、もうちょっと来ても良さそうなもんじゃない？　八嶋とか」
渚「朝、早いから失礼しますって」
市郎「失礼しちゃうね、やっぱり人望ないんだな」
秋津「親父呼びましょうか」
市郎「いい、向こうで会えるし、そんなに思い入れないから」
サカエ「キヨシお願いしますね、どんなに嫌がっても無理やりにでも乗せてください」
マスター「私に伝えてください、ムツゴロウ王国は崩壊する」
秋津「自分、ぜってえ幸せになります！」
市郎「うん、うん、基本みんな自分のことばっかりだね」
サカエ「小川さんも、もっと自分のこと大事にしてもいいんだよ、なんつて」
市郎「……ありがと」
井上「燃料もったいないんで、バス停までうちの学生が押します」
市郎「ええええっ!?」

10　ガレージ前の道

揃いの作業着を着た大学生と井上が「よいしょ！」と声を合わせバスを押す。市郎、窓から顔出し、

市郎　「だいじょぶ？　めちゃめちゃ不安なんだけど」
井上　「はい、エンジンかかった！　窓閉めて！　腰入れて！　せーの！」
手を離れ、加速するバス。突然消える。
一同　「行った行った」とガレージに戻ろうとするが。
井上　「んん？」
いつものマネキン運転手が道に放置してある。

11　バス停（土曜日・1986）

時空を超え、突如、出現するバス。
バス停に到着する。市郎に続いて下車する渚。
市郎　「昭和へようこそ、どうだい？」
渚　「……臭い」
市郎　「臭いって感想は初めてだ（笑）まあ、そのうち馴れるさ」
運転席で息を止めていた大学生M（DJ松永さん）帽子と上着を脱ぐ。後部座席に隠れていたR（R-指定さん）が姿を現す。

×　　×　　×

バスから降りる大学生、MとR。
M・R　「……」

☆　タイトル『不適切にもほどがある！』

〜#10　アップデートしなきゃダメですか？〜

12　小川家・玄関

純子、玄関のドアを開け渚を迎え入れる。
純子　「渚さん！」
渚　「純子ちゃん、元気だった？」
市郎　「キヨシは？」
純子　「新聞配達始めたの。自分の小遣いぐらい自分で稼ぐんだって、入って入って」

13　同・リビング

仏壇の前に座る渚、ゆりの遺影を見て、
渚　「……これが、おばあちゃん？」
純子　「ううん、お母さん。ジジイの奥さんだけどババアじゃないでしょ？　35歳で死んだからね……

市郎　どこ行くの?」
純子　「(玄関で) タバコ一本吸って来る」
市郎「そこで吸えばいいじゃん」
純子「……あ、そうか (出すが) ……いや、外で吸うわ (出て行く)」
渚　「……どんなお母さんだった?」
純子　「ゆりちゃん? ちょっと変。とにかく、おやじのことが大好き。……いちろーインタビュー、っていうのがあってね」
渚　「なにそれ、ヒーローインタビューみたいな?」

14　同・同 (回想・1979年頃)

ゆりが帰宅直後の市郎にマイク(おたま)を向け、
ゆり　「市郎さん市郎さん、今日のお昼は何を食べましたか?」
市郎、試合直後の野球選手のテンションで、
市郎　「そうっすね……はぁ、はぁ、妻の愛妻弁当を頂きました」
ゆり　「特になにが美味しかったですか?」
市郎　「そうっすね、はぁ、はぁ、ささみフライと、やっぱり卵焼きが甘くて美味しかったですね、それが勝利に繋がりましたね」
ゆり　「晩ごはんのおかずは、なんだと思いますか?」
市郎　「ん〜どうでしょお、カレーの匂いがプンプンしてますが」
という一連を冷め切った目で見ている少女時代の純子。
ゆり　「最後に、奥さまにひと言!」
市郎　「ゆりちゃん、宇宙一愛してるよ!」
ゆり　「ゆりもぉ! (抱きつく)」

15　同・同 (回想戻り)

渚　「それ毎晩?」
純子　「毎晩、子供心に、うちの親ちょっと異常? って思ってた (笑) 渚さんのお母さんは? どんな人?」
渚　「あー……一番古い記憶はねえ、5歳かな、東京からお爺ちゃんが訪ねて来たの」

16　テーラー犬島 (回想)

市郎　「よう」と顔を現す。
純子　「渚〜、東京のじぃじぃ来たよ」
ユズル　「いらっしゃいませ」

×　　×　　×

渚　「お父さんが、緊張してるの、子供心に分かって……」

×　　×　　×

純子　「ほら、渚、じぃじぃに抱っこしてもらいな」

×　　×　　×

渚　「このムード、多分私が和ませるべき？　ってのは分かるんだけど、実際どうしていいか分かんないし、お爺ちゃんタバコくさいし」
市郎が渚(5歳)を抱っこする、渚、怖がって号泣。

17　小川家・リビング

純子　「へえ、写真ないの？」
渚　「……ないの。でも覚えてる、あの気まずい感じとタバコの臭い」

18　小川家・外（または遊歩道）

キヨシが自転車で新聞を配っている。
市郎　「よう、元気そうだな」
キヨシ　「(ブレーキをかけ)……」
携帯灰皿を手にタバコ吸っている市郎。
市郎　「トゥナイト観たくて帰って来たよ（笑）お前どうする？」
キヨシ　「……」
市郎　「純子とチョメチョメできなくても地上波でおっぱい見たし、そろそろスタバのマンゴーフラペチーノ飲みたくねえか？」
キヨシ　「……飲みたい」
市郎　「じゃあ3時：55分に出るから、友達にバイバイして来い」

19　喫茶「すきゃんだる」内

マスターが渚と純子の前にナポリタンを運ぶ。
離れた席から純子を凝視している安森。
純子　「……なんですか？」

安森　「君、向坂キヨシの」
純子　「はい、同居人ですけど」
安森、素早く渚の隣に移動してきて、純子に、
安森　「サカエさんどこ行っちゃったの、連絡取りたいんだけど」
純子　「ええと……」
安森　「僕、何かしたかな、全く身に覚えなくて……そもそもあの人……少し、不思議っていうか……」
校長が入って来る。
校長　「おー、安森くんどうした（渚を見て）同伴？店外デート？」
渚　「はあ!?」
校長　「ほどほどにね（マスターに）レスカ」
校長はトイレへ。安森は会計して出て行く。
渚　「……ごめん、短時間に色んなことが……食べよっか」
以下、粉チーズをかけて混ぜたりしながら。
純子　「……その後輩の人、もう怒ってないと思う」
渚　「杉山ちゃん？」

×　　×　　×

フラッシュ（回想・#9）
杉山　「すいません妊活で……」
渚　「いちいち言わなくていいよ」
杉山　「いや、言っていこうと思って逆に、急に穴開けると悪いし」
渚　「だったら、その週は、いないものとしてシフト組んどくから……」

×　　×　　×

渚　「……どうかな」
純子　「自分のことしか考えられない時って、あるよ、誰でも。そういう時、他人の言葉とか態度とか、ガラスの破片みたいに刺さっちゃうんだよね。でも落ち着いて考えたら、渚がそんなつもりで言ったんじゃないって絶対わかるもん」
渚　「……」
純子　「『渚が』だって（笑）ごめん、渚さんがね」
渚　「渚でいいよ」
純子　「だからその子、今ごろ後悔してる。引っ込みつかないだけで、謝りたいと思ってるよ」
渚　「……美味しい！」
マスター　「……（出て行く女性客を見送って）」
渚　「なんだ、やれば出来んじゃんマスター！」

マスター「……え、俺?」

渚「ナポリタン、ぜんぜん違う、なんで? なんか変えた?」

マスター「……いつも通りですけど」

渚「いつも通りやんなよ、じゃあ、いつも! プロなんだから! ベチャっとして、もさっとして」

純子「渚さん、渚さん(口のあたり指し)ついてる、ケチャップ」

渚「うそ、どこ?」

純子「座って」

純子に促され椅子に座った瞬間、渚の姿が5歳の少女時代に戻っている。(渚の幻想)

純子(26歳)鼻歌を唱いながらハンカチで口元を拭う。

純子(26歳)「♪渚のはいから人魚 キュートなヒップに」

渚(5歳)「……ずっきんどっきん」

純子「♪渚のはいから人魚 夏まで待てない」

渚「……ずっきんどっきん」

20 佐高家・部屋

2PLAYでゲームしている佐高とキヨシ。

キヨシ「(画面見たまま)……転校することになった」

佐高「あそう、いつ?」

キヨシ「今日」

佐高「へー。……ますます学校行く理由なくなった」

ゲームオーバーの音楽。

キヨシ「(佐高を見てる)

21 喫茶「すきゃんだる」内

ナポリタンを食べてる市郎。

純子「さて、ナポリタン食べたしぃ、クリームソーダ飲んだしぃ、あとなに? 昭和っぽいこと」

市郎「ノーパン喫茶も摘発されたしな」

渚「もう充分、お腹いっぱい」

市郎「……そうか」

ムッチ先輩が入って来る。

純子「そうだ! 昭和名物、ムッチ先輩のバイクで二人乗り」

渚「……秋津くん?」

ムッチ「あ、はい、秋津睦実です」

市郎「そう、あの秋津の親父コイツ、そっくりだろ？」
純子「ねえねえ、バイク乗せてあげてよ」
ムッチ「バイク売った」
純子「……あれ？　なんか感じ変わった？」
市郎「大江千里みてえだな」
見るとムッチ、微妙にキャラ変している。（ジャケット腕まくり、縞シャツ、チノパン、だて眼鏡）
ムッチ「買った、DCブランド」
同じくキャラ変した明美が来てムッチに抱きつき、
明美「ごめぇん、先輩、眉毛描いてたら遅刻遅刻ぅ……あ、純子」
市郎「付き合ってんの？　チョメチョメしちゃった？」
純子「やだ～、すごいショックぅ！」

22　バス停

市郎、渚、ムッチ、安森、イノウエ、さかえ、明美、友美、純子、マスター。
キヨシ「みんなありがとう、こんなにたくさん集まってくれて」
市郎「多けりゃいいってもんじゃないけどね、見送りは」
純子「キヨシ、半年間楽しかった、ありがとうね」
キヨシ「純子先輩……」
安森「お母さんによろしく、くれぐれもよろしく」
友美「手紙書いてね」
明美「電話してね」
キヨシ「うん？　うん？　ううん……」
ムッチ「さよならなんか言えないよ、ばっきゃろうっ！」
キヨシ「（あまりのギャップに）だれ？」
マスター「未来の俺に伝えてくれ、ムツゴロウ王国は不滅だ！」
市郎「だいたい一言ずつ喋ったかな」
渚「……ありがとね小川さん。もう、会えないんだね」
市郎「……俺は会うけど、渚は……俺が誰だか分からない」
2人、握手だけでは収まらず抱擁。
市郎「ビリビリこなかった（笑）元気でな」
渚「元気でね、お爺ちゃん（とバスに乗り込む）」
純子「おじいちゃん？」
市郎「老人、って意味だろ」

キヨシ　「お父さん、お母さん、どうか仲良くしてください」
イノウエとさかえ、ピンと来ない。
市　郎　「そろそろ時間だ（とスマホ見て）あ！　これ、どうする？」
キヨシ　「持ってて、新しいの買ってもらうから」
ドア閉まり、走り出すバス。窓を開け叫ぶキヨシ。
キヨシ　「ありがとう！　純子先輩！」
たまらず走って追いかける純子。
純　子　「キヨシ！」
キヨシ　「純子先輩！」
純　子　「元気でね！」
キヨシ　「おっぱい見せてくれてありがとう！」
市　郎　「なに⁉」
純　子　「へへへへ」
忽然と消えるバス。
イノウエ　「⁉（驚愕）」
大学生MとR、買い込んだお土産を抱え走って来て。
M&R　「……（呆然）」
市　郎　「ん？　誰だい？」

23　EBSテレビ・カウンセリングルーム（日替わり・2024）

サカエ　「……これを前任者の小川が？」
瓜　生　「ええ、3万円」
テーブルにティッシュに包まれた3万円。
瓜生の隣に、竹田という男性。
サカエ　「お二人は同性婚……ってことですね？」
竹　田　「ええ、パートナーシップを利用して」
テロップ『※パートナーシップ宣誓制度…各自治体が同性同士のカップルを婚姻に相当する関係と認め証明書を発行する制度。現在300を超える自治体が施行』
瓜　生　「竹田くんはIT関係の会社で、結婚手当てが出たんです」
竹　田　「3万円、でもEBSさんは結婚を証明するものがないと払えないって」
瓜　生　「時代の先端を行くテレビ局がですよ、同性婚を認めないってどういう事ですか！　って相談に来たら、小川さん」

24　同・廊下（回想）

市郎が「コレ少ないけど」とティッシュに包んだ3万円を渡そうと。

瓜　生「いやいやいやそういうつもりじゃないですから」
市　郎「いーからいーから！　気持ちだから！（昭和の押し問答）」

25　同・カウンセリングルーム

サカエ「……同性婚そのものには寛容だったんですね」
瓜　生「ちゃんと理解してたかは分かりませんけど」
サカエ「……とりあえず、これはお返しします」
瓜　生「いやいやいやいや」
サカエ「いりませんいりません、私がもらったら変でしょう。その上で、扶養手当などの福利厚生を認めるよう、サポートしますね、当然の権利ですから」

26　葛飾区立第六中学校・体育教官室（1986）

令和のお土産（エコバッグと携帯灰皿）を配る市郎。

市　郎「すいませんね、長い間お休みしちゃって、高杉先生はタバコ吸わないからエコバッグね、行き渡ったかな？　あとは校長か」

教頭の佐伯が後ろから市郎の肩を掴んで、

佐　伯「（大声で）小川選手！　どこ行ってたの半年もぉ！」
市　郎「ええ、研修です、校長から聞いてないですか？」
佐　伯「頼もしいねえ、後輩だからね野球部の！　復帰祝いやらないとね、安森くん、飲みにケーションだ！　わっはっはっは」
市　郎「……うるせえな、安森、校長見なかった？」

「ちょっと」と連れ出す安森。

27　喫茶「すきゃんだる」内

市　郎「辞めさせられた!?　なんで、何した」
安　森「実は校長……変態だったんです」
市　郎「痴漢か！　覗きか！　ストーリーキングか！」

28　葛飾区立第六中学校・会議室（回想）

ＰＴＡの代表が押しかけ、真ん中に校長。机の上には証拠写真。女装した校長が写っている。

保護者Ａ「ご説明頂けますでしょうか」

安森（ＯＦＦ）「休みの日に、わざわざ新宿や池袋まで行って、女装して歩いてるところを、父兄に目撃されて……」

29　喫茶「すきゃんだる」内

市　郎「ちょっと待って、女装って……犯罪か？」

安　森「犯罪……じゃないんでしたっけ？」

市　郎「じゃないだろう、痴漢は犯罪、だけど女装は趣味だろ」

マスター「!?」

安　森「でも、変態でしょ」

市　郎「いやいや、お前間違えてるぞ、いいか？　歩いてただけだぞ。確かにビックリだけど、校長にとっては、それが自然な姿なのかもしれない。性自認が女性だとしたら……」

安　森「せいじにん？」

市　郎「……まあいいや、続けて」

30　葛飾区立第六中学校・会議室

複数名の女装家が談笑している写真を指し。

校　長「この人は外科医ですね、この人は官僚、秘書。社会的地位がしっかりしてる同好の士が、おシャレして集まって、ランチ食べながら、この化粧品いいよねーとか、原宿で可愛い下着売ってたよーとか、情報交換して？」

という話を、信じられないという風に、いちいち悲鳴をあげながら聞く保護者。

保護者Ｂ「やめて、聞きたくない！」

保護者Ｃ「恥ずかしくないんですか！　聖職者として」

佐　伯「なんとお詫びしていいやら……」

校　長「なんで謝るの？」

保護者Ａ「子供に悪影響を与えるからです！」

保護者Ｂ「ハッキリさせましょ、女装を止めるか教師を辞めるか」

校　長「あ、じゃあ、辞めまーす」

と『辞表』を置いて出て行く校長。

31　喫茶「すきゃんだる」内

市　郎「ひでえな」
安　森「本当、あんな人だとは思わなかった」
市　郎「いや、お前らだよ。個人の趣味だろ、誰にも迷惑かけてないのに寄ってたかって、大問題だぞ！」
安　森「小川先生なんか……変わりましたね」
市　郎「あ？　変わってねえよ」
マスター「ちょっといい？　その人、土曜日、ここ来たよね」

×　　×　　×

フラッシュ（回想）
校　長「おー、安森くんどうした、同伴？　店外デート？」
渚「はあ!?」
校　長「ほどほどにね、レスカ（とトイレへ）」
マスター「その後、見たのよ俺！」

×　　×　　×

エレガントな女装でトイレから出て来る校長、カウンターに座り、レモンスカッシュを飲み干し、出て行く。
渚「美味しい！」
マスター「……（出て行く校長に見とれて）」
渚「なんだ、やれば出来んじゃんマスター！」
マスター「……え、俺？」

×　　×　　×

マスター「いい女だなぁ～と思ったんだよねぇ」
市　郎「ほんとかよ」
安　森「そういうわけで当面、教頭の佐伯さんが、校長代行として」
市　郎「あいつ苦手なんだよ、佐伯、ガサツでさぁ、大味でさぁ」

32　居酒屋・座敷（日替わり）

佐　伯「乾杯だ、男の挨拶と女のスカートは短い方がいいからね！」
教職員達、男も女も爆笑。市郎ひとり憮然。
一　同「かんぱーい！」
市郎（心の声）「あー帰りたい、これ本当に俺の歓迎会か？」
安　森「注文いいですかぁ？」

店　員「はい喜び勇んで！」
市郎（心の声）「喜び勇んでるわりには来やしねえ（張り紙見て）この時給じゃしょうがねえか」
体育教師①「高杉先生、それ一口飲んでいい？」
高杉舞「どうぞ」
体育教師①「（グラス回して）どっから飲んだ？」
体育教師②「お、間接キッスか！」
高　杉「やーだあ」
安　森「注文いいですかぁ？」
店　員「はい喜び勇んで！」
市郎（心の声）「早く来いよ。ったく、こういうの（タブレット）持ってくりゃ良かったな令和から」
佐　伯「だいたい前任者は軟弱だったんだよ、挙げ句オカマって、わが六中の伝統に泥を塗ってくれたよ」
市　郎「オカマと女装はイコールじゃないスけどね」
佐　伯「??」
市　郎「あと正しくは『男のスピーチと女のスカート』ね、スピーチとスカートが掛かってるわけだから、そういう問題じゃなくアウトだけど」
佐　伯「……お〜が〜わあ！　お手柔らかに頼むぞ！」
と肩を組む佐伯「よっ、地獄の小川！」と声がかかる。
教員③「新人類の安森くん、あれどうなった？　登校拒否の」
安　森「佐高ツヨシですか、いやあ、なかなか」
佐　伯「時には愛の鞭も必要だぞ、ライオンが子を崖から突き落とす厳しさが。コミュニケーションが不足してるんだよ。腹を割って話し合ってさ、縦の繋がり横の繋がりを大事に……」
市　郎「気持ちわりぃ」
安　森「ちょっと小川先生……」
市　郎「なんでライオンにたとえんの？　ムツゴロウか？　人間なんだよ、教師も生徒も。腹を割って？　縦や横の繋がり？　強制参加の飲み会でなに言ってんだ、こんなの同調圧力じゃねえか！」
佐　伯「……小川、研修明けで現場の感覚忘れちゃったか？」
市　郎「生徒は一人一人違うんだよ、どっかで聞いた精神論に当てはめて終わりでいいの？　あの子たちが、30年40年後の未来を作るんだよ、ちゃんとやろうよ！」

体育教師①「どうしちゃったんスか小川先生、なんか、正論ばっかでつまんないッスよ」
市　郎「なに!?」
体育教師②「（空気を察し）ほらデカ過ぎパイちゃん、校長代理にお酌して」
高　杉「はぁい」
市　郎「そんなことしなくていいって！（立ち上がり）女だからって若いからって、そんなポジションに甘んじなくていい、気持ち悪いヤツには気持ち悪いって言ってやれ！　俺は……帰る！」
出て行く市郎、ちょうど店員が来て、
店　員「お待たせしました ご注文は？」
市　郎「ここに炙りしめ鯖２００コ！」

33　葛飾区立第六中学校・グラウンド（日替わり）

ノックしながら檄を飛ばす市郎。
市　郎「とれたぞ今の！　しっかり腰落として！……ん？　どうした？」
部員たちバックネットに手をつき尻を突き出している。
キャプテン「ケツバットお願いします！」
市郎、一度はバットを振り上げるが、急に冷めて、
市　郎「……アホくさ。はい集合ぉ！」
生徒たち、市郎の前に円陣を組んで座る。
市　郎「いいか！　地獄の小川は今日で引退だ、俺は今日から（満面の笑みで）仏の小川だ」
一　同「……（動揺し身構える）」
市　郎「プロになるヤツはな、怒られる前にやるんだよ自分で。よく覚えとけ、将来、日本から大リーガーがばんばん出て世界中から注目される。ピッチャーでホームラン王、二刀流、顔こんな小っちぇんだぞ。ケツ、俺の顔の高さだよ、そんなヤツにケツバットなんかできっかよ」
イノウエ「大リーガーって、モテるんですか？」
市　郎「そらお前……ん？　なんだ？　どうしたイノウエ」
イノウエ立ち上がり、ポジションまで走り、
イノウエ「お願いします！」
市　郎「……そうだな、練習しよ、うん、適度に水分補給してな」

34　小川家・純子の部屋（日替わり）

市郎「起きろブス！　さかりのついたメスゴリラ！」

純子「起きてるよ」

市郎、布団をはぎ取るが純子はいない。

純子、参考書を鞄に入れ、出かけようとしている。

純子「言ったじゃん、模擬テスト、そのあと三者面談だから」

市郎「(しみじみ)……変わったなぁ、純子、誰？こいつ」

マッチのポスターが阿部寛（?）に変わってる。

純子「知らないの阿部ちゃん、メンズノンノの阿部ちゃん」

市郎「……俺どうだ、変わったか？」

純子「は？　何言ってんのジジイ、金くれ」

市郎「(千円札渡す)」

純子「ハイお弁当〜（渡す）卵焼き、甘過ぎるかも」

市郎「おう、頑張れよ」

純子「あーあ、またジジイと二人暮らしかよ、気楽でいいけど」

市郎「そんなこと言ってると、再婚しちゃうぞ」

純子「してみろよ、屁ッコキじじい（と出て行く）」

市郎(OFF)「頑張ったとてだよ。俺は純子の未来を知ってる」

×　×　×

ディスコで踊りまくる女子大生の純子、ユズル。

ユズル「はーいはーいはーいはーい！」

35　純子の高校・教室

担任の笠間、純子の成績を市郎に見せる。

笠間「娘さんすごいですよ、現役合格狙えますって！」

市郎「そんなこと言わないでよ、先生ぇ！」

笠間「本当ですって、4月まで、ぶっちぎりのビリだったんですから、偏差値30、ビリのスケバン、ビリスケだったんだから」

市郎「大学なんか行かなくていいんです純子は、高校出たら働け、水商売でも風俗でもいいから」

純子「何言ってんだよジジイ、嬉しくないの？　評価Aだよ」

市郎「海外留学する？　どっか、名前も聞いたことない大学に」

純子「やだ！　東京で女子大生になるの！」
笠間「（泣）よく頑張ったなあ、小川、青学の幼稚園にも入れないバカ女だったのになぁ」
市郎「（泣）バカでいいのよぉ、バカのままで良かったのになぁ」

36　小川家・リビング

市郎、仏壇の前で何本目かの缶ビールを開け、
市郎「……やっぱり本当のこと言うべきかね、純子に、タイムパラドクスなんか知ったことか、娘を救うのが親の役目だろ……いや、言えないよぉ、渚っち生まれてこないし、何よりあいつ今、めちゃめちゃ幸せそうなんだもん」
何も知らず寝息を立てる純子。
市郎「変わっちまったのかなぁ俺。どうよ、ゆりちゃん……変わっちゃダメかね、変わるだろ、色々わかっちゃったんだから」
ゆりの声「アップデートしたんでしょうね」
市郎「あっぷでーと？」
ゆりの声「（途切れがち）多様な価値観に触れて……」
市……さん自身が……ップデート」
市郎「（激しく動揺）ゆりちゃん？　うそ、どこ？」
仏壇わきに置かれたスマートフォンが通話状態。

37　喫茶「ＳＣＡＮＤＡＬ」内（リビングとカットバック）

サカエ、スピーカーで通話中。
サカエ「小川さん？　落ち着いて、私、サカエですよ」
市郎の声「ああ、あんたか、なんか用かい」
サカエ「そっちからかけて来たんでしょ」
隣の席で受験勉強しているキヨシ。
キヨシ「先生、スマホ、最新バージョンにアップデートしないと、繋がんなくなるってよ」
市郎、ポケットＷｉ－Ｆｉを高く掲げ、
市郎「そっちはどうだい」
サカエ「なんとかやってますよ、キヨシもいよいよ追い込みで」
市郎「渚っちは？」
サカエ「明日から復帰なんで、念のため付き添います」

38　ＥＢＳテレビ・リスクマネジメント部（日替わり）

サカエに付き添われ、瓜生に挨拶する渚。

渚「この度は、御心配とご迷惑おかけしました」

瓜生「(目を合わさず)うん、俺にできることがあったら……」

サカエ「やめて、そういう、あからさまな腫れ物扱い」

栗田、ロケのVをチェックしながら、

栗田「おかえりワンちゃん、俺も久々ロケやれて楽しかったよ、見てる？ 八嶋さんの銭湯巡り」

渚「勝手に水でうめて毎回怒られるの、最高です」

八嶋(V)「すいません、熱っ……でもお父さん42度って熱っ……うちのお風呂、39度だから熱っ！」

栗田「39度って子供じゃあるまいし……リスキー！見えてない？」

渚「あの、杉山ちゃん……異動になったんですよね」

栗田「ああ、14階」

39 同・14階・コンテンツマネジメント部

新しい部署で和気あいあいと働く杉山。

栗田(OFF)「新しく出来たコンテンツライツ局コンテンツマネージメント部、時短勤務だし、無理なくやれてると思うよ」

40 同・リスクマネジメント部

渚「……よかった、それが一番気がかりでした、本当よかった」

瓜生「くれぐれも、直接会って謝罪なんかしないでね」

渚「……やっぱりダメですか？」

瓜生「ダメに決まってるでしょう」

栗田「彼女にとって君との一件はトラウマなんだ、フラッシュバックを起こす可能性もゼロじゃない」

瓜生がタブレットを開いて見せる。

瓜生「杉山ひろ美のSNS見た？『パワハラ上司が復職するらしい、吐き気がする』」

サカエ「……ひどい、これを当事者に見せる瓜生さんの無神経さこそが問題ですよ」

瓜生「いやいや、カギ付いてないから誰でも見れるし」

サカエ「こんなの……直接会うよりよっぽど暴力、言葉の暴力です」

栗田「すまんが、会社としてはこれ以上、被害者も加

渚　　　害者も出したくないんだ」
「……」

41　喫茶「SCANDAL」内（2024）

サカエ「いや、分かるんですけど、言いたいことはSNS、気に入らない相手はブロックって風潮、なんかモヤモヤ。私も昭和で変わってしまったのかしら」

42　喫茶「すきゃんだる」内（1986）

市郎「こっちはこっちでヒドいもんだよ。校長代理が、いじめの加害者連れて被害者の家に押しかけて、直接謝らせて」
サカエの声「ええ!?　何そのパフォーマンス！」
市郎「挙げ句の果てにPTAで熱弁ふるってよ」

43　葛飾区立第六中学校・会議室（回想）

佐伯「いじめられる側にだって原因があるはずです、ぜひご家庭で話し合ってください！」

44　喫茶「すきゃんだる」内（随時カットバック）

サカエ「最悪」
市郎「生きづらいわぁ昭和。令和戻りたいわあ、ラヴィット見ながらスシローのサラダ軍艦食べたいわあ」
サカエ「だったら今日私が扱った案件言いましょうか？（読み上げる）『戦隊モノのピンクだけが女というのは家父長制の名残だと抗議を受けたが、同性愛者も入れるべきでしょうか』『YouTubeに倣って男の乳首を放送禁止にすべきでしょうか』『ADにハラスメントで訴えられているが、そのような事実は一切なく、これはハラスメントハラスメントだと主張したら、それがハラスメントだ、ハラスメントハラスメントハラスメントだと逆提訴されました』」
市郎「（遮り）いやあっ！　令和ムリ！」
マスター、トイレから出て来て、
マスター「どうした！　だいじょぶ？」
市郎「う、うん、悪いけど、これ持ってて」

ポケットＷｉ－Ｆｉを渡す。

マスター「ネズミかなあ、トイレで音するんだよね、カタカタ」

市　郎「昭和も令和も生きづらいってことで、いいかな」

サカエ「生きづらい、どっちも、そして、寛容じゃない」

市　郎「その通り、寛容と大雑把は違うんだよ」

サカエ「腫れ物に触るのも違いますよね」

市　郎「無礼講とか、飲みニケーションとか、最悪だよ」

サカエ「どんな仕打ちにあったって『吐き気がする』なんて、人が人に対して使っていい言葉じゃないでしょ」

市　郎「その通り！」

サカエ「スマホじゃないでしょ？　私たち。人間同士なんだから、片っぽがアップデートできてないとしても、もう片っぽが寛容になれば、まだまだ付き合えるんでしょう！」

市　郎「寛容だよ、寛容が足りないよ！」

【寛容になりましょう！】※ミュージカル

市　郎　♪やいのやいのと　申してきましたが

♪とどのつまりは　老いも若きも

市　郎「もっと寛容になりましょうよ！」

二つの喫茶店に主要キャストが入れ替わりやって来て。

サカエ　♪完全な平等なんてない

♪令和と昭和　男と女

市　郎　♪容姿　性格　納税額　違う

♪ちょっとのズレなら　ぐっとこらえて

市・サ　♪寛容になりましょう（大目に見ましょう）

♪寛容になりましょう（どんと構えましょう）

渚　♪わたし　あなたじゃないから

♪１００％は寄り添えないわ

秋　津　♪ずれた２パーか３パーは

♪書き込みたいところを　ぐっとこらえて

秋・渚　♪寛容になりましょう（大目に見ましょう）

♪寛容になりましょう（電源切りましょう）

栗　田　♪何を言っても炎上！　炎上！

♪黙っていても叩かれる

♪こんな世の中だから

♪ポイズンよりも寛容が肝要

八　嶋「Ｉｍｐｏｒｔａｎｔ！」

×　×　×

井　上　♪おまえ　ほんとに出来た女さ
サカエ　「おまえ?」
井　上　♪明日は6時に起こしておくれ
キヨシ　♪僕は9時まで起こさないで
サカエ　♪私　目覚まし時計じゃないわ
キ・井　♪寛容……
サカエ　「違う!　寛容と甘えは違います!」

×　×　×

ユズル　♪たられば言ってもはじまらない
　♪前だけ見てれば大丈夫
ゆずる　♪たまには後ろも振り返り
　♪ゆずる時にはゆずりましょう　そんで
二　人　♪寛容になりましょう(大目に見ましょう)
純子・友美　♪17歳って大人?　子供?
　♪危険な恋にクラクラしちゃう
マスター・安森　♪お酒は20歳になってから
ムッチ&明美　♪現世が無理なら来世でお前を(私を)
　♪背中から抱いてやる
純　子　「ダッサっ」
市　郎　♪ちょっとのズレなら　ぐっとこらえて
サカエ　♪多様な価値観
市・サ　♪寛い心で　受け容れて……
全　員　♪寛容になりましょう(大目に見ましょう)
　♪寛容になりましょう(大目に見ましょう)
　♪負けないことよりも　寛容が大事
　♪愛には負けるけど　寛容も大切
　♪お腹はふくれないけど　寛容は肝要
　♪大目に見ましょう(大目に見ましょう)
　♪大目に見ましょう(大目に見ましょう)
　♪大目に見ましょう
　と全員で歌いながら、渚と秋津だけを残して、
　セットから退場し、スタジオからも出て行く。

45　喫茶「SCANDAL」内(夜)

　一転して静寂。秋津はテーブル席で窓の外を見ている。
　渚はカウンターでパソコンで作業。
　二人のスマホに、特徴的な通知音が数回鳴る。
渚　「……あんたとこのマッチングアプリさぁ」
秋　津　「UN-MAYですか?」

渚　「これダメじゃん？」
秋津　「なんでなんで」
渚　「ちょいちょいアンタのこと薦めて来る」
スマホ見せると、秋津のプロフィール写真。
秋津　「あー」
渚　「なにこれ、逆光なのが腹立つ（笑）」
秋津　「すいません、位置情報サービス切ってみて下さい」
渚　「は？　近場の男を薦めて来てるってこと？」
秋津　「いや、僕の方にも、渚さんガンガン薦めて来るから」
渚　「うそ、やめてよ！」
秋津　「これは（スマホ見せ）さすがに補正かけすぎ（笑）」
渚　「ふざけんな、なんでウチらが相性99・9パーなのよ」
二人、それぞれ設定画面へ移動し。
秋津　「条件書き変えられてる……『テレビ局勤務』『バツイチ、シングルマザー』『お笑い好き』『30代前半』『1キロ圏内』『好きな焼肉の部位はカルビ』」
渚　「『アプリ開発・営業職』『最近、失恋したばかり』『お父さんが太っている』『趣味料理』『30代前半』『1キロ圏内』『好きな焼肉の部位はタン塩』……あんたでしょ」
秋津　「いやいや、渚さんでしょ」
渚　「なわけないじゃん！　お父さん太ってるとか知らないし」
秋津　「……あ、もしかして」

×　　×　　×

フラッシュ（回想）喫茶「SCANDAL」内
市郎、寝ている秋津の顔にスマホかざし、ロック解除。
秋津　「ん？」
市郎　「シシシシシ、どうやんの？」
犬島家・居間。
渚の顔にスマホをかざし、ロック解除。
渚　「……ん？　ごめん寝ちゃった」
市郎　「そろそろ支度しな」

×　　×　　×

渚　「小川さんかぁ（笑）」
秋津　「そうですよ、こんなことするの、あの人くらいしか（笑）」

渚　「（しばし和んで）……で、どうする？」
秋津　「どうします？　付き合ってみます？」
渚　「私と？」
秋津　「はい、小川さんがそう言うなら、試しに」
渚　「小川さんの方がアプリよりは信用できる……か？」
秋津　「僕はもう、誰かにそばにいて欲しいモードなんで」
渚　「いやいやいや」
秋津　「断られたら、ドライフラワー歌うまでなんで」
渚　「それはやめて」
秋津　「告ってフラれてドライフラワーが1セットなんで……」
渚　「でも……あれよね。あんたのお父さんと、うちの母さん……付き合いかけたんだよね」

×　×　×

回想・純子とムッチ先輩の思い出。
土手に並んで缶コーヒーを飲むムッチ（#1）
バイクで二人乗り（#4）ムッチを押し倒す純子（#4）など。

×　×　×

秋津　「その息子と娘、ですもんね」
渚　「相性、悪くはないよね」
秋津　「……念のため、QRコード、性的同意アプリです」
渚　「……何があるか分かんないからね」
QRコードを読み込む二人。
秋津　「うち、来ます？」

46　葛飾区立第六中学校・正門（1987・1月）

門の前に校長の佐伯と、距離をおいて市郎が立ち、登校指導。安森が加わり、
市郎　「お、安森、今年もよろしくな」
安森　「教頭就任、おめでとうございます」
市郎　「めでたくねえよ、あいつが校長になって繰り上げ当選だろ」
佐伯　「おはよう！　おはよーう！　おい、スカートが短い！　痴漢されても文句言えないぞ！」
安森　「……ん？」

47　進学塾・前の道（2024）

声　　歩くキヨシ、返却されたテストを見てため息。
「キヨシ！　キヨシ！」
声のする方を見ると左ハンドル車の窓から、50代の、実業家風の男がこっちを見ている。
50男　「向坂キヨシでしょ？　出席番号19番、謎の転校生！」
キヨシ　「……佐高くん!?」
ツヨシ　「そう！　20番、佐高ツヨシ！　会いたかったぁ」
キヨシ　「……お、おれも」
ツヨシ　「変わんないねキヨシ、変わんないにも程がある」
キヨシ　「佐高くんは……変わったねえ」
ツヨシ　「捜してたんだ、ずっと、お礼が言いたくてさぁ」

48　佐高家・部屋（回想・シーン20の続き）

ゲームオーバーの音楽。
キヨシ　「行けよ学校」
ツヨシ　「……」
キヨシ　「学校なんてさあ、自分と気の合わないヤツがこの世界には存在するってことを勉強する場所だけどさあ、3年かけて、自分以外は頭おかしいってことを確認する場所だけどさあ、その中で一人か二人、友達が見つかれば、他は死ぬまで会わなくていい奴らだから。俺は佐高くんに会えて良かったし、それは学校のおかげだし、気が合う奴とは繋がれて、合わない奴とは関わらなくてすむ便利なもの、もうちょっと辛抱すれば、たくさん出来るからさあ」
佐高　「……」
キヨシ　「ごめん、そろそろ時間」
部屋を出るキヨシ。黙ってテレビを見つめる佐高くん。

49　葛飾区立第六中学校・正門

安森　「（声を落とし）佐高、来ました！　佐高です！」
市郎　「うそ、どこ!?　どれ!?」
緊張の面持ちで登校して来る佐高。
安森　「しっ、普段通り、普段通り」
市郎　「わかってる！（平静を装い）おはよー」
サコウ（OFF）「お前の言う通りだったよ、キヨシ」

50　喫茶「SCANDAL」内

サコウから名刺を受け取るキヨシとサカエ。

『SAKO-GAMES・CEO佐高強』

ツヨシ　「浪人して高校入って、そん時の友達と2人でオンラインゲームの会社立ち上げて、世界中のプログラマーと繋がって、今CEO」

会社名で検索したサカエ『年商60億』の文字に、

サカエ　「まぁ!……なんと言うか、ご立派になられて」

ツヨシ　「だから俺、いつか恩返ししたくて、何でも良いからキヨシの力になりたいんです」

キヨシ　「お、俺じゃなくて、井上でもいい?」

ツヨシ　「イノウエって……」

サカエ　「(乗り出し)井上昌和、覚えてないかしら、坊主で眼鏡の」

キヨシ　「タイムマシンの研究者なんだ」

サカエ　「スポンサー、探してるの」

ツヨシ　「ウケる(笑)」

51　喫茶「すきゃんだる」内(1986)

イノウエがプリンアラモードを食べている。

市郎　「お前しかいないんだよ、イノウエ」

離れた席で、純子と明美が受験勉強しながら。

友美　「上智行って青学のサークルに入り浸るのと、青学行って上智のサークル入り浸るの、どっちが楽しい?」

純子　「それ、受かってから考えない?」

市郎　「受かっちゃうんだよ、このままだと。で、学生結婚して娘が生まれて神戸に引っ越す。俺と純子は絶縁状態。だからお前が未来から1995年にタイムスリップしてきてだな、未来人として、でっけえ地震が来る事を日本中に報せてくれ……ねえ聞いてる?」

イノウエ　「タイムマシンは、もういいかな」

市郎　「……もういいかな?」

イノウエ　「それより大リーガーになりたい」

市郎　「待て待てイノウエ、お前、野球の才能は……」

イノウエ　「モテるんですよね、女子アナと結婚するなら、それが最短距離かなって」

市郎　「待て待て、お前、見ただろ、こないだバスが消えるとこ」

フラッシュ（回想シーン22）バスが忽然と消える瞬間。

市郎「あれ見てどう思った？」

イノウエ「……タイムマシンって、もうあるんだ～と思いました」

市郎「ちがーうちがーう！　お前が作るの！　作ったの！」

純子「そこ、うるさい！」

イノウエ「わかりましたよ、やりますよ」

市郎「ほんとか？」

イノウエ「大リーガーとタイムマシンの二刀流で行きます」

市郎「野球はないってぇ！」

52　葛飾区立第六中学校・3年B組　教室（3月）

机と椅子を廊下に出し、卒業式後の謝恩会。生徒たちが記念撮影したり騒がしい。

安森「静かにぃ！（手を叩き）教頭先生からお話があります！」

市郎「はーい、みんな卒業おめでとう！」
登壇し、イノウエ、佐高ら、生徒の顔を見渡し、

市郎「こんな時代に生まれて、お前ら、可哀相だな。どこ行ってもタバコ臭えし、連帯責任つって引っ叩かれて、やっと卒業だ。安心しろ、お前らの未来は面白えから。俺みたいな、不適切な暴力教師はいなくなるし、ツルッとしたのでウーバー呼んだら家でビッグマック食える。そんな時代でもな、大人は子供に『こんな時代に生まれて可哀相だな』って言うんだよ。そんな大人の話なんか聞かなくて結構！　代わりに今日は特別に、遠い遠い未来の音楽を聴かせてやるから……お願いします」
昭和に取り残された大学生（Ｃｒｅｅｐｙ　Ｎｕｔｓ）による実演。生徒は初めて聴く未来の音楽に唖然。

『二度寝』
エスケープしてみたい
このバスに乗って未来へ
いや、はるか昔
まぁどっちもとんでもないぜ
アイツらはとうに居ない

俺達も用済みかい？
どこに居てもても〝こんな時代〟と思ってしまうかも
yeah　yeah

どうノッて良いか分からない昭和の中学生だが、やがて暴れたい衝動に駆られ、垂直にジャンプしたり、お互いに体をぶつけあったり、走り回ったり、既成のダンスにとらわれない、思い思いの動きで反応する。

53　EBSテレビ・廊下　※教室とカットバック

音楽続いて、八嶋を楽屋までアテンドする渚。

渚　「またバズってます、八嶋さんの裸は土曜の午後にぴったり」

八嶋　「ほんとにぃ？　じゃあ次から新幹線グリーンに……（してよ）」

渚　「（遮り）あ、羽村ちゃん！　どしたの？」

羽村　「（電話しながら）」わんちゃん聞いてよ、明日インするドラマ、主人公の父親役がコロナなっちゃって急きょ代役……」

八嶋　「やろうか？」

54　EBSテレビ・エレベーターホール

渚、ベビーカーを押して来る。閉まりかけるエレベーター、ボタンを押すとドアが開く。

渚　「はぁ……ごめんなさい（乗り込み）」

杉山　「あ」

渚　「あ」

ドアが閉まり、杉山と渚、二人きり。
沈黙。こんな時に限って泣かない正人。

杉山　「ご無沙汰してます」

渚　「うん……元気そうだね」

杉山　「先輩も」

渚　「うん」

杉山　「……」

渚　「彼氏できたんだ」

杉山　「私も、彼氏できました」

渚　「あそう、妊活は？」

杉山　「やめました、彼が、まだ2人でいたい、子供はもっと先でいいって言うから」

渚　「そっか、おめでとう」

杉山　「先輩も」
エレベーター開いて、一礼して去る杉山。

渚　「（ホッとして）♪寛容になりましょう〜」

55　道（夜）※教室とカットバック
ベビーカー押して歩いている渚。待っていた元夫の谷口。

谷口　「遅い、連絡ぐらいできたよねえ」

渚　「はいはい、ほらパパだよぉ抱っこしてもらいな正人（と抱え上げ）あーウンチしてる、ごめん、おむつ替えて」

谷口　「ったく、君って女はつくづく子育てに不向き（だね）」
秋津が現れ、

秋津　「マッチでえーす！（谷口に気づいて）……あ、すいません、秋津真彦です……」

谷口　「いいかい？　君がどんな男と付き合おうと勝手だが……」

渚　「行こ行こ（谷口に）じゃパパ、よろしく」

秋津　「いいの？　なんか言ってるけど」
秋津と腕を組んで去って行く渚。

56　小川家・純子の部屋（日替わり）※教室とカットバック
市郎、布団をはぎ取り、

市郎　「起きろブス！　今日入学式だろう！」

純子　「わかってるよ、うるせえなあ！」

57　同・リビング　※教室とカットバック
並んでゆりの遺影に手を合わせる純子と市郎。

純子　「じじい、金くれ」

市郎　「（舌打ち）」

58　喫茶「すきゃんだる」内（日替わり）
市郎、貧乏ゆすりでタバコ吸いながら、

市郎　「ったく、大人しかったの受験の間だけだよ。また大学ってのは金かかるんだね、マスター。働いて学費払っても、どこぞの男とチョメチョメしちゃうんだぜ？　マスター聞いてる？」

振り返ると誰もいない。

トイレの方から「コン、コン」と断続的な音。

59　同・トイレ

市　郎「（覗き込み）ねずみ？　……わあっ！」
キョンキョン（『木枯らしに抱かれて』）のポスターが剥がれ、穴の向こうに土埃まみれの老人いのうえ（83）。
いのうえ「……はぁ……はぁ……先生ぇ！」
市　郎「はい？」
いのうえ「いのうえです、教え子の井上昌和、やっと通じた、やっと会えたぁ！」
市　郎「井上？　……じいさんが？　あの井上!?」
いのうえ「はい、２０５４年から来ました、はい、タイムトンネルをねぇ、発見したんです。佐高くんがお金出してくれまして研究に研究を重ね、バスと違って、好きな時代に行けるんです」
市　郎「分かんない分かんない……ん」
×　　×　　×
（回想#１）ポスター剥がし穴を発見する市郎。
（回想#２）天井の穴から落ちる市郎。
×　　×　　×
市　郎「あの穴も……じいさんが掘ったの？」
いのうえ「さあ、好きな時代に行きましょう！」
市　郎「（覗き込むが）いやいやいやいやいや」
※**テロップ**「この作品は、不適切な台詞が多く含まれますが、時代による言語表現や文化・風俗の変遷を描く本ドラマの特性に鑑み、２０２４年当時の表現をあえて使用して放送しました」

END

巻末特典「ふてほどアンケート」

「印象に残った（大変だった）シーン」&
「38年後（前）の自分へ贈る言葉」

お名前：**阿部サダヲ**
役　名：**小川市郎**

●印象に残った（大変だった）シーン
3話、外で歌ってるムッチをベランダから怒鳴りちらすシーン。ベランダだけお借りしていたので、リビングでは住民の方が普通に座ってテレビ観てる横（超近）での撮影……恥ずかしかったです。（笑）

●38年前の自分へ贈る言葉
そのまま色々勘違いし続けて生きなさい！
いい事あるよ！

……………………

お名前：**仲里依紗**
役　名：**犬島　渚**

●印象に残った（大変だった）シーン
第2話の喫茶「SCANDAL」でのシーンです。会社や家庭での言えない思いをワーッと感情的に訴えるシーンだったのですが……膨大な量のセリフを感情を爆発させるように演じるのがとても難しかったです。最後の最後でつまずいて、もう一回最初からということがあったのですが、撮影現場で「きゃー」と絶叫してしまいました。（笑）
宮藤さんの脚本の中にはいつも越えなければならない「山」があるので、「今回はこれか！」と。（笑）
一つ一つ越えていけることがとても楽しく、また次はいつご一緒できるのかワクワクしています！

●38年後の自分へ贈る言葉
「今日も楽しんで生きていますか？」
「長生きがしたい」と思って日々を過ごしているので、

38年後、72歳の自分も今と変わらずに、元気に楽しく自分らしくいれたらいいなと思います。
72歳の私、ギャル魂を忘れないでね!!

お名前：**磯村勇斗**
役　名：**秋津睦実（ムッチ先輩）・秋津真彦**

●印象に残った（大変だった）シーン

1話のミュージカルシーンは印象に残っています。今までここまで歌うことはやってこなかったので、初挑戦という意味では不安もあり気合いが入っていたシーンでした。でも、終わってみれば楽しかったな。と思い出に残っています。

大変だったのはムッチ先輩と秋津が出会ってしまったシーン（7話～8話）。
1人で行ったり来たり芝居をしなければいけないので、頭が混乱しそうでした。

●38年後の自分へ贈る言葉

38年前は生まれていないので、38年後だと……69歳。全く想像できないですが、きっとその頃はタイムマシンもできているでしょう。「たまには31歳の自分に会いに来てね、俺は内緒にしておくから」と伝えたいです。

お名前：**河合優実**
役　名：**小川純子**

●印象に残った（大変だった）シーン

2話、サカエさんにタイムトラベルについて説明を受けるシーンは、今回取り組む上での最初の指針になった気がします。

演出の金子さんから、「おもしろい台詞の応酬というだけでなく、たったひとりの家族である市郎を失ったかもしれないことにちゃんと揺れ動いて、自分を誤魔化すように冗談を飛ばして、そのあとは本気で混乱して、本気で、『おばさん、宜保愛子なの？』と言ってみてください」というような演出を受けました。

本気で、宜保愛子なの？　と、問うか……と、コメディの中できちんと人間になる方法を実感させてもらいました。

面白いだけじゃいけないし、むしろ、本気で思って言ってるから、面白いんだ、と気付き、宮藤さんの作品への取り組み方の真髄を感じられたようなシーンでした。

●38年後の自分へ贈る言葉

若いことを素晴らしいものとする価値観に決して負けずに頑張ってください！　そして若いひとに経験や知識でマウントをとる傲慢なおばさんに決してならないでください！　いかしたおばさんになってください！

お名前：**坂元愛登**
役　名：**向坂キヨシ**

●印象に残った（大変だった）シーン

4話のキヨシが井上に告白された事を打ち明けるシーン。

吉田さんと河合さんとの3人のシーンだったんですけど、自分はあえてフラットな感じでやってみました。回数を重ねるたびに、お芝居的におふたりが思いついた事をどんどんやられていて、自分は笑いを堪えるのに必死でした。(笑)

自分が映ってない時は笑っちゃってました。(笑)

●38年後の自分へ贈る言葉

38年後ということは53歳になります。

全然想像できないです……。(笑)

53歳。髪の毛は生えてますか?

役者を続けてますか?

結婚はしてますか? 子供はいますか?

色々あるだろうけど、とにかく75歳まで役者を続けて、80歳までのんびり生きてください。

お名前:**三宅弘城**

役　名:**井上昌和**

●印象に残った(大変だった)シーン

吉田羊さんとは結構前から知り合いではあったのですが、共演したことはありませんでした。

今回「やっとご一緒できる!」と思ったら、会話もそこそこに3話のケツバットのシーン。リハーサルも含めて計20発くらい受けたでしょうか。容赦のない羊さんのフルスイングに雄叫びをあげつつ、初共演にしていきなりココロの会話ができたような感じがしてうれしかったです。

●38年前の自分へ贈る言葉

思ってもみなかったことをやってるよ。(俳優)

やりたかったことをやれるようになるよ。(バンド)

お名前：**八嶋智人**
役　名：**八嶋智人**

●印象に残った（大変だった）シーン
僕はストイックに役作りをする俳優ではない。自分の中にあるモノを手がかりに増幅させたり、減衰させたりしながら呑気に俳優をやっている。

が！ 今回、人生初の八嶋智人本人役！ 手がかりも増幅も減衰も関係ない！

宮藤官九郎くんは初参戦の僕に面白くもややこしい役を与えてくれた。結果、八嶋智人は八嶋智人を一生懸命演じた。途轍もなく恥ずかしかった。

が！ その2！ 虚実のハザマを楽しんで下さったお客様が、実際の劇団公演に殺到して頂き！ 宮藤くん、スタッフさんには感謝しかありません。

こんな経験、もうないだろうな。

●38年前の自分へ贈る言葉
1986年。16歳。君は、まだ出会っていない同い年の宮藤官九郎くんと阿部サダヲくんとは、付き合いが始まって25年以上経ってから、一緒にとても面白い作品をやっているよ。

近頃君は小劇場に興味津々だね。奈良の田舎から上京し、役者になろうと思っている。

なんだかんだで自称役者になり、ブームに乗っかった同い年の役者達と切磋琢磨して、38年後、人生もだいぶ折り返して、各々のキャラクターで役者をやって、家族がいて、幸せだから、まぁ安心しな。テヘペロ。

お名前：**板倉俊之（インパルス）**
役　名：**瓜生P**

●印象に残った（大変だった）シーン
ミュージカルのシーンで、自分が足を引っ張っていることを自覚していたので、終始胸が少し痛かった。

●38年前の自分へ贈る言葉
8歳だから遊びのことばかり考えて、楽しくて仕方ないだろう。思い切り遊ぶといい。
でもカマキリの卵を持ち帰るのはやめておくんだ。マンションにパニックをもたらすことになるからな。

お名前：**沼田 爆**
役　名：**マスター（2024）**

●印象に残った（大変だった）シーン
喫茶「SCANDAL」の中だけの芝居がほとんどです。ほとんど皆さん生き生きと演技なさっていますが、小生演じるマスターはほとんど眠っています。皆さんとのやりとりがなく、すごく孤独でつらいです。眠る芝居むずかしい？

●38年前の自分へ贈る言葉
迷優のまま いまだに。シッカリしろよ、沼田爆！

お名前：**中島 歩**
役　名：**安森**

●印象に残った（大変だった）シーン
7話でサカエさんとマスターが僕に向かって歌いまくるのに、僕は何もできずに観ているしかなかったシーン。

●38年前の自分へ贈る言葉
もうすぐ生まれるよ。
令和という元号になる前後からコンプライアンスとかいうのが異様に厳しくなるから行動には気をつけろよ。でも楽しめよ。

お名前：**袴田吉彦**
役　名：**マスター（1986）**

●印象に残った（大変だった）シーン
「喫茶＆バーすきゃんだる」は自然と何処か懐かしさを感じさせる雰囲気で、若い頃の思い出が色々とよみがえってきました。
ミュージカルの経験がないので、歌いながら踊るのはちょっと苦労しました！
それとリーゼント作るのに1時間かかる。（笑）
落とすのにも大変苦労しました。（笑）

●38年前の自分へ贈る言葉
女性関係は真面目にしなさい……。
色んな意味で……。

お名前：**中田理智**
役　名：**井上昌和（中学生）**

●印象に残った（大変だった）シーン

4話で井上が公衆電話ボックスを出て泣きながらブチ切れるシーンです。

僕は1話で小川先生から「頑張れよ井上」と言われたシーンで、阿部サダヲさんの演技に圧倒されて、お芝居の正解を探そうとしてしまい脳内で迷子になっていました。

そして4話のこのシーンで僕なりの答えを発見でき、中二病が何なのかわからない！　と全力でブチ切れる演技をしてみました。

そして、この発見から僕は監督さんたちからご指導をいただいた時に井上君ならどうするか考えるようになりました。

小川先生から頑張れ！と言われたので僕も頑張りました。

●38年後の自分へ贈る言葉

このドラマに出演できて周りから「笑うことを思い出した！」「毎週金曜日が楽しみ♪　元気がでてくる、ありがとう♪」と言われます。

僕でもこの世の中のためになることをちょっとはできているのではないかと感じてうれしいです。

ドラマ内では、井上は小川先生から「頑張れよ！」と言われました。

そしてサカエさんからは「もっと謙虚に生きないと大人になって後悔するわよ」としかられました。

僕はこれからいろいろなことを頑張って、そして謙虚な気持ちを持ち続けます。

38年後の50歳の僕へ。少しでも世の中が平和で明るくなるようなことを頑張ってやっていますように。謙虚な気持ちを忘れずに周りに感謝する心を大事にしてください。

丸坊主にしたら井上教授に似ているかどうかも試してみてね。

お名前：**山本耕史**
役　名：**栗田一也**

●印象に残った（大変だった）シーン

もちろん、3話のミュージカルシーンの撮影（セクシャル・ハラスメント・No.1、Everybody Somebody's Daughter）です。他の現場に行っても、この話をされます。（笑）とても大変なシーンでしたが、一致団結して皆で楽しく撮影出来ました。後にも先にも経験出来ないようなインパクトのあるシーンでした。

共演者の八嶋さんが、悔しいくらい素晴らしかったのも印象的です。

●38年後の自分へ贈る言葉

「とにかく足腰のトレーニングを欠かさないで！」

僕が38年後まで生きていられたら、今の僕の父親と同じくらいの年齢。幸いなことに僕の父はまだまだ元気です。

ということは、38年後には僕も今日の僕と同じくらいの年齢になった自分の子供たちと一緒にいられるわけで、長く子供たちと一緒に、元気に過ごすために、足腰のトレーニングを欠かさず「特に足腰をしっかり鍛えなさい！」と言いたいです。

お名前：**古田新太**
役　名：**犬島ゆずる**

●印象に残った（大変だった）シーン

大変じゃねぇけど、純子とのシーンがもっとやりたかったな。

●38年前の自分へ贈る言葉

二十歳か。しんどいと思うが頑張っとけ。
体力あるんだから。

お名前：**吉田 羊**
役　名：**向坂サカエ**

●印象に残った（大変だった）シーン

第6話、純子ちゃんの最期について市郎さんから聴かされる居間でのシーン。阿部さんの、言葉を漸く絞り出すようなお芝居に心打たれ、親として大切な子供を想う気持ちを、時代を超えて生きる二人が共有した時間だったように思います。

大変だったのは、なんと言っても理詰めでまくし立てる長台詞。普段言い慣れていない言葉ばかりでしたので、撮影前はとても緊張しました。ＮＧも多々（小声）……汗。

●38年前（後）の自分へ贈る言葉

38年前↓もっと一生懸命勉強しろ！
38年後↓宇宙旅行は行った？

あとがき

磯山 晶

宮藤官九郎さんと出会って25年、これが10本目の連続ドラマになります。その他に深夜ドラマ2本、スペシャルドラマ1本、昼の帯ドラマ1本、映画2本、配信ドラマ1本作ってきました。こんなにたくさん物語を紡いだので、さすがにもう描きたいことないんじゃないかと自分でも思うのですが、企画を考える打ち合わせの時、いつもすごく楽しいんです。二人で主役のキャラクターを決める時、職業を決める時、家族構成を決める時、そのキャスティングを決める時、いつも大笑いしたり、愚痴を吐いたりしながら、あっという間に時間が過ぎます。何かを絞り出さなきゃ、という気持ちになったことがないです。そして宮藤さんは、その雑談みたいなぼんやりしたものを持ち帰って、いつもすごいドラマを書いてくれます。本当にすごい作家だと思います。「神様、宮藤官九郎さんと出会わせてくれてありがとうございます」と何度御礼をしても足りません。

阿部サダヲさんとは、私がプロデューサーデビューをしたドラマ「キャンパスノート」（1996）にちょっとした役で出てもらった時に初めてお会いしたのですが、宮藤さんの時とは反対に、その才能や魅力にまったく気づかず、大人計画の長坂社長を激しくがっかりさせました。「池袋ウエストゲートパーク」（2000）に風俗好きの浜口巡査として出演してもらった頃にようやく気づいて（「ブレイクしないとブレイクしちゃうよ」って拳銃を出しながら言うところが一番好きです）、その後、「木更津キャッツアイ」（2002）の猫田、「タイガー&ドラゴン」（2005）のどん太、と続けてオファーしました。阿部さんのすごいところはたくさんありますが、特に「セリフを一語一句変えずに、想像の斜め上の演技をする」という点を尊敬しています。自分の言いやすいように語尾を変えたり語順を変えたりすることが一切ない。「木更津キャッツアイ」に「うひゃあ!うひゃあ!」というセリフがありましたが、本当に文字通りに発音して、尚且つ面白く、可愛いのです。そのことを言うといつも「そういう風に育ったんで……」

と返されます。松尾スズキさんの教えなんだな、と思います。

その後、阿部さんはもっと大きな役をやるような大物俳優になったので、映画『大奥』(2010)の後はなかなかご一緒できず、編成という立場で参加した2017年『下剋上受験』を経て、2020年にドラマ「恋する母たち」で今昔亭丸太郎という色っぽい落語家の役をお願いするまで、結構間が空いてしまいました。丸太郎さんもとても素敵でしたが今回、満を持して宮藤さんの脚本のドラマに主演でキャスティング出来て、こんな幸せな座組を間近で見られる幸せを噛みしめる毎日です。

ところが、宮藤さんがエッセイで書かれていましたが、二人は会っても全然会話をしないのでビックリします。本当に目が合って「ああ」「どうも」って言うくらい。昔、一緒に寄席に出たことがあるとか、宮藤さんが作演の舞台を始めた頃は、全て主演＝阿部さんだったとか、どう聞いてもかなり密な関係性だったと思うのですが、とにかく二人には距離があります。こんなに距離があるのに、深く信頼し合ってるんだろうなと思う瞬間はたくさんあって、それがまた老練な漫才コンビみたいというか、なんというか、カッコいい二人です。

もう「好き」と「嫌い」とか「結ばれる」とかいうテーマではなかなかドラマ作りが出来ない私ですが、宮藤官九郎と阿部サダヲという二人のおっさんの信頼関係には、めっちゃ萌えております。

ドラマ「不適切にもほどがある！」をご覧くださったみなさま、放送を応援してくださり、更にこのシナリオ本を手に取ってくださったみなさま、ありがとうございます。

私は引き続き、この二人を追いかけていきたいと思います。

不適切にもほどがある！
ミュージカルリスト

♪話し合いまSHOW
♪おれの働き方！
♪同調圧力
♪よっつのわがまま
♪セクシャル・ハラスメント・No.1
♪Everybody Somebody's Daughter
♪落ち着いて　小川さん
♪Daddy's Suit
♪17歳
♪あなたは板東英二
♪三年目の四月バカ
♪決めつけないで
♪寛容になりましょう！

作詞・宮藤官九郎　作曲・MAYUKO　振り付け・八反田リコ

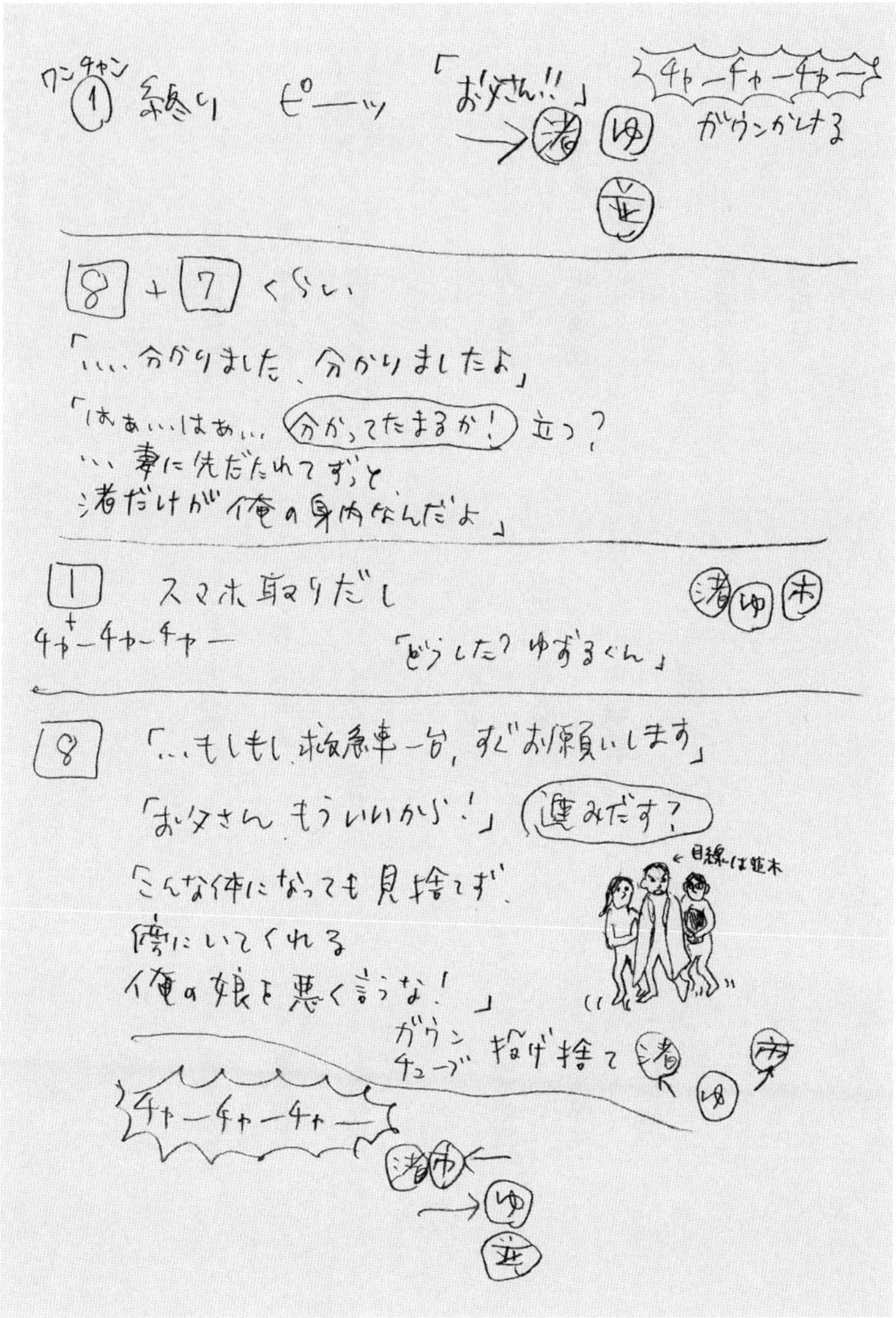
ワンチャン ① 終り　ピーッ　「お父さん!!」　チャーチャーチャー

→ 渚　ゆ　ガウンかける

並

8 + 7 くらい

「…分かりました、分かりましたよ」

「はぁ…はぁ… 分かってたまるか! 立つ?

…妻に先だたれてずっと

渚だけが俺の身内なんだよ」

1　スマホ取りだし　渚　ゆ　市

+チャーチャーチャー　「どうした? ゆずるくん」

8　「…もしもし救急車一台、すぐお願いします」

「お父さん もういいから!」　進みだす?

「こんな体になっても見捨てず、

傍にいてくれる

俺の娘を悪く言うな!」

← 目線は並木

ガウン チューブ　投げ捨て　渚　ゆ　市

チャーチャーチャー

渚　市 ←

→ ゆ

並

不適切にもほどがある！
キャスト

小川市郎　**阿部サダヲ**
犬島 渚　**仲里依紗**
秋津睦実（ムッチ先輩）
秋津真彦　**磯村勇斗**
小川純子　**河合優実**
向坂キヨシ　**坂元愛登**
井上昌和(53)　**三宅弘城**
マスター（1986）　**袴田吉彦**
マスター（2024）　**沼田 爆**

校長　**赤堀雅秋**
安森　**中島 歩**
小川ゆり　**イワクラ（蛙亭）**
八嶋智人　**八嶋智人**
瓜生P　**板倉俊之**
井上昌和（中学生）　**中田理智**
佐高ツヨシ　**榎本 司**

明美　**鈴木こころ**
友美　**福室莉音**
氏家　**永野宗典**
栗田一也　**山本耕史**
犬島ゆずる　**古田新太**
向坂サカエ　**吉田 羊**

1話ゲスト
加賀ちゃん　木下晴香
田代　咲妃みゆ
鹿島　菅原永二

2話ゲスト
谷口龍介　柿澤勇人
布川弁護士　宮崎吐夢
九品仏　池谷のぶえ

3話ゲスト
ズッキー　秋山竜次(ロバート)
堤ケンゴ　山本 博(ロバート)
鳥海 仁　牧島 輝

4話ゲスト
ケイティ池田　トリンドル玲奈
関根　池田鉄洋
若井　中井千聖
大館　浜田信也
鹿島　菅原永二

5話ゲスト
犬島ユズル　錦戸 亮
笠間　矢作 兼(おぎやはぎ)
能島　児玉智洋(サルゴリラ)
大沢悠里(声)　大沢悠里

6話ゲスト
江面賢太郎　池田成志
羽村由貴　ファーストサマーウイカ
松村雄基　松村雄基
大沢悠里(声)　大沢悠里
ズッキー(声)　秋山竜次(ロバート)

7話ゲスト
ナオキ　岡田将生
江面賢太郎　池田成志
羽村由貴　ファーストサマーウイカ
ミナミ　馬場園梓

8話ゲスト
小泉今日子　小泉今日子
倉持 猛　小関裕太
加世子　紺野まひる
ポッキー　宮下今日子
タイコ　遠山景織子
仁美　和田光沙
秋津睦実(50代)　彦麻呂
九品仏　池谷のぶえ
関根　池田鉄洋

9話ゲスト
杉山ひろ美　円井わん
矢野恭子　守屋麗奈
並木 安藤 聖
羽村由貴　ファーストサマーウイカ
九品仏　池谷のぶえ

10話ゲスト
井上昌和　小野武彦
佐高 強　成田昭次
佐伯教頭　宍戸 開
大学生M　DJ松永(Creepy Nuts)
大学生R　R-指定(Creepy Nuts)
竹田　赤羽健壱(サルゴリラ)
犬島ユズル　錦戸 亮
谷口龍介　柿澤勇人
羽村由貴　ファーストサマーウイカ
笠間　矢作 兼(おぎやはぎ)
鹿島　菅原永二
杉山ひろ美　円井わん

不適切にもほどがある！

スタッフ

作　宮藤官九郎
主題歌　『二度寝』Creepy Nuts（Sony Music Labels）
音楽　末廣健一郎　MAYUKO　宗形勇輝
プロデューサー　磯山 晶　天宮沙恵子
演出　金子文紀　坂上卓哉　古林淳太郎　渡部篤史　井村太一
編成　松本友香
製作　TBSスパークル
TBS

ブックスタッフ

ブックデザイン　冨永浩一
企画・編集　松山加珠子

宮藤官九郎　Kankuro Kudo

1970年7月19日生まれ、宮城県出身。脚本家、監督、俳優。1991年より大人計画に参加。テレビドラマの脚本では「池袋ウエストゲートパーク」「木更津キャッツアイ」(芸術選奨文部科学大臣新人賞)、「タイガー&ドラゴン」(ギャラクシー賞テレビ部門大賞)、「うぬぼれ刑事」(向田邦子賞)、NHK 連続テレビ小説「あまちゃん」(東京ドラマアウォード2013 脚本賞)、「ゆとりですがなにか」(芸術選奨文部科学大臣賞〈放送部門〉ほか)、NHK 大河ドラマ「いだてん~東京オリムピック噺~」(伊丹十三賞)、「俺の家の話」などを手掛け、近年の作品に大石静と共同脚本を務めたNetflixシリーズ「離婚しようよ」、企画・監督も務めた「季節のない街」などがある。映画の脚本には『GO』(日本アカデミー賞最優秀脚本賞ほか)、『ピンポン』『アイデン&ティティ』『ゼブラーマン』『69 sixty nine』『舞妓Haaaan!!!』『なくもんか』『謝罪の王様』『土竜の唄』シリーズ『パンク侍、斬られて候』のほか、近年の作品に『1秒先の彼』『ゆとりですがなにか インターナショナル』など。監督・脚本作に映画『真夜中の弥次さん喜多さん』(新藤兼人賞金賞)、『少年メリケンサック』『中学生円山』『TOO YOUNG TO DIE! 若くして死ぬ』など。舞台ではウーマンリブシリーズや大パルコ人シリーズの演出・脚本を多数手掛けるほか、「鈍獣」(岸田國士戯曲賞)、「メタルマクベス」、「獣道一直線!!!」ほか多数の脚本を担当。歌舞伎に「大江戸りびんぐでっど」「天日坊」「地球投五郎宇宙荒事」「唐茄子屋~不思議国之若旦那~」などがある。俳優として、様々な舞台・映画・ドラマにも出演するほか、パンクコントバンド「グループ魂」では〝暴動〟の名でギターを担当。また、TBSラジオ「宮藤さんに言ってもしょうがないんですけど」ではラジオパーソナリティを務めるなど、幅広く活動する。

本書は2024年1月26日から3月29日までTBS系で放送されました
「金曜ドラマ『不適切にもほどがある！』」のシナリオをまとめたものです。
内容が放送と異なる場合がございます。ご了承ください。

不適切にもほどがある！

2024年4月2日　初版発行

著　者　宮藤官九郎

発行者　山下直久

編集長　藤田明子

編　集　ホビー書籍編集部

発　行　株式会社KADOKAWA
〒102-8177　東京都千代田区富士見2-13-3
電話：0570-002-301（ナビダイヤル）

印刷・製本　図書印刷株式会社

出版コーディネート　赤阪彩音（TBSスパークル ライツマネジメント部）

●お問い合わせ
https://www.kadokawa.co.jp/（「お問い合わせ」へお進みください）
※内容によっては、お答えできない場合があります。
※サポートは日本国内のみとさせていただきます。
※Japanese text only

Printed in Japan
ISBN 978-4-04-737889-6　C0093
JASRAC 出 2401754-401
NexTone　PB000054704号